나뭇잎 명사

나뭇잎 병사

초판 제1쇄 인쇄 | 2010년 7월 21일
초판 제1쇄 발행 | 2010년 7월 21일

지은이 | 고원영
펴낸이 | 한홍수
펴낸곳 | 한스하우스
표지그림 | 윤석배
표지글씨 | 임정수
북 편집디자인 | 성 민, 박윤미

등록 2000년 3월 3일(제2-3033호)
주   소 | 서울시 중구 오장동 69-7
전   화 | 02-2275-1600
팩   스 | 02-2275-1601
이메일 | hhs6186@naver.com

ISBN 978-89-92440-00-4 03810

나뭇잎 병사

고원영 장편소설

한스하우스

일러두기

1. '나뭇잎 병사'는 6·25전쟁 때 보병 17연대에 소속했던 병사들의 이야기로, 전사자든 생존자든 대부분 실명을 사용했다.
2. 보병 17연대 소속 병사들 가운데 윤창열, 김석근 씨의 진술을 토대로 글을 썼다. 작가는 그들 이야기를 글로 옮겼을 뿐, 사실인지 사실이 아닌지 판단할 권리는 독자에게 있다.
3. 두 사람의 이야기를 글로 옮길 때 객관성을 유지하려는 노력으로 몇 권의 책과 자료를 참고했다.
   • 와다 하루키 〈한국전쟁〉(창작과 비평사 펴냄)
   • 김학준 〈한국전쟁〉(박영사 펴냄)
   • 강준만 〈현대사 산책〉(인물과 사상사 펴냄)
   • 〈한국전쟁사〉(육군본부 홈페이지)
   • 〈6·25전쟁 증언록 1,2〉(대한민국 6·25 참전 유공자회 펴냄)
   • 이선교 〈6·25 한국전쟁, 막을 수 있었다〉(빛된삶 펴냄)
4. 6·25전쟁 때 사용했던 무기는 본문에 번호를 매겨 넣었고, 부록을 통해 자세히 설명했다.

어느 날 상주로 가는 버스에서
6·25전쟁에 참전했다는 두 노인을 우연히 만났다.
그들은 상주 외곽에서 벌어진 화령장 전투 때
중기관총 사수였던 윤창열과 박격포 사수였던 김석근이었다.
소풍이라도 가는 것처럼 유쾌하게 그때를 이야기하던
그들을 그 이후에도 몇 차례 더 만났다.
그들의 이야기는 더 이상 즐겁지 않았고,
비무장지대 김화에서 겪었던
저격능선 전투 이야기에 이르러선
심란한 표정을 짓거나 아예 입을 다물었다.

여는 글

  김화金化, 그들이 금화라 부르는 읍으로 흘러가는 길을 철조
망이나 차단기가 막아섰다. 민통선과 비무장지대라는 금지구
역에 묶인 금화는 지도상으로만 존재하는 마을이다.

  6·25전쟁 전 철광산지 금화에 붐비던 1만의 인구는 어디로
증발했을까. 금화역이 있던 자리에 길게 자란 수풀과 어쩌다 핀
들꽃들이 바람에 흔들릴 때 내 귀는 듣는다. 기차가 멎거나 출
발할 때마다 대합실 유리창 흔들리는 소리를. 창가에 다가가면
나부끼는 구름 아래로 병사들이 몰려간다. 얼마나 많은 군인이
오성산五聖山에 오르다 죽어갔던가. 그 좁고 어두운 입구에 들
이닥친 나뭇잎들은 더 이상 갈 데가 없었다. 무의미한 살육의
소모전이 오성산 저격능선狙擊陵線에서 벌어졌다. 중국 군대가

한반도에 와서 싸운 그곳에서의 전투를 저들은 상감령上甘嶺 전투라 부른다. 저들, 중화인민공화국 정부는 주장한다. 제국주의와 마지막으로 싸워 이긴 전투라고. 그와는 반대로 저격능선 Sniper Ridge 전투는 우리로서는 기억하고 싶지 않은 악몽이었다. 내가 처음 그들에게 저격능선에서의 승부를 물었을 때 거침없이 6·25 이야기를 풀어내던 그들의 혀는 딱딱하게 굳어졌다. 이내 곤궁한 변명처럼 저격능선을 더듬더듬 기억해냈지만, 그들의 이야기는 비논리적이었고 도무지 시차時差가 맞지 않았다. 그들의 늙음 때문이려니 생각했던 나는 그 까닭이 비극적 상황에 대한 의도적인 망각이라는 사실을 뒤늦게야 알았다. 그랬다. 질 나쁜 전등처럼 기억과 망각 사이에서 그들은 깜빡거렸고, 내 임무 아닌 임무는 망각 쪽에 가담하여 그들이 겪은 어두운 전쟁을 되살리는 일이었다. 그리하여 나는 눈에 보이는 것을 가능하면 정직하고 성실하게 노트에 옮겨보련다. 그것이 그들, 살려고 발버둥치다 죽었거나 겨우 살아남은 무명용사들, 전쟁이 끝나서도 악몽에 시달려야 하는 나이 여든의 노인들에 대한 마지막 예우라고 생각한다. 그들, 잘못된 역사의 희생자들이 자연사할 시간이 이제 얼마 남지 않았다. 그것이 내가 그들의 이야기를 쓰는 까닭이다.

| 목차 |

  6 여는 글

 11 막다른 골목

 16 밥의 유혹

 24 가죽장화와 긴 칼

 32 유행가와 정치

 38 심술궂은 할아버지

 47 짝사랑

 53 죽음의 오차

 61 보병이 쓰는 무기들

 70 무적탱크

 79 꽃상여가 지나갔다

 89 어둠의 군대

101 믿을 건 쌕쌕이뿐

111 가을비

118 마약과 사상

126 거짓말의 진실

133 Y고지

141 위문공연

149 공산주의와 빨갱이 사이

162 중대장이 옳았다

169 배구시합

176 추운 거리로 내몰렸다

184 소모소위

193 두 겹의 노래

207 나비야 청산 가자

216 꽁치 통조림

225 정칠성 아저씨

232 악몽

238 야전병원

247 묵정동

255 잃어버린 본부

265 문학청년

272 내림굿

279 돈폭탄

287 돌아갈 고향이 없었다

293 토끼사냥

302 이제 창문을 닫아야 할 때

310 어디 가나 중공군이 있었다

315 그 후에

부록   6·25전쟁 때 사용했던 무기

막다른 골목

그믐밤의 숲은 어두웠다. 불타버린 몇몇 나무들은 비명처럼 나뭇잎을 떨어뜨린 채 말이 없었다. 남대천 얕은 물밑바닥을 군화로 밟아 건너는 소리에 어둠이 흔들렸다. 일등중사 이종옥이 이끄는 보병소대는 숲을 지나고 개천을 건너 기찻길 언덕에 산개했다. 그곳에서 소대원들은 턱을 치켜들고 오로지 한곳을 올려다보았다. 점령해야 할 고지가 어두운 하늘과 희미하게 경계를 이루고 있었다.

고지의 이름은 저격능선이었다. 중공군과의 진지전에서 패퇴하면서 미군이 붙여준 이름에는 언제든 저격당할 수 있다는, 기분 나쁜 경고의 뜻이 담겨 있었다. 오성산에서 뻗어 나온 줄기의 하나일 뿐, 본디 이름도 없던 이 능선에 미군은 야포와 전폭기를 동원하여 몇 달 동안 격렬하게 불의 세례를 내렸다. 그렇지만 오성산에 주둔한 중공군은 영원히 괴멸되지 않는 병마총 군사들이었다. 죽어서 다시 태어나는 진시황의 군사들처럼 오성산의 전초인 저격능선에 나타났다. 중공군은 개활지가 훤히 내려다보이는 저격능선에서 아식보총[1]A式步銃이라 부른 소련제 장총에 망원경을 달아 사격하였다. 그때마다 미군은 사격장의 표적지처럼 일어섰다가 드러누웠다. 미군은 능선 아래서 보병이 접수하지 못하는 진지전의 참상에 치를 떨었다. 그들의 본토에서 한국전 철수를 주장하는 여론이 들끓을 무렵, 대대본부에서 작전명령을 듣고 온 중대장 김상봉은 투덜거렸다.

"우리더러 총알받이가 되라는군. 이상하게 휴전이란 말만 들리면 이 전쟁이 자꾸 기분 나쁜 쪽으로 가더란 말야. 저격능선, 참으로 기분 나쁜 이름이야."

한국군 보병 2사단이 금화지구 오성산 저격능선 전투를 미군 25사단 병력으로부터 인수한다는 말을 이종옥은 그때 처음 들었다. 보병 2사단이라면 다름 아닌 이종옥의 상급부대였다. 수도경비사령부 예하였던 그의 부대 17연대는 1951년 11월, 서울수복 후 북진하다가 갑자기 보병 2사단에 배속되었다.

이종옥은 중대본부에서 미리 1/50,000 작전지도를 펼쳐놓고 보았던 봉우리들을 다시 눈에 익혔다. 맨 먼저 보이는 봉우리 이름이 돌바위고지, 두 번째가 A고지, 세 번째가 Y고지. 중 대장에게서 들은 대로 유난히 기분 나빠 보이는 능선이었다. 오성산 꼭대기로 들어서는 길에 돌출한 봉우리라기보다 그 자체로서 존재감을 드러내는 무엇이었다. 저건 길이 아니라 막다른 골목이다. 저격능선에 오기까지 수차례 죽을 고비를 넘긴 이종옥이 저도 모르게 중얼거린 한 마디였다. 게다가 막다른 골목이 셋이었다. 봉우리 뒤에 봉우리, 그 뒤에 또 봉우리가 솟아올라 요행히 막다른 골목을 빠져나와도 다시 막다른 골목에 갇히리라 암시하는 생김새였다. 세 봉우리로 이어지는 능선이 빨래를 널어놓은 것처럼 하얀 건 이미 상당한 포격이 가해져 나무와 풀이 뽑히고 여러 번 흙이 뒤집힌 까닭인 듯싶었다.

"너는 저 능선이 뭘로 보이냐?"

이종옥이 문득 곁에 있는 연락병에게 물었다. 연락병이 소스라치게 놀랐다. 다른 생각에 잠겨 있던 모양이었다.

"아, 네…… 저거이, 난 저거이……"

말을 잇지 못하고 어물거렸다. 단순히 말이 엉겨버렸다고 여길 수 없이 이북 출신 연락병 김용수가 심하게 입술을 떨었다.

이종옥은 다시금 막다른 골목을 생각했다. 이 전투에 더는 요행은 없을 것 같다. 저 막다른 골목을 빠져나와 다른 길로 간다 해도 다시금 막다른 골목이 우리 앞을 가로막을 것이다.

금화의 기찻길은 낙엽과 잡초에 묻혀 있었다. 전쟁이 나기 전에는 철원과 금강산을 잇던 금강산선 철길이었다. 군데군데 레일이 끊기고 부숴진 침목이 여기저기 굴러다녔다. 기찻길의 그런 몰풍경 때문인지 소대원들은 누가 먼저랄 것도 없이 불길한 기운에 전염 당한 얼굴이었다. 광대뼈 위에 올라앉은 눈알들이 퀭했다. 개전 이래 그런 얼굴들을 보긴 처음이었다. 도무지 겁이란 걸 몰라서 철삿줄 신경이란 별명이 붙은 정홍재마저 어금니를 사려 문 채 말이 없었다. 김용수가 나지막히 주기도문을 읊조렸다. 전투가 벌어지기 전이면 무슨 의식처럼 주기도문을 입에 올리는 그였다. 이종옥이 다시 물었다.

　　"네가 모시는 신은 사람을 대신해서 십자가에 못 박혔다지?"

　　"네……."

　　"나는 도무지 그 뜻을 모르겠다. 설명해 줄 수 있나?"

　　김용수는 입을 떼지 못했다. 그가 침묵하리라 예상했으므로 이종옥은 더 이상 대답을 재촉하지 않았다. 어젯밤 중공군과 먼저 공방을 벌인 건 32연대였다. 2개 중대를 저격능선에 보냈는데 절반이 전사했더란 소식을 전하면서 중대장은 신음하듯 웃었다. 사람을 대신해 죽을 신이 있다면 간절히 그를 불러야 마땅할 상황이었다.

　　기찻길에서 공격로로 이어지는 길에 나무들은 별로 없었다.

나무들은 불타서 없어지거나 밑동만 겨우 남아 있었다. 나무도 아니고 풀도 아닌 기이한 형상의 잡목들이 능선과 계곡에서 이따금 바람에 몸을 뒤챌 뿐이었다. 능선을 따라 펼쳐진 중공군 진지는 비를 피해 온 사람들이 처마 밑에 모여 있듯 조용했다. 1952년 10월 15일이었다.

밥의 유혹

동이 틀 무렵에야 작전을 개시할 터였다. 가끔 무슨 신호처럼 바람이 불고 마른 잡목들이 어둠 속에서 길게 울었다. 이종옥은 공연히 소총의 노리쇠 뭉치를 후퇴전진하고 안전장치를 채운 방아쇠울에 손가락을 넣었다 뺐다 했다. 사위가 어두워 총열의 가늠쇠를 가늠자 안에 당겨서 올려놓을 수 없었다.

문득 허기를 느꼈다. 전투를 앞둔 시간이면 언제나 찾아드는 허기였다. 그때마다 신문보급소의 목탄 난로에 둘러앉아 울면서 국밥을 먹는 신문팔이 소년들이 머릿속에 떠올랐다.

갑자기 전차電車가 길에 서고 저녁이 와도 집에 불이 들어오지 않았다. 서울은 암흑세계로 변했다. 1948년 5월 14일, 동아

일보 석간이 북한의 송전 중단을 알렸을 때 이종옥은 신문팔이로는 나이 든 열일곱 살이었다.

　신문을 읽을 줄 알아야 배운 사람으로 통하는 시대였다. 신문을 읽을 줄 알되 돈이 없는 사람은 신문을 못 읽는 재력가 곁에서 신문을 읽어 주기도 했다. 그때만큼 신문이 여러 용도로 쓰인 시기가 있었을까. 신문으로 코를 풀고 밑을 닦았다. 신문은 흙벽에 바르는 벽지였으며, 소고기 반 근을 둘둘 마는 포장지였다.

　직업이 많지 않던 시기여서 신문팔이도 아무나 하는 일이 아니었다.

　"네 아버지를 안다. 그와 나는 죽을 고비를 몇 차례 넘었지. 네 아버지 덕분에 목숨을 건진 적도 있었다. 내가 널 부른 건 은혜를 잊지 못해서야. 네 아버지가 돌아올 때까지 너를 돌보마."

　이종옥은 아버지의 친구라는 사람이 불러서 돈암동 전차종점 옆에 있는 신문보급소에 다녔다. 그러나 아버지와 함께 태평양전쟁에 끌려가 마닐라 전선에서 싸웠다는 보급소장이 어린 종옥을 살갑게 대한 건 불과 며칠이었다. 신문을 배달하거나 신문대금을 수금하면서 생기는 잘못은 무시무시한 체벌로 이어졌다. 전사한 일본군 장교의 소지품이라는 박달나무 지휘봉으로 사정없이 손톱을 때리는 것이었다. 신문팔이 소년들 가운데 누구 한 사람이 잘못해도 연대 책임을 지게 되어 있었으므로 보급소 마룻바닥 위에는 거의 매일 아이들의 신음이 들끓었다.

잘못한 일이 없어도 한 달에 두 번은 정기적으로 때렸다. 가관인 것은 그 다음이었다. 지독한 형벌을 내리고 나서 보급소장은 한 달에 두 번 식당에서 국밥을 시켜 먹였다. 손가락이 퉁퉁 붓고 손톱이 아렸으나 신문팔이들은 어떻게든 국밥을 먹었다. 국그릇을 입에 대고 숟가락으로 쓸어 담듯이 먹었으며, 숟가락을 쥘 수조차 없는 아이들은 국그릇에 혀를 넣어 울면서 핥아먹다시피 했다. 목탄 난로 위에는 겨우내 물주전자가 펄펄 끓었다. 보급소장은 국밥을 다 먹은 아이들에게 손수 뜨거운 물을 따라주었다. 입술을 델까 호호 입김을 불어 물을 마시는 아이들의 얼굴에서 구타를 당한 흔적을 찾기란 어려웠다. 그러는 사이, 아이들은 보급소장의 충실한 부하가 되었다.

전기가 끊겨 어두운 서울거리에 남로당에서 몰래 뿌린 격문이 뒹굴었다. 위대한 인민의 군대여, 서울을 해방하러 어서 오라. 전차 대신 군용트럭과 마차가 출퇴근하는 시민을 싣고 다녔다. 합승마차의 마부는 채찍을 휘둘러 말을 부리고 나팔을 불어 손님을 끌었다. 그해 세상은 여순반란사건으로 흉흉했고,

남녘의 깊은 산에서 출몰하는 빨치산 얘기가 거의 매일 신문에 올랐다.

이듬해, 이종옥은 신문보급소에서 수금을 전담하는 자리에 올랐다. 이를테면 진급을 한 것으로, 다른 아이들보다 서너 살 위라는 나이가 참작되었다. 그런데 수금을 마치고 오는 어느 저녁이었다. 보급소 앞에 이른 종옥은 문득 허리에 찬 전대가 허전한 것을 느꼈다. 날카로운 칼자국이 전대를 찢어 놓았다. 소매치기당한 사실을 알고 걸어온 길을 되짚었으나 무표정한 얼굴의 행인들뿐이었다. 전봇대에 붙은 전단이 바람에 부대끼는 소리를 들으며 청년은 결코 평탄하지 않을 자신의 삶을 예감했다. 이종옥이 망연자실하여 가는 길은 신문보급소도 집도 아니었다.

무작정 전찻길을 따라 걸었다. 창경원 담벼락 앞에 사람들이 몰려 있었다. 이종옥은 그들 틈에 끼어들었고, 담벼락에 붙은 구인광고들 사이에 붙은 한 장의 모병 포스터를 보았다. 이종옥은 포스터의 내용을 머릿속으로 정리해보았다. 열일곱 살에서 스물두 살까지 국졸 이상이면 누구나 채용한다. 일을 잘하든 못하든 숙식을 제공하며 약간의 월급도 준다. 그것은 믿기지 않을 만큼 환상적인 노동의 대가였다. 더구나 군인이 되면 애국자 칭호까지 붙여준다는 것이었다. 믿거나 말거나 군대란 그런 곳이라고 포스터는 주장하고 있었다.

그 며칠 후 이종옥은 경기도 시흥에 있는 17연대 본부 사무실 앞에 늘어선 기다란 줄에 끼어들었다. 환상적인 노동의 조건까지는 몰라도 입대하면 밥은 굶지 않으리라고 믿는 청년들과 함께 했던 것이다. 차례가 오자 중위 계급장을 모자에 단 장교 앞으로 다가갔다.

"너 몇 살이냐?"

"열여덟입니다."

검은 테 안경 너머로 이종옥과 서류를 번갈아 바라보던 장교가 다시 물었다.

"1930년 경오생이구나. 부모님은 계시냐?"

"어머님은 계시고, 아버님은 소식 없습니다."

아버지가 어디로 갔기에 소식이 없느냐고 장교가 또 물었다. 태평양전쟁이 터지고 아버지는 징집되었다. 일본이 패망하고 전쟁터에 끌려간 사람들이 줄줄이 되돌아왔지만, 아버지의 모습은 보이지 않았다. 어머니에게서 들은 몇 마디를 옮기는데 목이 멘다. 그 시간 동대문 한 귀퉁이에 행상을 펼쳐놓고 있을 어머니 모습이 떠올랐던 것이다. 장교는 알 만하다는 듯 고개를 끄덕였다.

밥이 그리운 시대였다. 김이 모락모락 피어오르는 흰 쌀밥

한 그릇 제대로 먹어봤으면. 자원해서 부대에 온 훈련병 모두의 소망이었으나 그런 밥은 꿈속에서나 구경할 수 있었다. 훈련소에서 배급하는 급식은 불그레한 밀밥에 콩나물 몇 가닥 빠뜨린 소금국이었다. 어떻게 밥알이 아래턱과 위턱 사이를 통과해 식도로 들어가는지 모를 정도로 푸석푸석했다. 게다가 소화도 안 돼 생긴 그대로 변으로 나왔다. 처음에는 구더기인 줄 알았는데 분뇨통에 깔린 것들을 찬찬히 내려다보니 온통 밀 껍질이었다. 그 밀밥도 없어 못 먹었다. 말로는 밀밥을 지겨워했지만 그래도 밀밥냄새가 공기에 배어 있는 취사장 앞에 길게 줄지어 있을 때가 행복했다.

취사장 군기는 엄격했다. 아무리 줄을 반듯하게 맞춰 취사장으로 이동해도 줄이 틀어졌다고 트집을 잡는 기간병들에게 시달려야 했다. 오리걸음으로, 혹은 밥그릇을 입에 물고 낮은 포복으로 취사장에 입장하면 또 트집이 잡혀 구타와 기합을 받아야 했다. 취사장이라야 커다란 밥솥과 국솥 두 가지만 걸어놓고 밑에 장작불을 때는 수준이었다. 한번은 국을 취사장 바닥에 엎질렀다가 키가 크고 눈빛이 삼엄한 기간병에게 호되게 정강이를 까였다. 다시 국을 타 콩나물 몇 가닥을 목구멍에 넘기는데, 목탄 난로 곁에서 국밥을 먹던 때가 생각나 왈칵 눈물이 쏟아졌다. 그때 구타를 한 기간병이 족히 삼인 분은 됨직한 밀밥을 양철그릇에 담아왔다.

"먹어라."

그 말 한마디를 던지고는 뒤도 돌아보지 않고 취사장을 나갔다. 그는 윤창열이라는 하사였다.

군대에 가면 밥은 굶지 않으리라고 했다. 그런데 먹어도 먹어도 헛밥을 먹은 듯 배고픈 게 군대밥이었다. 게다가 군대밥은 신문보급소에서 가끔 주던 국밥보다 훨씬 폭력적이었고, 폭력적이다 못해 위악적이었다. 군대밥은 이종옥이 생각한 것처럼 환상적인 노동의 대가가 아니라, 가혹한 훈련의 대가일 뿐이었다. 그냥 밥을 주는 날이 드물었다. 한 끼로는 감당하기 버거운 고된 훈련 끝에 밥을 주었고, 줄 때마다 구타와 기합을 일삼았고, 온갖 폭언과 냉소로써 밥 먹는 자를 도탄에 빠뜨렸다.

그뿐 아니었다. 병사가 먹는 밥과 하사관이 먹는 밥이 달랐고, 장교가 먹는 밥이 달랐다. 병사는 정량에 못 미치는 밀밥과 콩나물국을 먹었고, 하사관은 겨우 정량을 찾아 먹었고, 장교는, 그 가운데 고급장교는 쌀밥과 고깃국을 수시로 먹었다. 요컨대 밥의 내용과 밥을 씹을 때의 질감을 결정하는 건 계급이었다.

계급이 높아야 정량을 먹거나 쌀밥을 먹을 수 있었지만, 병사의 계급으로도 불가능한 일은 아니었다. 전방에 가면 밥을 마음껏 먹을 수 있다. 전투에 이기면 쌀밥을 먹을 수 있다. 지휘관들의 독려는 대부분 밥에 관한 것이었다. 그 말의 헛됨을 알면서도 밥을 찾아 불평불만 없이 훈련하고 내무반에 적응하는 것이 병사의 길이었다. 쉽사리 이루기 어려운 소망은 언제나 찬란했다. 희고 기름진 쌀밥이나 원 없이 먹어 보았으면!

가죽장화와 긴 칼

536 무전기²에서 중대장의 목소리가 들린 건 새벽 다섯 시였다. 기찻길을 넘어 주방위선인 매봉 8부 능선에 중기관총을 설치하라는 것이었다. 윤창열은 화기소대 소대장을 겸임한 이등상사였다. 하사관인 그에게 소위나 중위가 맡아야 할 소대장의 직책이 부여된 건 장기전으로 변모한 전쟁 때문이었다. 지난달 대성산 일대에서 중공군과 교전하다가 소대장이 전사했으나 후임 소대장이 온다는 어떤 기별도 없었다. 부대 재편성과 모병으로 병사를 보충하는 일은 어렵지 않았으나 한번 소모된 지휘관 인력을 짧은 시기에 보충하기란 불가능했다. 장교라고는 씨가 마른 상태였다.

윤창열은 기찻길 위에 올라가 소대원들에게 이동을 명령했다. 사수와 부사수, 탄약수, 냉각수로 편성된 중기관총 반원들이 서둘러 군장을 메고 무기를 들 때였다. 그믐밤의 어둠 속에서 유리알을 번득이는 얼굴이 있었다. 엊그제 새로 들어온, 소진호란 이름의 안경쟁이였다.

전쟁이 길어지자 소대원들의 얼굴도 자주 갈렸다. 냉각수통의 물이 갈리듯 전사자를 대신해서 신병들이 보충되었다. HMG[3]라 부른 중기관총은 오래 발사하면 총열이 과열돼 구부러졌다. 그 때문에 총구를 빠져나온 총알이 목표에 도달하지 못하고 땅에 처박힌다. 이등병 소진호는 그럴 때 총열을 식혀주는 임무를 맡았다. 방법은 총열과 호스로 연결된 냉각수통에 물을 공급하는 것이었다. 소진호의 직책을 냉각수 혹은 물통수라고 불렀다. 그는 며칠 전 새로 입대한 전라도 출신 신병이었다. 재작년만 해도 수도경비사령부였던 17연대에 소진호 같은 아랫녘 출신이 입대하리라곤 상상할 수도 없었다.

소대마다 신병들이 가득했다. 그들은 어린 염소떼처럼 소대장이나 하사관을 따라다녔고, 소대장이나 하사관이 전사하면 분대장을, 분대장이 전사하면 고참병을 따라다녔다. 분대장도 고참병도 그들도 전사하면 다시 신병들이 들어왔다.

소대에만 신병들이 가득한 게 아니었다. 중대, 대대, 연대, 여단, 사단, 군단, 이승만 대통령이 통치하는 남한 땅 전부가 염소떼 같은 신병들로 들끓었다. 그들의 얼굴은 순하고, 늘 배가 고프며, 염소처럼 목소리를 떨었다.

전라도 출신 소년병 소진호의 앳된 얼굴이 땀으로 번들거렸다. 어둠 속에서도 그가 떠는 모습이 확연히 보였다. 기찻길에서 내려서려다 윤창열은 멈칫했다. 누군가 곁에 다가와 불쑥 M1 소총⁴을 건네는 것이었다.

"야 이놈아, 너 이거 들고 뛸 수 있어?"

충북 음성군 원남면 한오리가 윤창열의 고향이었다. 한학자인 아버지는 어머니가 일구는 10단보의 담배농사에는 일절 관여하지 않았다. 윤창열은 별 어려움 없이 국민학교에 입학할 수 있었다. 입학식 때 가장 먼저 눈에 띈 선생은 일등중사 출신 일본인 무까이였다. 행사 때면 겨자색 군복에 가죽장화를 신고 긴 칼을 허리에 찬 모습으로 나타나는 그를 철없는 동네 아이들은 동경했다. 전쟁놀이 때는 누구나 무까이가 되고 싶어 했다. 한 명만 무까이가 될 수 있었으므로 제비뽑기로 무까이를 뽑았다. 무까이가 되기란 쉽지 않았지만 일단 무까이가 되면 동네 아이들 모두를 호령했다. 물론 윤창열도 무까이가 되려고 노력한 동네 아이들 중 하나였다.

빈농은 아니었으나 십삼 남매를 거느린 어머니는 언제나 힘겨워했다. 윤창열이 음성농업학교에 입학하던 해에는 흉년마저 들었다. 끼니를 거르는 일이 남의 일이 아닌 상황에 직면했다. 바깥에 나가 놀 기력이 없는 소년 윤창열은 방바닥에 가만히 엎드려 잠이 오기만을 기다렸다. 그해 윤창열의 십삼 남매는 물병 속에 잠긴 콩나물뿌리처럼 가늘고 창백했다.

이듬해 봄방학 때였다. 남로당이 충북선을 끊어 놓는다는 소식이 자주 들렸다. 동네 청년들과 함께 기찻길로 나간 윤창열은 한 사내를 만났다. 국방경비대 소속 선로감시원이었다. 어깨에 M1소총을 걸머진 그가 윤창열에게 다가왔다.

"야 이놈아, 너 이거 들고 뛸 수 있어?"

소총을 윤창열에게 불쑥 건넸다. 처음 총을 쥐는 순간 무엇에 씌기라도 한 느낌이었다. 검고 차가운 총열에 닿은 손이 바르르 떨렸다. 방아쇠울에 함부로 손가락을 넣는 건 무모한 도전이거나 예의에 어긋난 행동 같았다. 개머리판은 묵직하면서도 윤기가 흘러 말의 넓적다리를 만지는 기분이었다. 지금껏 경험해보지 못한 폭력에 대한 갈망과 정체 모를 불안감 사이에서 어쩔 줄 몰라 하는데, 거역할 수 없는 선지자의 부름인 양 선로감시원의 음성이 들렸다.

"그럼 청주로 오렴."

그 며칠 후 청주에 가서 신병교육을 받았다. 훈련은 혹독해서 탈영병이 속출했다. 기합이 빠졌다고 구타당하기 일쑤고, 그렇게 구타당하다 혹여 급사하더라도 사고사로 처리하면 그만이라고 교관은 엄포를 놓았다.

"너희들 빽줄 있느냐? 빽줄 있는 놈이 여기 올 리 없지. 육군 특무상사라도 아는 놈 있으면 어여 고자질해라. 여기 천하에 못된 악질 교관 놈 있다구."

멸시에 가까운 말도 서슴지 않았으나 엄포가 아닌 것은 사실이었다. 훈련병 하나가 초소근무 중에 실탄을 오발해서 부대가 발칵 뒤집힌 적이 있었다. 새벽잠을 망치긴 했지만 다행히도 그는 아무런 총상을 입지 않았다. 그러나 그에게 가해진 처벌은 너무나 그악했다. 돼지 묶듯이 밧줄로 손발을 한데 묶어 천장 대들보에다 대롱대롱 매달았다. 시간이 지나자 그 훈련병은 비명을 지르기 시작했으며, 나중에는 목이 쉬어 돼지 멱따는 소리를 냈다. 너무나도 끔찍한 광경이었지만 군대생활이란 그러려니 마음먹었으므로 충격은 오래가지 않았다.

힘들거나 시련을 느낄 때마다 윤창열은 어머니를 불렀다. 집을 나설 때 부적을 쥐어 주며 눈물을 흘리던 어머니의 마지막 모습을 생각하며 이를 악물었다. 훈련병에게 지급된 기본화기는 일본군의 구구식소총九九式小銃[5]이었다. 챙 위에 별이 하나 달린 일본 육군 전투모인 쎈토모를 쓰고 육 개월 동안 갖은 고생을 참아냈다.

하루는 같은 훈련병 현상염이 변소에 대검[6]을 빠뜨렸다. 체벌이 두려운 그는 똥통에 발을 담갔으나 허리를 숙이지 않고서는 대검을 건져낼 수 없다는 사실을 곧 깨달아야 했다. 똥의 각지고 날 선 냄새에 지켜보던 훈련병들은 코를 막았다. 현상염은 처음엔 발을 저어 대검을 건지려고 했다. 그러나 점점 더 깊은 데를 발로 더듬어야 했고 이내 똥물이 목까지 차올랐다. 그 모습을 보고 훈련병들은 코를 막던 손을 떼며 폭소의 도가니에 빠졌다. 배를 움켜쥐고 허리를 젖혀 눈물이 나도록 웃었다. 그러다 갑자기 조용해졌다. 허리를 숙였다 편 현상염의 얼굴에서 똥물이 줄줄 흘렀다. 적막은 이내 흐느낌으로 바뀌었고, 누군가 애절하게 어머니를 부르자 변소 전체가 울음바다로 변했다.

일등병 계급을 단 날 휴가증을 얻었다. 군복을 입고 부대 바깥으로 나오니 트럭이 멈춰 섰다. 어디 가냐기에 음성이라고 대답하자 같은 길이라며 문이 열렸다. 트럭운전사의 그런 친절이 웬일인지 우연으로 여겨지지 않았다. 윤창열은 군인으로서 대우받는다는 생각에 으쓱했다. 아하, 이렇게 꿈이 이루어지는구나. 그 옛날 긴 칼을 허리에 차고 위풍당당한 모습이던 무까이가 눈앞에 어른거렸다. 트럭을 타고 고향에 와서 담배밭을 지나 집 앞에 이르면서 육 개월 전으로 돌아왔다. 집이 전보다 훨씬 작아 보였다.

　명절 때나 먹는 쌀밥에 고깃국을 그때 먹었다. 휴가 나온 윤창열 때문에 밥상에 기름기가 좌르르 흘렀다. 어머니가 노랗게 알이 박인 조기를 마당에서 구어 와 윤창열 앞에 놓았다. 식구들이 침을 꿀꺽 삼켰지만 제 몫이 아니란 걸 누구나 잘 알았다. 어머니가 가시를 발라내어 눈부시게 흰 속살을 윤창열의 밥숟가락에 얹어 주는 동안 아버지는 헛기침 비슷하게, 상관들이 하라는 대로 무조건 혀, 한 마디뿐이었다.

　동네 친구를 찾아 집을 나서기도 했고, 동네 친구가 소식을 듣고 집에 찾아오기도 했다. 군복을 입고 돌아다니니 동네 사람들 눈에 금세 띄었다. 밭에서 일하던 어른들은 삽자루를 땅에 푹 박아놓고 윤창열을 유심히 바라보았다. 술을 마시거나 화투를 치면서 군대 얘기를 풀어내면 모두가 신기하다거나 부럽다는 반응이었다. 학업을 다 마치지 않고 군대에 간 이유는 아무도 묻지 않았다. 윤창열은 가까이한 여자가 없었으므로 휴가 내내 마음 한켠이 허전했다. 그 때문인지 귀대 날짜가 다가오자 얼핏 지루한 느낌도 들었다.

　휴가를 마치고 귀대하니 뜻밖에도 차출명령이 기다리고 있었다. 경기도 시흥에 있는 신설부대 기간병으로 근무하라는 것이었다. 군장을 꾸려 연병장에 나서니 같은 처지인 몇 명이 말

을 주고받고 있었다. 똥통 현상염도 거기 보였다. 앞날이 불확
실한 병사들의 목소리엔 찰기가 없었다. 신설부대는 17연대라
고 했다. 대한민국 정부가 수립되고 얼마 후인 1948년 어느 초
겨울의 일이었다.

유행가와 정치

　시흥에 있던 17연대가 수도경비사령부에 배속되어 용산으로
왔을 때 시흥군 군자면 신길리가 본적인 김석근은 입대했다.
미군이 애치슨라인이라 선언한 곳으로 철수하기 이전에 사용
하던 부대라 최고의 시설이었다. 그곳에서 김석근은 처음 좌변
기와 침대라는 물건을 보았다. 취사장 뒤에는 쇠사슬에 묶여
말뚝 주변을 빙빙 도는 얼룩무늬 사냥개 한 마리가 있었다. 미
군 장교가 키우다 버리고 간 개였다. 졸지에 버림받은 개는 지
독한 신경쇠약증에 걸려 있었다. 비쩍 마른 머리를 사타구니
안에 쑤셔 넣고 낑낑대는 소리가 쇠를 긁는 것 같았다.
　"이걸 그냥…… 너를 잡아 끓는 물에 처넣을까나. 아니면 새
끼줄로 네 목을 옭아매어 저 느티나무 가지에 걸어 놓을까나.

어휴, 이걸 그냥……."

취사반장이 뛰어나와 당장에라도 죽일 것 같이 개를 발로 차면서 으박질렀지만 정작 행동에 옮기지는 못했다. 개 주인이 머지않아 되돌아오리란 소문 때문이었다.

초대 연대장은 이승만 대통령의 신임을 받는다는 백인엽 중령이었다. 운 좋게도 입대하는 날 연대에 새로 지급된, 빳빳한 카키색 군복을 입으면서 김석근은 으쓱했다. 철모를 쓰고 거울 앞에 서니 장교라도 된 기분이었다.

거리는 부른다. 환희에 빛나는 숨 쉬는 거리다. 김석근이 가장 좋아하는 노래는 남인수가 부른 '감격시대'였다. 그런데 해방 이후에나 어울렸을 이 유행가는 불행히도 일제강점기 최고의 인기곡이었다. 해방을 맞이하여 정작 환희에 빛난 건 독립투사도 백성도 아닌, 빗장을 부수고 문밖으로 풀려나온 이념들이었다. 거리는 좌우익을 함께 불러냈고 환희 대신에 친탁과 반탁을 주장하는 각각의 함성들로 갈렸다. 미군이 경찰서를 접수했지만, 왜정에 빌붙어 순사질했던 자들이 여전히 옆구리에 칼을 차고 말을 몰았다.

김석근은 그러나 그 노래에 담긴 모순 따위에는 별 관심이 없었다. 언제 들어도 그 노래에 깃든 무의미한 낭만이 좋았다. 사람들이 여럿 모인 자리에서 김석근은 종종 남인수를 흉내 내었다. 결연하지만 단단하지 않고, 카랑카랑하면서도 애수에 찬 그 특유의 목소리. 눈을 감아 감정을 모으면 남인수가 곁에 와서 노래를 불러 주는 것 같았다. 물론 그 혼자만의 느낌이었다.

계절이 바뀔 때면 유랑극단이 동네에 찾아왔다. 공연 간판을 앞뒤로 둘러친 샌드위치맨이 행렬의 맨 앞에 걸어왔다. 유랑극단 악사가 흥을 돋우려 커다란 북을 등에 짊어지고 두 손으로 아코디언을 연주하며 동네를 돌았다. 북채를 발에 묶어 걸을 때마다 둥둥 북이 울렸다.

유랑극단에서 단원을 뽑는다는 소식을 듣고 김석근은 머리에 포마드를 잔뜩 바르고 천막극장으로 갔다. 동네 이름난 명물들은 거기 다 모여 있었다. 자전거포 점원이 곱추춤을 끝내자 김석근 차례였다. 양손을 배꼽 앞에 모은 자세로 온 힘을 모아 남인수의 신곡 '가거라 삼팔선'을 불렀다. 그러나 노래를 다 부르기도 전에 심사위원이 손사래를 쳐서 입을 다물어야 했다. 무대에서 물러나오는데 김석근의 뒤에서 몹시 긴장한 표정으로 손가락을 꺾던 박가분 장수가 만담을 시작했다.

천막극장을 나서 집으로 돌아오는 길에도 김석근은 남인수의 노래를 불렀다. 목소리는 한껏 풀이 죽어 있었고, 가뜩이나 작은 키가 더 작아져 버렸다. 그 김석근이 걷는 저녁의 거리를 눈에 핏발을 세운 청년들이 몰려다녔다. 정치에 열광하는 그들을 보자 세상에는 악극단樂劇團 가수와 정치인 두 가지 직업만 존재하는 것 같았다. 김석근이 꿈꾸는 악극단 가수는 그래도 소박한 꿈이었다. 정치에 대한 젊은이들의 관심은 거의 광기에 가까웠다. 직업이 없는 젊은이는 모두 정치 지망생으로 보였고, 그들의 말투는 정치가의 웅변조를 닮아 있었다. 그 때문인지 직업이 일정치 않은 부랑자들로 넘치는데도 이상하게 세상은 더없이 활기찬 느낌이었다.

어디서나 유행가가 흘러나왔고, 어디서나 군중을 선동하는 즉석연설이 튀어나왔다. 때로는 핏대를 세워 목청을 높여 부르고, 때로는 비음을 섞어 물 흘러가는 창법을 구사하는 유행가야말로 정치인의 연설과 다름없었다. 어느 것이 유행가이고 어느 것이 연설인지 구분할 수 없는 소리들이 한데 섞여 라디오에서 들려오고, 가두방송 차량에 매단 스피커에서 들려오고, 운동장이나 동네 공터에서 육성으로 들려왔다.

군대는 유행가도 정치도 선택할 수 없는 자의 선택인 동시에 김석근의 선택이었다. 원래 그는 탱크병을 지원했었다. 탱크의 해치를 열고 나와 어딘가를 향해 경례를 붙이는 탱크병을 그린 벽보를 보았을 때 탱크 궤도와 바퀴들이 서로 맞물리거나 엇물려 돌아가면서 굉음을 내는 것 같았다. 김석근의 입에서 남인수의 '청춘고백'이 저절로 흘러나왔다.

그러나 막상 용산으로 왔을 때 그가 보고 싶어 했던 탱크는 그림자도 어른거리지 않았다. 그에게 지급된 건 둥글고 긴 원통 모양의 쇠붙이였다. 거기에 역시 쇠붙이인 포판과 삼각대를 결합한 무기가 박격포[7]였다. 60밀리 박격포를 어깨에 짊어지고 종일 연병장을 도는 고된 훈련을 받고서야 김석근은 이승만 정부의 군대에는 탱크가 한 대도 없다는 사실을 알았다.

　김석근이 일등병으로 진급하고 얼마 후 용산의 17연대는 갑자기 뒤숭숭해졌다. 38도선 방어임무를 수행하라는 작전명령을 받아서였다. 부대가 이동해야 할 곳은 국지전이 잦은 서해안 옹진반도였다. 군장을 꾸리고 무기를 점검하면서 며칠을 보냈다. 인민군과의 돌발적인 교전에 대해 교육받으면서 병사들의 얼굴은 마분지처럼 굳어버렸다. 취사장 뒤에 묶인 사냥개를 장교들이 삶아 먹었다. 그토록 소름 끼치는 소리로 울더니 소음기를 달아 쏜 콜트권총[8]에 미간을 맞고 개는 찍 소리도 없이 죽었다. 취사반장은 미군이 돌아와 개를 삶아 먹은 장교들을 혼내 주리라고 장담했다.

　이윽고 김석근은 옹진으로 떠나는 상륙함LST[9]에 몸을 실었다. 바다를 건너 부포에 닿으니 어부들이 마중 나와 태극기를 흔들었다. 조기잡이로 생계를 잇는 그들은 태극기를 흔들 뿐 대부분 무표정한 얼굴이었다. 옹진에 도착한 날 밤 인민군 진지에서 확성기 소리가 들려왔다.

　영 글렀네, 영 글렀어

　배 타고 서울 가기는 영 글렀네

　김석근과 소대원들은 박격포의 포판과 포신, 양각대와 가늠장치를 각각 짊어지고 보병들을 따라 기찻길을 건넜다. 어디선가 바람이 불어오고 그믐달이 동쪽 하늘에서 펄럭였다. 어둠이 묽어지면서 저격능선의 윤곽이 차츰 뚜렷해지고 있었다. 김석근은 나지막한 목소리로 남인수의 노래 '달도 하나 해도 하나'를 읊조렸다.

심술궂은 할아버지

　돼지를 잡아 운동장 한켠으로 끌고 오는 소련군의 모습이 교실에서 보였다. 김용수는 창문 가까이 다가갔다. 소련군 일부가 교실로 들어가 책상과 의자를 끌어내 도끼를 휘둘러 부수었다. 굵은 철삿줄에 돼지를 통째로 꿰어 공중에 매달고, 그 아래에 땔감으로 만든 책상과 의자를 놓아 불을 붙였다. 돼지가 익는 동안 그들은 커다란 통을 돌려가며 우유를 마셨다.

　"브나로드!"

　그들은 '인민 속으로' 라는 뜻의 구호를 시도 때도 없이 외치면서 킬킬거렸다. 내 것 네 것 없이, 다 같이 일해 다 같이 먹고 사는 세상을 만들어 주겠다는 군대치고는 어딘지 방자하고 위악적인 모습이었다. 소련군이 실습기계를 뜯어갔다는 소문이

학교 안에 파다했고, 학교 바깥에서는 수풍발전소의 발전기를 뜯어갔다는 소문이 돌았다.

소련군이 평양공립중학교에 주둔하는 동안 아침저녁으로 공산주의 유물사관을 주입하는 독보회讀報會가 열려 김용수도 참가했다. 마르크스와 레닌이 만든 헌장을 암기하는 일이었는데, 한 자라도 틀리면 혹독한 자아비판을 감수해야 했다. 독보회를 주관하는 선생은 말했다. 소련은 2월 혁명으로 부자나라가 됐으니 우리도 소련처럼 공산주의를 퍼뜨려야 한다. 나라가 부강하려면 공산주의밖에 없다. 독보회 선생은 남한 출신이었다.

평양시 창전리 2번가에 사는 김용수의 집안은 대를 물려 기독교를 믿었다. 공산당이 기독교에 호의적이 아니란 사실은 김일성이 평양에 입성하기 전부터 널리 알려졌었다. 그런데 김일성은 그 자신도 기독교 집안에서 성장했다면서 오히려 기독교를 장려할 것처럼 발언했다. 김일성 공산당의 기독교 탄압은 골수 기독교도인 조만식과 정권다툼을 벌이는 가운데 빚어졌다. 기독교를 향한 공산당의 마녀사냥은 선별적이면서 더디게 진행되었는데, 김일성이 권력을 장악하는 과정과 궤를 같이했다.

도청 서기면서 조만식의 건준建準에 잠시 가담했던 김용수의 아버지는 언제부턴가 사람들 눈을 피해 지하교회에 다녀야 했다. 그 사실을 아버지 밑에서 잔심부름을 맡아 했던 급사가 보위부에 밀고했다. 김용수도 아는, 한 동네 사는 또래 여자였다. 아버지가 체포되어 어디론가 끌려가고 없을 때 김용수는 길거리에서 그녀와 마주쳤다. 눈길을 먼저 피한 건 김용수였다. 아버지를 밀고한 데 대한 적개심은 오간 데 없었다. 반듯한 얼굴인데다 잠시도 마주 보기 어려운 검은 눈동자였다. 군복에 가까운 빳빳한 양장 차림으로 그녀는 당당히 곁을 지났다. 그때 그녀, 아버지를 밀고한 이옥주의 눈매에 어린 조롱기를 김용수는 보았다. 빠른 걸음으로 집에 와서는 홧홧한 얼굴을 찬물에 푹 담갔다.

종교는 과학과 생산기술이 낙후한 조건에서 형성된다. 기독교는 봉건사회에서는 제후의 이익을, 자본주의 사회에 와서는 자본가 계급의 이익을 옹호하는 도구이다. 미개하고 야만적인 나라에 침투하여 이교도에게 복음을 전파하는 선교사는 몸에 촌철의 무기도 지니지 않은 정예병사로서 제국주의의 영토 확장에 첨병 구실을 했다. 아버지를 밀고한 이옥주와 눈이 마주치는 순간 독보회 시간에 들은 기독교 비판이 떠올랐다.

체포된 아버지는 감감무소식이었다. 정규군이건 의용군이건 징집을 두려워한 김용수는 고모네 집에 숨어 지냈다. 그 사이 김일성 암살기도 소문이 들렸다. 김일성에게 수류탄을 투척했으나 용감한 김일성이 발로 걷어찼다. 암살에 실패한 사내는 하바로브스키에 끌려가서 처형당했다.

온통 김일성 얘기였다. 그 김일성 소식은 전쟁이 터지고서 더 많이 들려왔다. 남조선 괴뢰군이 해주에 침략했다. 침략군을 격퇴하면서 아예 남한을 해방시키기로 결심한 김일성 장군이 서울을 점령해버렸다. 김일성이 수안보 전선사령부에 머물며 친히 독전한다더니, 그 며칠 후엔 낙동강을 넘어 부산 시내에서 시가행진 중이란 소식이 뒤를 이었다.

고모네 집 다락방에 숨은 김용수는 자주 꿈을 꾸었다. 민대머리에 턱수염이 무성한, 깨깨 마른 몸피의 할아버지가 나타나 마을 뒷산으로 데려가 달라고 애원한다. 부탁이야. 거기에 내 집이 있고, 나보다 더 늙은 아버지가 사는데 내가 늙고 병들어서 갈 수가 없네. 처음엔 거절하지만 번번이 할아버지를 부축해서 산으로 오르게 된다. 그런 장면은 잠시 후 할아버지를 무동 태워 가파른 산길을 힘겹게 오르는 것으로 바뀐다. 할아버지의 두 다리에 목이 죄어 숨이 막힌다. 부탁이에요 할아버지, 제발 내려오세요. 애원이 어느새 김용수의 몫으로 변할 즈음 할아버지가 가느다란 회초리를 빼 든다. 어깻죽지며 잔등어리에 척척 와서 붙는 회초리가 살에 붉은 금을 치는데 그 아픔이 뼈까지 스민다. 꿈에서 깨어난 김용수는 정말 심하게 매질을 당한 듯 며칠을 끙끙 앓곤 했다.

　9월에 들어서면서 김일성 소식이 뚝 끊기더니 지붕 위에서 비행기 소리가 들렸다. 전쟁이 난 유월부터 간헐적으로 들리더니 그달에는 창문을 넘어온 여름모기처럼 집요하게 왱왱거렸다. 폭탄 터지는 소리가 끊이지 않아 창문을 열어보니 평양 시내가 새빨갛게 불타고 있었다. 다락문을 열고 건네는 고모의 목소리가 밝았다.

　"얘야, 이데 그만 나오라우. 내래 세상이 확 바뀐다 하지 않았가서."

　달이 바뀌자 평양 시내에 미군과 국방군이 들어왔다. 김용수는 고모네 집을 나와 도청에 가보았다. 이미 이옥주가 자취를 감춘 뒤였다. 전언에 의하면, 그녀는 도청에서 여맹 보위부로 옮겨 가 한동안 문화공작원으로 일하다가, 평양이 점령당할 위기에 처하자 소련제 지프차를 타고 급히 어디론가 떠나더란 것이었다. 그녀를 아는 주변 사람들은, 공산당에 몸을 팔아 출세한, 더럽고 악독한 년이라고 서슴없이 질타했다.

　다락방을 나와 집으로 돌아와서도 계속해서 할아버지가 나타났다. 김용수는 심한 중병을 앓는 듯 몸이 말라갔다. 이상하게 눈자위가 검어지고 입술엔 푸르스름한 빛이 감돌았다. 김용수를 언뜻언뜻 살펴보던 어머니가 꿈이야기를 전해 듣고는 아연실색했다. 김용수의 손을 덥석 잡고는 예배당에 가자고 했다. 어머니와 함께 창전리 예배당으로 가는 길에서 처음으로 미군 전투기 편대를 보았다. 거대한 은빛 새들이 굉음을 내며 북녘 하늘로 날아갔다. 모자는 길에 우두커니 서서 새들이 지나간 하늘에 남은 구름자국을 올려다 보았다.

창전리 우체국 뒤 허름한 적산가옥敵産家屋이 임시로 사용하는 예배당이었다. 원래 있던 예배당은 미군의 폭격으로 전소했다. 얼굴이 부스스하고 수염이 성글게 난 젊은 목사가 두 사람을 맞았다.

"괜찮습네까?"

어머니가 먼저 안부를 묻자 목사는 길게 한숨을 쉬었다.

"몇 달 동안 이 집 지하실에 숨어 지냈답니다. 집안이 누추하지요? 교회가 주춧돌 하나 남지 않고 날아가 버렸어요."

"김일성이를 열렬히 지지한 반석교회, 봉수교회래 무사하다디오?"

"네, 거긴 김일성이 승리하라고 철야기도까지 했던 교회지요. 인민군에게 무기를 조달한다고 헌금도 꽤나 걷었다고 합니다. 남한의 이승만 박사가 뼛속까지 교인인데다 반공주의자이니 그런 교회는 곧 정리될 겁니다."

"기래야디요. 김일성이의 총칼에 얼마나 많은 교인이 죽어나갔시오. 그런데 목사님······."

어머니가 이내 찾아온 용건을 꺼내놓았다. 자초지종을 들은 목사는 주기도문을 한 차례 읊조리더니 김용수의 손에 손바닥만한 성경책을 쥐여 줬다.

"이걸 틈나는 대로 읽어라."

"얘래 아바이 소식 없드니 이거이 뭔 변고디요. 얘래 왜 이캐 된 기야요. 야소귀신 썬 집안이란 소린 들었어두 우리 집안에 무병巫病을 앓은 전력이래 없구만. 세상이 흉흉하니 참 별일이디오."

어머니가 하소연하는 동안 젊은 목사는, 일어나라 빛을 발하라. 이는 네 빛이 이르렀고······, 성경 구절을 읊조렸다. 목사의 코끝에서 땀이 송골송골 배어 나왔다.

식구들 가운데 유별나게 예배당에 가는 걸 싫어했던 김용수는 그날 처음으로 주기도문을 낭독했다. 곁에서 지켜보는 어머니의 얼굴에 흡족한 웃음이 흘렀다.

"이 세상에 예수님 이길 귀신 없디. 암, 없구말구디."

그러나 그날 밤 꿈속에 할아버지가 나타났다. 분하고 원망스럽다는 얼굴이었다. 네가 나를 내치려고? 내 마땅히 너를 벌해야 하거늘 네 놈이 지껄이는 그 요망한 문자에 가로막혀 꼼짝할 수가 없구나. 하지만 두고 보자. 내 반드시 너를 산으로 데려가련다. 그 꿈을 마지막으로 할아버지는 방공호 벽 속에 갇힌 듯 다시는 나타나지 않았다.

입동立冬에 날씨가 춥더니 그해 유난히 겨울이 추웠다. 압록강으로 진격한 국방군이 평양으로 다시 내려온 것은 땅이 얼고 우물에 살얼음이 잡히기 시작할 무렵이었다. 철모를 썼으나 민간인 복장인 자, 헝겊으로 다친 눈이나 동상 걸린 발을 동여맨 자, 실성한 것처럼 주절거리는 자의 대열이 남으로 이어지고 있었다. 어머니는 들창을 열고 망연자실한 표정으로 후퇴하는 국방군을 바라보았다. 통일이 멀어지고 어딘가에 살아있으리라 굳게 믿었던 남편도 멀어진 탓이었으리라.

"다시 숨어야 하디 않갔서?"

어머니가 힘없이 말했다. 김용수는 고개를 끄떡였다. 그러나 어머니와 일별하고서 고모네 집으로 가려던 발길을 남쪽으로 돌렸다. 후퇴하는 국방군을 따라 무작정 남으로 내려왔다. 그때 왜 남행을 선택했는지 그 자신도 까닭을 알 수 없었다. 기독교에 귀의하여 액운을 막았다지만 박수무당이 될 팔자라는 데 적이 충격을 느꼈기 때문인지도 몰랐다. 그러나 아무리 생각해도 그것으로는 자신의 돌연한 행위가 해명되지 않았다.

대동강을 건너다가 보병 17연대 소속이라는 국방군들을 만났다. 그들과 어울려 밥을 얻어먹고 잔심부름하는 사이 어느새 그의 손에 소총과 수류탄이 쥐어졌다. 그의 가출 얘기를 들은 이종옥이라는 이름의 중사가 특별히 잘 대해 주었다. 그 또한 가출하고 군대에 들어온 처지라고 했다. 숱 적은 눈썹과 각진 턱에서 풍겨오는 차가운 인상이 오른쪽 눈 밑에 난 깨알만한 물혹과 기묘하게 대조를 이루는 얼굴이었다. 물혹만 없으면 다른 운명을 지녔을 텐데……. 이종옥을 처음 봤을 때 빠르게 떠오른 생각이었다.

김용수는 군번 없는 사물병私物兵으로 17연대에 합류했다.

짝사랑

그믐달이 잠시 깜빡이다가 여명 뒤에 숨어버렸다. 포병부대가 전열을 갖추는지 후방에서 들려오는 트럭들의 엔진소리가 요란했다. 이종옥의 머릿속에서 위장망을 걷어낸 중화포[10]의 포열들이 저격능선을 겨누느라 오르내렸다. 검고 둔중한 쇠붙이에 맺혀 있거나 물줄기를 이루어 흐르는 새벽이슬도 보였다.

매봉에 도착한 보병소대는 경사가 완만한 산등성이에 일제히 간이호를 팠다. 가슴 높이까지 구덩이를 파고 들어앉자 약간의 온기가 감돌았다. 어둠이 옅어진데다 거리가 가까워 기찻길에서보다 훨씬 구체적으로 돌바위고지와 A고지, Y고지가 보였다. 이종옥은 망원경을 꺼내 적진을 살펴보았다. 마대자루로 지붕을 덮은 유개호 몇이 보이고, 가끔 그쪽에서도 망원경을 눈에 댄 자가 나타났다 사라질 뿐 별다른 동향은 없었다.

김용수의 주기도문이 전에 없이 빠르게 입술 위에서 나불거렸다. 이종옥은 그때만 해도 김용수가 전투를 앞두고 너무 긴장한 탓이려니 생각했다.

한동안 김용수에게 사물병이라는 신분이 붙어 다녔다. 개인 소유의 물건에 다름없는 병사란 뜻으로, 장교나 하사관을 따라다니며 치다꺼리하는 것이 김용수의 임무였다. 군대의 비인간성을 극단적으로 드러낸 사례지만, 이종옥과 김용수의 관계는 꼭 그렇지도 않았다. 훈련소에서 총 한 번 쏴본 적 없는, 아니 훈련소가 어디 붙었는지도 모르는 이북 청년 김용수를 이종옥이 전담하여 사격술이며 수류탄 던지는 법을 가르쳤고, 그러는 사이 두 사람은 가까워졌다. 물론 가출해 군대를 도피처로 선택한 공통점도 두 사람의 유별난 친분에 한몫했다. 두 사람이 함께 초소에 근무할 때면 군대 오기 전에 겪었던 온갖 얘기를 다 끄집어내었다.

이종옥이 특히 관심을 기울였던 건 이옥주란 여자 얘기였다.

"최승희 뺨칠 정도로 예뻤다 이거지?"

몇 차례 들은 얘기를 또 청했으며, 그때마다 김용수의 입은 준비된 영사기를 돌렸다. 물론 절반은 김용수가 지어낸 얘기로, 아버지를 밀고한 악연이란 얘기를 생략했으며, 길에서 우연히 한 번 마주친 사이라는 것도 입에 올리지 않았다.

듣는 이종옥도 마찬가지였다. 사실을 확인할 수도 없지만, 확인할 필요도 없는 이야기이기에 공감대가 더 컸다. 김용수의 이야기가 부풀어 오를수록 이종옥의 과거도 상상력이란 거품을 일으키면서 커졌다. 이옥주가 등장하면 겹쳐서 떠오르는 여자가 이종옥에게 있었으므로.

약국이 달린 한옥에 오윤희는 살았다. 동도약국집 딸이라 부른 그녀를 처음 본 건 그 집에 신문을 넣을 때였다. 이른 아침 삐긋 열린 대문 틈으로 마당에 나와 펌프질하는 여중생이 보였다. 신문을 던져 넣으려던 손이 멈추어졌다. 대문을 향해 쪼그리고 앉아 세수하는데, 희고 정연한 얼굴과 달리 묘하게 자극적인 자세였다. 지극히 일상적인 자세였지만, 치마를 무릎 위로 걷어 올린 채 다리를 벌리고 앉은 여학생을 흔히 볼 수 있는 건 아니었다. 이종옥은 그녀가 일어섰을 때야 신문을 가만히 대문 안에 밀어 넣었다.

그날 이후 한 달을 넘도록 오윤희 생각에 사로잡혔다. 서 있을 때는 비닐을 친 창문에 어른거렸고 누워 있을 때는 천장을 바른 신문지 위에 어른거렸다. 어느 땐 신문을 배달하지 않는 날에도 동도약국집을 찾아갔다. 종일 그 집 앞을 서성거려도 그녀를 볼 수 없을 때가 잦았다. 늦은 밤 대문에 귀를 대고, 바깥에다 이불을 널라고요? 아버지, 꽃밭에 물을 너무 많이 주셨어요, 너무나 일상적인 그녀의 목소리를 고통스럽게 들은 적도 있었다.

시간이 흐를수록 오윤희가 가까이할 수 없는 존재란 사실이 명확해졌다. 어머니를 마중하러 나가다 우연히 오윤희를 보았을 때는 더욱 그랬다. 우체국 앞을 지나는데 오윤희의 흰색 교복과 오똑한 고무신이 찻길을 건너고 있었다. 전차 정거장에 멈춰 선 그녀는 손차양을 하고 전차가 오기를 기다렸다. 그녀의 그런 모습에서 까닭 모를 슬픔이 원근감을 동반한 채 느껴졌다. 이윽고 전차가 나타나 그녀의 모습을 지웠다. 전차가 시내 쪽으로 움직이자 그녀가 있던 자리에 어머니 모습이 보였다. 광주리를 옆구리에 낀 중년여자의 헝클어진 머리카락과 남루한 옷차림을 보자 오윤희 생각에 빠져 있던 날들이 사치스런 꿈처럼 느껴졌다. 그 얼마 후 오윤희가 이화여대에 들어갔다는 소식을 들었다.

오윤희에 대한 추억이 그처럼 일방적이고 사소한데도 군대 와서 돌이켜보니 무슨 대단한 사건 같았다. 기실 하루 끼니를 잇기도 어려운 빈민층에게 연애란 꿈속에서나 가능한 일이었다. 자고 나면 벌겋게 달아오른 물건을 어디에 둬야 할지 난감했을 무렵 이종옥은 종삼거리의 유곽에 몸을 맡기곤 했다.

세상이 아침저녁으로 달라지고 있었지만 가난한 신문팔이는 그저 신문을 내다 팔 뿐이었고, 이승만의 남한정부가 수립된 날은 유곽에 누워 한 언청이 창녀를 기다리고 있었다. 빨간 전등 아래서 여자의 째진 입술에 입술을 포개는데, 남한의 단독정부 수립을 반대하는 구호로 창문 바깥이 소란스러웠다. 누군가 쫓고 쫓기는 듯 골목에서 들려오는 발걸음 소리가 다급했다.

"하늘에 계신 우리 아버지, 온 세상이 아버지를, 아버지를 하느님으로 받들게 하시며, 아버지의 나라가 오게, 오게 하시며, 아버지의 뜻이 하늘, 하늘에서와 같이, 땅에서도 이루어지게 하소서. 하소서, 오늘 우리에게 일용한 양식을 주시고……."

김용수가 또 주기도문을 읊조렸다. 리듬이 번번이 끊기고 그때마다 눈을 질끈 감고 고개를 흔들었다. 입 안에 넣은 주기도문이 출구를 찾지 못해 허둥거리는 기색이었다. 소대원들의 눈길이 하나 둘 그에게로 쏠렸다.

"예수쟁이야, 오늘은 이 정홍재가 기분이 별로거든. 그만큼 중얼거렸으니 이제 그만 좀 입을 닥쳤으면 좋겠구나."

분대장 정홍재가 듣기 지겹다며 머리를 흔들었다. 참호에서는 무신론자가 없다. 포탄이 비 오듯 쏟아져 내리면 누구나 하나님을 부르고, 하나님과 동급인 어머니를 부른다. 그러나 정흥재만큼은 예외였다. 정흥재의 입은 어떤 신도 드나들지 못하는 커다란 자물쇠에 잠겨 있었다.

"뭐, 우리가 우리에게 잘못한 이를 용서하듯이 우리의 잘못을 용서하신다고? 전쟁이 용서한다고 끝나냐. 그거 다 개 풀 뜯어 먹는 소리지. 예수쟁이야, 그런 소리는 저 위에 있는 똥떼 놈이 네 놈 머리에 총알구멍을 뚫어놓을 때나 씨부려라."

분대장 정흥재가 막말을 퍼부을 때였다. 중공군 진지에서 한 발의 포성이 울렸다. 뒤이어 아군 포병이 쏜 포탄들이 새까맣게 하늘에 떠서 그리로 몰려갔다. 예광탄 불꽃이 파랗게 튀고 순식간에 먼지가 자욱이 일어났다. 오성산 쪽에서 포탄이 날아와 아군이 포진한 사선에 커다랗게 구멍을 파놓기 시작한 건 그 조금 후였다. 보병이 맞닥뜨리기 전 피아간 포격전이 벌어지는 상황이었다.

죽음의 오차

　아군 포병부대가 저격능선에 탄막을 치는 가운데 보병도 공격을 개시했다. 소나기를 피해 처마 밑에 몰려 있듯 조용하던 중공군 진지에서 그제야 사격소리가 들려왔다. 윤창열의 화기소대는 전방으로 나아가는 소총수들을 지원했다. 산기슭을 오르던 아군 소총수 몇 명이 적의 방망이수류탄[11] 공격을 받아 먼지를 일으키며 굴러 내려왔다. 윤창열은 수류탄을 던지느라 상체가 오르내리는 중공군을 집중사격하라고 명령했다. 그때였다. 공기를 가르며 다가오는 동체가 있었다. 바람소리가 들리는 건 포탄이 옆으로 날아간다는 신호였다. 서늘한 그림자가 왼쪽으로 스쳐갔다. 아니나 다를까, 전방을 엄호하던 중기관총 좌지座地 하나가 피폭당했다. 언제나 죽지 않은 자가 문제였다.

그들의 신음은 죽은 자에 비해 길고 처절했다. 기관총 사수 장현순이 애타게 어머니를 불렀다. 기관총 부사수와 탄약수는 즉사했다.

"위생병!"

윤창열이 고함을 쳤으나 위생병은 쏟아지는 포탄을 피하느라 정신없었다. 윤창열은 기다시피해서 신음하는 장현순에게로 갔다.

"윤 상사님, 저 이제 겨우 병원이란 델 가나 봐요. 얼마나 이 순간을 기다리고 또 기다렸다고요."

장현순이 소리 내어 웃었다. 어깨에서 붉은 피가 콸콸 흘러나왔다. 위생병이 포복으로 겨우 다가와 장현순을 참호에서 끌어냈다. 앞에서, 뒤에서, 옆에서, 쉴 새 없이 폭음이 진동했다. 적이 투망질하듯 집중사격을 퍼붓는 것이었다. 화염과 먼지의 폭풍이 가라앉을 때까지 참호 속에 가만히 웅크려 있는 수밖에 달리 할 일이 없었다.

"윤 상사님도 까짓 거 총 한 방 맞고 병원으로 오세요. 잘 아시잖아요. 누구나 야전침대에 누워 주사 한 대 맞고 깊이 잠들었으면 하는 것을요."

들것에 실려 가는 장현순이 웃다가 비명을 지르다 했다. 전쟁이 시작될 때부터 함께해 온 장현순 아니었던가. 그 때문인지 장현순의 처절한 목소리가 옹진반도에서 울려오는 것처럼 들렸다.

어디선가 총소리가 들리고 드문드문 포성이 섞였다. 은파산 고지에 파견된 관측병이 다급하게 인민군의 출현을 알렸다. 윤창열은 소대원들과 함께 은파산 고지에 올랐다. 계곡을 내려다보니 소문으로만 듣던 인민군 T-34 전차[12]가 묵직한 엔진소리와 함께 나타났다. 탱크 10여 대를 앞세운 인민군 기계화부대였다. 윤창열은 그때까지도 인민군 탱크가 38도선을 넘어오는 까닭을 알지 못했다. 정말 이것이 실제상황일까? 인민군이 전면전을 감행하리라고는 생각지도 못했는데, 탱크의 포구에서 불이 번쩍했다. 다음 순간 진지 옆에 포탄이 작렬하며 떡갈나무 한 그루가 뿌리째 뽑혀 날아갔다. 윤창열의 머리 위로 나뭇잎이 우수수 쏟아졌다. 윤창열은 그제야 중기관총으로 응사했다. 탱크는 깨를 털듯이 총알을 털어냈다. 윤창열의 중기관총보다 전면에 나가 있던 2.36인치 바주카포[13]가 화염을 뿜어냈다. 탱크는 역시 무슨 일이 있었느냐는 표정이었다. 오히려 탱크의 포탑이 더 빨리, 여러 각도로 돌아갔다. 장현순이 새하얗게 질렸다.

"제기랄, 저런 괴물은 처음 보네!"

탱크의 포신이 대대본부 쪽을 겨냥하더니 수십 발의 포탄이 날아갔다. 윤창열의 시선이 탄도를 따라갔다. 그밖에 달리 할 일이 없었다. 대대 막사가 먼지를 쓰고 폭삭 주저앉는 광경이 멀리서도 보였다. 다시 포탑이 돌아 포구의 동그라미가 윤창열을 바라보았다. 비명을 지를 새도 없었다. 이내 포탄이 날아왔는데, 아주 가까이에서 터진 것 같았다. 흙먼지가 눈앞을 가려 아무것도 보이지 않았다. 장현순이 심하게 쿨럭거렸다. 먼지 속에서 누군가 움직일 수 없다며 비명을 토해냈다. 그 소리가 옹벽을 사이에 두고 들리는 것처럼 아득했다. 더 심각한 상황은 탱크 뒤에서 쏟아져 나와 일사불란하게 공격대형을 갖추는 인민군이었다. 그 순간 이등중사 윤창열은 당면한 죽음을 직감했다.

"그 자리에서 쏴라."

진지 사수를 외치는 보병 소대장도 몸은 뒤로 빠져 있었다. 전의를 상실한 소총수들이 진지를 버리고 후사면으로 도망치기 시작했다.

"아무리 급해도 기관총부터 수습하자. 공용화기를 저들한테 내줄 순 없다."

윤창열은 후퇴하기 전 몇 명을 붙들어 중기관총을 분해했다. 무거운 중화기와 부속들 때문에 소총수들처럼 신속하게 이동할 수 없었다. 삼각대를 어깨에 짊어지고 탄약통을 한 손에 든 장현순이 산 아래로 내려서고, 총열을 멘 윤창열이 그 뒤를 따랐다. 몸통과 냉각수통을 맡은 부사수는 벌써 어디론가 가버렸다. 다리가 안쪽으로 휘어 오다리라 불리는 장현순은 처음 겪는 전투에 당황해선지 자꾸 뭣에 걸려 넘어졌다. 등 뒤를 계속 따라오는 총소리와 포격소리가 이상하게도 아득히 멀리서 들렸다. 박격포 소대에 합류하고서야 윤창열은 한쪽 귀가 먹었다는 걸 알았다. 박격포 사수 김석근을 거기서 잠깐 보았다. 군복 단추가 다 떨어져 나가고 땀과 흙으로 범벅인 얼굴에, 눈의 흰자위가 붉은 실핏줄로 가득 차 있었다.

지휘 계통이 무너진 군대는 어이없었다. 소총수와 행정병이 섞이고, 취사병이 포병부대에 와서 포탄을 나르고, 소대장이 수송대 노무자들 뒤에서 탄약이 떨어졌다며 갈팡질팡했다. 통신이 끊기고 취사장에서 누군가 울부짖었다. 그 아수라장 속에서 연대장 백인엽이 손수 81밀리 박격포를 쏘면서 부하들을 부포로 후퇴시켰다.

날이 저무는데도 인민군은 계속해서 국군을 바다로 밀어붙였다. 해주만으로 둘러싸인 옹진을 탈출하려면 배가 있어야 했다. 상륙함은 날이 밝아야 도착하기로 되어 있었다. 어떻게든 밤을 넘겨야 했으므로 가용할 포란 포를 총동원하여 인민군의 야습을 저지했다.

부포에 도착하자 검은 배가 먼바다에서 햇빛에 타들어가고 있었다. 수심이 낮은 부포에 접안하지 못한 상륙함이었다. 급히 징발해 온 어선을 타고 상륙함으로 향하는 동안에도 적의 야포와 박격포가 날아왔다. 포탄이 바다에 떨어져 배가 심하게 출렁거렸다. 국군과 피란민 여럿이 물에 빠져 허우적거렸지만, 그들을 구조하러 바다에 뛰어들 여력이 누구에게도 없었다.

상륙함에 올라탄 윤창열은 어선을 먼저 타려고 군인과 피란민이 엉켜버린 부포를 참담한 마음으로 바라보았다. 화염에 싸인 군수물자가 이따금 펑펑 검은 연기를 쏘아 올렸다. 누군가 17연대 병력 삼천 명 가운데 절반이 죽거나 행방불명됐다고 보고하는 순간 배 안이 눈물바다로 변했고, 누군가 인민군 탱크의 어마어마한 장갑과 사격 성능을 말할 때는 물을 뿌린 듯 조용했다.

전면전이 벌어졌다는 사실을 안 건 배가 인천에 도착해서였다. 위장포를 씌운 트럭이 부두를 오가는데, 그 위에서 쌍발 프로펠러를 단 인민군 정찰기가 한껏 고도를 낮춰 날아다녔다.

장현순을 태운 구급차가 기찻길을 따라난 5번 국도로 달려 나갔다. 윤창열의 눈길도 구급차가 더 이상 보이지 않을 때까지 국도를 달렸다. 총성이 귓가에 울렸다. 윤창열은 그제야 전투 중이란 사실을 깨닫고 전방을 내다보았다. 잠시 한눈을 팔았을 뿐인데 이년이나 세월이 흘러, 인민군이 아닌 중공군을 상대로 전투를 치르고 있었다. 위에서 아래로 쏟아지는 방망이수류탄의 숫자가 눈에 띄게 줄어드는 대신 아래서 위를 향해 던지는 아군 세열수류탄[14]의 폭발음이 늘어났다. 아군 소총수가 파상대형으로 돌바위고지와 A고지를 향해 올라갔다. 서서 쏘고, 달려가면서 쏘고, 엎드려 쏘면서 저격능선을 압박했다.

전방을 응시하던 윤창열의 눈이 문득 사선을 향했다. 소진호가 울고 있었다. 냉각수통을 교체하려고 호스를 든 손이 심하게 떨고 있었다. 군복바지가 흥건히 젖은 걸로 보아 오줌을 싼 게 분명했다. 소진호의 우는 얼굴이 오줌을 싸고 야단맞을까봐 지레 엄살을 떠는 코흘리개 같았다. 윤창열의 잇새에서 피식 웃음이 새어나왔다.

"이놈아 그만 울어라. 뭐가 그리 무서우냐."

소진호가 입술을 내밀고 고개를 저었다. 영락없는 어린아이였다.

"박격포가 제일 무섭지?"

소진호가 고개를 끄덕였다.

"들어라. 박격포란 놈은 목표물 주변에 떨어진다. 이 말이 뭔고 하니, 박격포가 겨냥한 목표물이 너라면 살 수 있다는 거다."

"……"

"네가 목표물 주변에 있을 확률은 높지 않아. 왜냐하면 네가 살고 싶을 때마다 구급차가 와서 널 실어가기 때문이지. 조금 전 구급차를 타고 떠난 장현순이도 그랬다. 그러니 진호야, 지금 이 순간부터 내 앞에서 눈물 질질 짜면 널 세상에 둘도 없는 엄살쟁이로 여겨 볼기를 사정없이 때려줄 거다. 알겠나?"

"알겠습니다."

소진호가 빳빳하게 몸을 세웠다. 윤창열은 소진호가 들고 있던 냉각수통을 뺏어 중기관총에 연결했다. 물이 순환하면서 총열에서 수증기가 피어올랐다. 무전기가 상황종료를 알리기도 전에 저격능선을 점령한 아군 보병들의 환호성이 들려왔다. 환호성 사이사이 총소리가 간헐적으로 들리는 건 겨우 살아남은 중공군을 확인 사살하는 소리일 터였다.

보병이 쓰는 무기들

교통호를 따라 도망치는 중공군들 뒤로 먼지가 자욱이 따라다녔다. 진지를 빼앗긴지도 모르고 사격자세로 계곡을 내려다보는 중공군 한 명을 이종옥이 정조준해서 쓰러뜨렸다. 서서쏴 자세로 교통호를 걸어가는데 발바닥이 물컹했다. 아직 숨이 떨어지지 않은 중공군 하나가 분홍빛 창자를 드러낸 채 이종옥을 올려다보았다. 간절한 눈빛이었다. 살려 달라는 눈빛인지 어서 죽여서 편안하게 해달라는 눈빛인지 알 수 없었다. 이종옥은 눈을 한 번 질끈 감았다가 떴다. 그리고는 부상자의 관자놀이에 총구를 대고 방아쇠를 당겨버렸다.

산병호며 교통호에 중공군 시체가 즐비했다. 어떤 자는 하늘을 바라보고 누운 자세로, 어떤 자는 교통호 위에 팔을 길게 늘

어프린 채 엎드린 자세로, 어떤 자는 양지 바른 교통호 흙벽에 등을 기대어 하품하는 모습으로 죽어 있었다. 이종옥은 죽은 중공군의 발에서 군화를 벗겼다. 중공군의 군화로 갈아 신으니 푹신하니 새 신을 신은 느낌이었다. 이등상사 현상염이 앉은걸음으로 자리를 옮겨 다녔다. 중공군 시체를 한 시간이나 뒤져 겨우 지폐 몇 장을 건져내고는 손을 탁탁 털고 일어섰다.

"이놈들은 본국에서 지독한 가난뱅이였나 봐. 이놈들 상대해서는 재미 못 보겠는걸."

기대했던 시계나 나침반이 나오지 않아 실망이 크다는 얼굴이었다. 돈 되는 일이라면 대검으로 이빨에 낀 금니까지 수거하는 그의 입에서 그런 말이 나오긴 처음이었다.

노무자들이 올라와서 중공군 시체와 전리품을 분리했다. 시체는 미리 파놓은 구덩이에 포개 쌓고서 그 위에 흙을 뿌렸다. 삽질이 귀찮은 노무자들은 시체를 겨우 묻을 깊이로만 구덩이를 파고는 그 위에 흙을 살짝 덮었고, 그마저도 귀찮은지 시체의 머리와 다리를 붙잡고 영차, 참호 바깥으로 집어던졌다. 시체는, 그 가운데 적의 시체는 쓰레기로 분류되는 4종일 뿐이었다.

전리품 대부분은 중공군 보병이 사용하는 방망이수류탄이었다. 그 곁에 체코제 경기관총[15] 한 정, 아식보총 네 정, 탄창이

둥근 파파샤 따발총[16]이 두 정 놓여 있었다. 몰래 소지했다가 미군한테 팔면 수입이 짭짤하다는 소련제 TT권총[17]은 보이지 않았다.

"이 중사님 이리와 보세요."

노무자 정칠성 씨가 불렀다. 수류탄을 손에 쥔 시체가 있으니 안전하게 분리해 달란 것이었다. 굽어보니, 어린 티가 물씬 풍기는 중공군이었다.

전쟁이 발발하고 이틀째였다. 인천으로 후퇴한 17연대는 용산으로 가는 군용열차에 올랐다. 비상식량인 건빵 한 봉지를 먹었을 뿐 종일 굶다시피 해서 눈앞이 가물가물했다. 용산역에 도착하자 옹진에서 박격포탄을 쏘며 부하들을 후퇴시켰던 연대장 백인엽의 쉰 목소리가 들렸다.

"우리는 야간열차를 타고 대전으로 간다. 이승만 대통령을 호위하러 간다. 대전으로 이동한 수도경비사령부를 지원하러 간다."

백인엽의 외침에서 이종옥은 뽀얗게 김이 오르는 쌀밥의 유혹을 느꼈다. 수도경비사령부라면 명색이 한 나라 대통령의 친위부대다. 그런 부대를 외곽에서 지원한다니 밥을 굶는 일은 없겠지. 어쩌면 그들이 먹는 쌀밥을 얻어먹게 될지도 모른다.

야간열차의 검은 유리창에 고봉으로 쌓아올린 쌀밥 한 그릇이 비쳤다. 밥 냄새도 비릿하게 풍겼다. 이종옥은 목구멍으로 넘어가는 밥알의 매끄러운 촉감을 기억해내고는 침을 한번 꿀꺽 삼켰다.

그러나 수도경비사령부 군인들이 먹는 쌀밥을 야간열차 유리창에 남겨 두고 그냥 내려야 했다. 막상 대전에 도착하니 쌀밥은커녕 밀밥도 제때 먹기 어려운 형편이었다. 보급품이 바닥 난 상태라는 걸 누구나 알았으므로 배고픔을 대놓고 하소연할 수도 없었다. 밥이 없고 옷이 없고 재울 데가 변변찮은데도 절반 넘게 잃은 병력을 보충하려고 대전에 도착하는 즉시 가두모병街頭募兵에 나섰다. 피란민 가운데 젊은이를 그러모아 일주일 정도 사격훈련을 시켰으나 개인화기가 모자랐다. 신병 절반에게 국군의 개인화기인 M1소총과 카빈소총[18]을 지급하지 못했다. 소총이 없는 신병을 전선으로 보낼 때는 수류탄 네 발씩을 지급했다. 그들은 대부분이 학도병이라 부른 미성년자들이었다.

작전은 지도 바깥에서 전개되었다. 이승만 대통령 앞에만 서면 감격의 눈물을 흘린다는 낙루장관落淚長官 신성모의 명령에 따라 금강으로 내려갔다가 이틀 후 천안으로 올라왔고, 천안에서도 작전지역이 변경되어 평택으로 이동했다. 그 무렵 오스트레일리아 공군기인 무스탕[19]이 평택역에 정거한 탄약차를 오폭하는 사고가 발생했다. 탄약을 가득 적재한 아홉 량의 무개차가 폭발하면서 평택역이 통째로 날아갔다. 때마침 작전명령을 수령하려 평택역에 있던 연대장 백인엽이 그 사고로 다리를 심하게 다쳐 부산으로 후송되었다.

아무리 지도를 꼼꼼히 읽어도 적의 침투로를 제대로 예상하기 어려웠다. 오산 남쪽 갈곶리에 방어선을 구축한 1대대는 민간인 복장의 편의대便衣隊에 당했다. 그들은 피란민에 끼어 남하하여 후방에서 기습공격했다. 그곳은 지도가 접히는 쪽이었다. 작전을 바꾸어 지도가 접히는 쪽을 방어한 진천전투에서는 국도를 따라 내려온 인민군 기계화사단의 정공법에 당했다.

한마디로 희망 없는 전쟁이었지만 부산에서 올라온 소식은 국군이 절망에 빠지도록 온전히 내버려 두지도 않았다. 세계 최강 미 지상군이 부산에 상륙했다는 전언이었다. 미군이 쓰는 무기라면 이기지 못할 군대가 없다. 일본을 일거에 무릎 꿇린 원자폭탄의 위력은 이제 갓 입대한 학도병이 더 잘 알았다. 미군 전투기가 이미 서울 하늘을 장악했다는 소식이었다. 미군이 도와준다면 이 전쟁에서 이길 수 있을 거야. 어린 소년들의 눈에 조종사가 보일 정도로 저공비행하는 전투기가 어른거렸으며, 어린 소년들의 귀에는 미군 조종사의 껌 씹는 소리까지 들렸다. 미군에 대한 전지적 믿음에 관해서라면 누구도 순진한 학도병을 따라가지 못했다.

중공군 소년병이 어찌나 세게 수류탄을 움켜쥐었는지 손가락을 하나하나 벌려 떼어내야 했다. 길게 자란 손톱에 때가 새까맸다. 어린 나이인데도 손이 노인의 그것처럼 거칠고 투박했다. 스무 살도 채우지 못하고 단명한 인생치고는 손금들이 길고 복잡했다.

"떼놈 군화가 바닥이 두껍고 따숩지? 전쟁이 터지고 벌써 세 번째 겨울을 맞이하는군."

등 뒤에서 들려오는 깔깔한 목소리에 이종옥은 흠칫했다. 돌아보니 화기소대 선임하사 윤창열이었다.

"올겨울도 산에서 지내야 할 모양일세. 전쟁이 터졌을 때나 지금이나 뭐 달라진 게 있어야지. 현상엽이 아직도 소지품을 뒤지니 말야."

"그렇지 않아도 아까 현 상사님을 봤어요. 오늘은 별 재미를 못 봤다더군요."

"아까 나는 저쪽 산병호에서 경기관총을 발목에 묶은 채 죽은 떼놈을 보았어. 전쟁이 터진 해에도 그랬지. 이 중사도 기억하는가?"

"현상염 상사님이 대검으로 살해했다는 인민군 기관총 사수를 말씀하시는군요. 얘기로만 들었지 보진 못했습니다. 그때 나는 보은에 있었으니까요."

"자고 나면 소대원 얼굴이 신병으로 바뀌니 이제 그 일도 전설이 되려나 보이."

윤창열의 어조가 자못 쓸쓸했다. 청주에서 보은으로 가는 길에 남일국민학교가 있었다. 청주로 들어서기 전에 벌써 인민군이 청주를 점령해서 17연대는 외곽에 머물 수밖에 없었다. 남일국민학교를 사이에 두고 인민군과 대치하여 총격전을 벌일 때였다. 학교 운동장과 면한, 미루나무가 있는 둔덕에서 맹렬하게 작동하는 기관총에 아군은 한 발짝도 앞으로 나가지 못했다. 인민군이 미루나무 아래에 체코제 경기관총을 거치해 놓고 총알을 뿌려대는데, 사방이 개활지라 머리를 들면 곧장 구멍이 날 것 같았다. 중대장은 피탄지에서 벗어나려면 대대에 포사격을 요청하는 수밖에 없다고 판단했다. 그리고 중대 통신병이 무전기를 들 때였다. 무전기를 귀에 댄 채 통신병이 땅에 처박혔다. 머리에 총알을 맞고 북어처럼 벌어진 그의 입에선 한마디도 새어나오지 않았다. 정작 신음이 터져 나온 건 다른 병사, 양용석의 입에서였다. 중대 통신병을 도우러 갔다가 대퇴부를 피격당한 것이었다.

"오지 마!"

기어서 다가가려는 소대원에게 거세게 손사래를 치던 양용석이 돌연 카빈을 입에 물고 방아쇠를 당겼다. 키가 후리후리하고 콧날이 미국인처럼 뾰족했던 그는, 성도 양 씨여서 별명이 양키였다.

"내 저 새끼를 기필코 죽이고 돌아오마."

청주훈련소 입소동기인 현상엽이었다. 화가 치민 그는 엄호도 받지 않고 남일국민학교 운동장을 질러갔다. 다행히도 미루나무 아래 기관총 사수가 다른 곳에 화력을 집중하느라 그를 보지 못했다. 현상엽은 그야말로 화가 잔뜩 난 수위아저씨처럼 탁 트인 운동장을 걸어 미루나무 아래로 다가갔다. 믿어지지 않는 광경이 눈앞에서 벌어졌다. 현상엽이 대검을 뽑더니 단숨에 둔덕으로 뛰어올라 기관총 사수를 해치웠다.

되돌아온 현상엽의 눈이 시퍼렜다.

"어린놈이었어. 어떤 악질 괴뢰군 군관이 어린놈 발목에 사슬을 채워 놓고 기관총을 쏘라 했나 봐."

그렇게 말하는 현상엽의 바지 주머니가 불룩했다. 현상엽이 주머니에서 참외 몇 알을 꺼냈다. 그리고는 조금 전 인민군을 찌른 대검을 군복에 쓱쓱 문질러 혈흔을 닦았다.

"야, 너도 먹어. 그놈 주머니에 있더라."

현상염이 참외를 깎아서 건넸다. 얼결에 참외를 받아 한 입 베어 무는데 풋내가 심했다. 그때가 칠월 초라 참외가 덜 익은 것이었다.

"하여간 현상염 이 친구는 그때도 인민군의 호주머니를 뒤졌어. 그리고 난 알았지. 현상염이 청주훈련소에서 그 깊은 똥통을 발로 저어 대검을 찾아낸 까닭을. 대검은 보병의 중요한 무기야."

윤창열이 입을 크게 벌리고 웃었다. 벌써 열 번은 들은 얘기라 이종옥은 따라 웃지 않았다. 언제나 웃는 쪽은 윤창열이었다.

"대검 못지않게 야전삽[20]도 중요한 무기지요. 떼놈들한텐 말입니다. 저길 보세요."

이종옥이 교통호를 가리켰다. 소대원 몇이 교통호에 뚫린 엄체호를 둘러쌌다. 한 명이 수류탄을 들고 땅굴 안으로 들어가더니 급히 뛰어나왔다. 수류탄을 던져놓았는지 그는 빈손이었다. 폭발음과 동시에 허물어지는 엄체호에서 중국말이 다급하게 들려왔다. 중공군은 야전삽 하나로도 지하 10미터 깊이 땅굴을 족히 판다고 했다. 중공군의 엄체호는 깊고 복잡했다. ㄹ자 모양의 엄체호는 화염방사기[21]를 들이대 봤자 땅굴 끝까지 불길이 닿지 않았다.

무적탱크

보병이 쓰는 무기로는 탱크를 제압할 수 없었다. 그 사실을 옹진에서 처음 안 이후 모두가 탱크 공포증에 걸려 있었다.

1950년 6월 23일, 한국에서 탱크전이란 없다, 라고 선언한 미 군사고문 단장 윌리엄 로버츠의 기자 회견은 거짓이거나 잘 못된 예언이었다. 소련을 침공한 불패의 독일 탱크는 느닷없이 나타난 소련 탱크 앞에서 연기를 내뿜는 고철로 전락했는데, 인민군이 보유한 T-34 전차가 소련 탱크라고 1대대장 김희태 는 말했었다. 그는 전쟁이 발발한 날 대대본부에 명중한 85밀 리 전차포에 희생당했다. 최초로 서울에 난입한 T-34는 일개 소대 병력에도 못 미치는 인민군 보병을 탑승시킨 단 두 대였 다고 2대대 2중대장 조경학은 소문으로 들은 말을 전했다. 서울의 동쪽인 돈의문에서 광화문으로 질주하면서 주포와 기관총을 닥치는 대로 난사하는 그 두 대에 서울이 철저히 유린당했다고 분개한 그는, 갈곶리에서 평택으로 가는 길에 미군 항공기의 오인사격을 받아 숨졌다. 네 대의 T-34가 끊어진 한강 철교에 철판을 깔고 도강하여, 시흥지구 전투지역 사령부가 설치한 한강 남쪽 영등포 방어선을 간단히 뚫는 것을 직접 보았다며 3대대 2중대 2소대장 오성욱은 입술을 떨었다. 오산에서 만난 미 24사단 소속 스미스 특수임무부대를 그대로 뚫고 지나간 것도 여덟 대의 T-34라고 그는 덧붙였다.

그 무렵 중대원 하나가 콩알만한 게르마늄 광석을 구해와 '광석 라디오'를 만들었다. 손재주 좋은 그는 HLKA 서울방송국을 연결했는데, 대대 인사계에게 들켜 압수당하기 전까지 전세戰勢가 궁금한 병사들에게 온통 절망적인 소식들만 전해 주었다. 그 후 '광석 라디오'가 전한 소식들은 더 절망적인 입소문으로 확대 생산되어 온 부대에 퍼져 나갔다.

김석근은 이 모든 말들을 깊이 새겨들었다. 전차, 탱크라고 더 많이 부르는 무기를 처음 본 건 충무로 수도극장에서였다. 궤도 위에 철갑을 두르고 상단에 대포를 단, 얼핏 코끼리처럼 보이는 괴물이 일직선으로 세운 코에서 불을 뿜으며 스크린을 누볐다. 영화가 끝나고 극장 문을 나서는데도 거대한 포신이며 구멍이 잔뜩 뚫린 전륜궤도, 둔중한 디젤엔진 소리가 여전히 김석근의 눈과 귀를 압도했다.

탱크병을 모집하는 포스터와 마주쳤을 때 김석근은 왠지 우연이 아닌 것 같았다. 포스터는 누가 보더라도 사실감이 넘쳤다. 탱크는 포스터 밖으로 뛰어나올 기세였고, 해치를 열고 나와 경례를 붙이는 탱크병의 눈동자는 애국심에 불타올랐다. 탱크를 보유한 국가라야만 그런 그림이 나올 터였다. 그러나 김석근이 영화나 포스터 바깥에서 본 탱크는 태극기 대신 인공기를 포탑에 새겨 넣었다.

옹진반도에 나타나서 영화에서처럼 전장을 휘젓고 다니는 인민군 탱크에 김석근은 다시금 경악했다. 탱크는 철조망이든 참호든 기관총 진지든 넘어다니지 못하는 곳이 없었다. 탱크의 장갑은 총알을 튕겨낼 뿐 아니라 수류탄을 던져도 구멍 하나 뚫리지 않았다. 바주카포를 맞은 탱크는 잠시 멈칫거리다가 다시 움직였다. 탱크는 보병이 쓰는 모든 무기를 비웃으며 화약 연기와 먼지 속을 드나들었다.

옹진에서 패퇴하여 인천으로, 인천에서 용산을 거쳐 대전으로, 대전에서 평택으로 잠시 올라왔다가 청주 외곽으로 빠져 내려가는 길은 탱크에 쫓겨 도망치는 길이었다. 후방으로 가는 기차의 유리창 곁에서, 비포장도로 위를 달리느라 심하게 흔들리는 트럭 위에서, 뙤약볕을 견디며 남쪽을 향해 가는 행군대열 속에서 탱크병을 희망했던 박격포 포수 김석근은 오로지 탱크만을 생각했다.

김석근뿐 아니라 옹진에서 패퇴한 17연대 장병 모두의 머릿속에 탱크는 저마다 형상을 달리한 괴물로 각인됐다. 탱크를 보지 못한 신병들조차도 탱크 소리를 듣는 순간 얼굴이 하얗게 질려버렸다.

옹진에서 청주 외곽에 이르는 동안 가장 어이없고 충격적인 소식은 오산 북쪽 죽미령에서 인민군과 처음으로 교전한 미군 스미스 부대의 패전이었다. 신이 거느리는 군대라 믿었던 미군의 패전소식에 모두가 아연실색했다. T-34는 미군이 쏜 대전차포를 여러 발 맞고도 전진을 멈추지 않았다. 국군이 그랬듯이 미군 역시 공포에 질려 흩어졌다는 것이었다.

그 소식 이후 미군을 믿지 말라는 말이 국군들 사이에 떠돌았다. 그들은 산악지형에 대한 지식이 전혀 없으며, 차량에서 내려 적군이 있을 법한 산과 숲속을 수색하지 않으며, 도로에만 집착하여 고지 점령을 기도하지 않으며, 전화기나 무전기가 없으면 이동하지 않는다. 좋은 식사와 의복에 길든 그들이 남의 나라에 와서 목숨 걸고 싸울 까닭이 있겠느냐.

한쪽에서는 미군에 대한 그런 평가가 사실무근이라고 했다.

한국에 와서 비록 작은 전투에 패배했지만, 미군은 여전히 세계 최강의 군대라는 주장이었다. 미군은 히틀러의 독일을 이긴 군대이다. 중국을 이긴 일본과 싸워서도 압도적으로 이겼다. 미군이 히로시마와 나가사키에 투하한 원자폭탄을 봐라. 그 악독한 일본군도 하루아침에 항복했다. 미군이 마음만 먹으면 인민군 같은 건 식은 죽 먹기다. 미군이 인민군 탱크에 밀리는 것은 그들이 개발한 비밀무기를 어느 시점까지 은닉하기 위해서니, 그 대단한 것이 태평양을 건너올 때까지 참고 기다려야 한다.

그 무렵 연대에서 내려온 대전차 지침서는 육탄공격을 지시하는 문장 일색이었다. 적 전차의 해치가 열렸을 경우 수류탄과 화염병을 그 속에 투입하라. 해치가 닫혔을 땐 81밀리 박격포탄을 궤도에 밀어 넣어 기동력을 마비시켜라. 만일 박격포탄이 불발하면 연막탄으로 시계를 차단하여 적으로 하여금 해치를 열도록 하라.

남일국민학교에서 교전을 벌이고 그 이튿날인 7월 15일이었다. 동트는 하늘을 배경으로 인민군 탱크 여섯 대가 나타났다. 탱크는 노선버스인 양 태연히 거동했지만, 지켜보는 눈들은 목숨을 거두러 온다는 생각뿐이었다. 김석근은 부질없는 일인지 알면서도 박격포를 탱크가 오는 쪽으로 방열했다.

탱크는 아군 쪽으로 포를 쏘면서 다가왔다. 아군 진지 여러 곳에 화염이 치솟았지만 대책 없이 당하고만 있었다. 탱크와 아군 사이에 개천이 있어 그나마 다행이었다. 개천 위를 교량이 가로질렀는데, 탱크가 아군 방어진지로 근접하려면 그곳을 건너야 했다. 다리 앞에 몰려 있던 인민군 탱크들 가운데 선두가 다리로 진입하려는 순간이었다. 다리 옆에 매복했던 아군의 57밀리 무반동총[22] 두 문이 불쑥 나타났다. 대전에서 새로 지급받은 대전차화기였다. 발사관의 앞뒤 구멍이 각각 화염과 후폭풍을 뿜어냈다. 측면을 내보이며 비좁은 다리 위를 건너던 탱크의 엔진룸과 동력전달장치에 철갑탄 두 발이 명중했다. 궤도가 끊어진 탱크는 오도 가도 못하고 다리에 주저앉았다. 57밀리가 다시 나머지 다섯 대를 공격했지만, 인민군 탱크들은 더이상 측면을 내주지 않았다. 다리에 주저앉은 탱크에서 해치가 열리더니 탱크병이 나와 마구 기관총을 휘둘러댔다. 아군 몇이 쓰러지고 탱크병도 곧 집중사격을 받아 탱크 아래로 굴러 떨어졌다. 보병 하나가 탱크에 올라 타 열린 해치 안에 수류탄을 던져 넣었다. 수류탄이 폭발하면서 탱크가 들썩했다. 아군 진지에서 환호성이 터져 나왔다. 서로 부둥켜안고 우는 병사들도 있었다. 개전 이래 그토록 마음 놓고 기쁨을 표시하기는 처음이었다.

"누가 탱크 안에 수류탄을 던졌나?"

"대전에서 갓 입대한 정흥재라는 이등병입니다."

"이등병이라구? 거참 대담한 녀석이로군."

김석근의 박격포 포좌 뒤에서 중대장과 하사관이 주고받았다. 김석근의 입에서도 '무너진 사랑탑'이 저절로 흘러나왔으나 끝까지 부를 수가 없었다. 다리 옆에 방열한 57밀리 무반동총이 날아온 탱크 포탄에 박살이 났기 때문이었다. 다리 위에 주저앉아 검은 연기를 뿜어내는 탱크를 후속 탱크가 밀어냈다. 인민군 탱크 다섯 대가 차례로 다리를 건너오면서 포사격을 해왔다. 아군진지는 아비규환에 빠졌다. 부대대장 이동호 대위와 아군 수십 명이 화염에 갇혔지만 아무도 구해주지 못했다.

2대대장 송호림 소령이 다급하게 후퇴를 외쳤다. 아군은 탱크를 겨냥해 무기력하게 소총을 쏘면서 분터골을 향해 뒤도 돌아보지 않고 도망갔다. 병사들 대다수가 이미 공용화기와 소총을 버리고 달아났으므로 후퇴작전이란 걸 시도하기란 아예 불가능했다. 분터골로 후퇴하는 길에 인민군 편의대를 만나 또 한 차례 생지옥을 경험했다. 김석근은 그때 알았다. 전사하거나 부상당한 전우를 버려두고 달아나는 일이 어느새 예사로워졌다는 것을.

겨우 분터골에 이르렀는데 악명 높은 오스트레일리아 전투기가 나타났다. 사력을 다해 도망갔으나 인민군 탱크의 포사격보다 더 정확한 것이 F-51 무스탕의 오인사격이었다. 거기서 또 수십 명이 죽었다.

이윽고 날이 저물어 송호림은 수송대에서 보내준 GMC트럭[23] 몇 대에 남은 무기들과 중화기 요원을 싣고 그 자신도 올라탔다. 박격포 사수 김석근도 보은으로 후퇴하는 트럭에 올랐다. 트럭들은 미등도 끄고 길을 우회하면서 남쪽으로 이동했다. 그렇게 어둠을 헤쳐 가는 동안 인민군에게 발각 나지 않은 게 다행이었다. 그러나 보은에 거의 다 와서 트럭 한 대가 하천에 처박혔다. 트럭 뒤에 탔던 12명이 추락사했다. 계기판에 처박혔던 얼굴을 쳐들면서 운전병은 수면부족을 하소연했다. 대대장은 즉시 운전병을 총살했다.

날이 새자 참담함이 극에 달했다. 1개 대대에서 살아남은 병력이 불과 오십여 명이란 사실 앞에 모두 할 말을 잃었다. 권총을 관자놀이에 대려는 송호림을 김석근이 발견하고 간신히 만류했다. 송호림이 오열하자 병사들도 따라 울었다. 보은에 미리 와 있던 1대대와 합류한 건 정오가 가까워서였다. 오후에 접어들면서 낙오병들이 삼삼오오 귀대하면서 병력이 조금 늘어났다. 연대장 김희준이 부대 재편성을 명령했지만 송호림은 무슨 말인지 즉시 알아듣지 못하는 얼굴이었다. 눈이 퉁퉁 붓도

록 울어선지 실성한 사람 같아 보였다. 그 며칠 후 화령장化寧場
에서 전투가 벌어지기 전까지 김석근의 입에서는 아무런 노래
도 나오지 않았다.

꽃상여가 지나갔다

  저격능선에서 내려다보니 과연 아래가 잘 감제되는 고지였
다. 계곡은 산줄기를 좌우로 물리치면서 들판을 향해 밋밋하게
헤벌어졌는데, 이종옥의 소대가 능선을 공격하기 전에 잠시 대
기했던 매봉 산등성이를 빼고는 별 장애물이 없었다. 바위가
드물고 키 큰 나무라고는 거의 없어, 치고 올라오는 적에겐 절
대로 불리한 지형이었다. 매봉 산등성이 너머는 기찻길과 남대
천이 나란히 흐르는 들판이었다. 계곡과 산등성이와 들판 곳곳
에 풀과 잡목이 불타서 생긴 그을음 자국이 시커몄다. 격전지
임을 알리는 그곳이 간밤에 소대를 데리고 지나온 길이었다.
이종옥은 더 멀리, 자세히 보려고 망원경을 눈에 댔다. 렌즈의
동그라미로 동쪽에서 서쪽으로 햇빛을 운반하는 남대천이 떠

오른다. 금강산으로 가는 기차는 남대천이 흐르는 반대방향으로 달렸을 것이었다. 기찻길을 따라 서쪽을 훑으니 지붕이 반파된 금화역이 보인다. 역사 대합실에는 물론 사람의 그림자 하나 얼씬거리지 않았다. 금화역과 암정교가 있는 생창리 국도에 미군 장갑차와 트럭이 오가고 있었다.

이종옥은 망원경을 오성산 쪽으로 돌렸다. 산줄기가 가파르고 갑자기 휘어지는 모퉁이가 많아 적이 내려쏘지 않더라도 보병이 쉬이 오르기는 어려울 성싶었다. 오성산 꼭대기는 더 끔찍했다. 망원경으로 올려다보는데 아무런 장애물이 없었기 때문이다. 올려다보는데 장애가 없으니 내려다보는데도 장애가 있을 리 없었다. 아, 이건 정말 불공평한 전투구나! 중공군이 직사포로 내려쏜다면 피할 길이 없다는 사실에 등골이 오싹했다. 아무리 아래가 잘 감제돼도 위에서도 또한 잘 감제되니, 이 저격능선에서 적도敵都 평양을 굽어본들 무슨 소용인가. 전투란 높이와의 싸움이었다. 높은 곳을 선점한 군대가 이기게 마련이었다. 높은 곳에 숨어서 적을 기습한다면 이기지 못할 전투가 없다. 이종옥은 그것을 보은에서 소백산맥을 넘어 상주로 가는 길에서 겪었던 화령장 전투를 통해 알았다.

1951년 7월 17일이고, 해가 이종옥의 머리 위를 지나 45도로 기울었을 때였다. 망원경을 눈에 대어 갈령고개를 살피던 소대장이 덤덤하게 말했다.

"놈들이 정말 온다."

인민군이 온다는 소리가 TS-10 전화기[24]로도 잡혔다. 사격 금지를 강조한 중대장의 명령이 소대장의 입으로 옮아왔다.

"내 명령 없이 사격해선 절대 안 돼. 기침을 해서도 안 되고 침도 삼키지 마라."

인민군 15사단 48연대 병력이 온다는 정보를 입수하고 대대는 정오부터 상주 외곽 상곡리 야산에 매복하고 있었다. 참호를 깊숙이 파고 그 위에 다복솔과 칡넝쿨을 씌워 위장했다. 여름 해가 머리 위에서 이글거렸지만, 옹진전투를 비롯하여 잇단 패전이 고스란히 머리에 박혀 있는 데다 인민군이 곧 나타난다는 말에 이종옥은 조금도 더위를 느낄 새 없었다. 인민군 진입로로 예상되는 길이 훤히 굽어 보였다. 갈령을 넘어온 길은 개울을 따라 마을에 와서는 주저앉듯 폭이 넓어지다가 송계국민학교 앞을 지나면서 다시 좁아졌다. 간장종지처럼 오목한 마을이었다. 개울에 물줄기를 댄 농경지는, 구획마다 논물이 괴어 햇빛에 반짝였다. 산에 기대어 농가 몇이 옹기종기 모여 있는, 아직 전쟁이 스치지 않은 마을은 작지만 자족해 뵈는 풍경을 온전히 담고 있었다. 적막했다. 피란을 가지 않은 마을 주민들조차 임박한 전투를 의식하고 어딘가에 숨었기 때문이었다. 가끔 닭이 울고, 그 소리에 개가 짖었다.

오 분쯤 지났을까. 소대장이 망원경으로 발견한 인민군이 이종옥의 눈에도 보였다. 보병 행군대열이 앞서고 그 뒤를 우마차들이 따랐다. 시간이 좀 더 지나자 소와 말들이 무거운 야포를 끄느라 힘겨워하는 모습까지 눈에 잡혔다. 선두대열에서 걸어오는 보병들도 오랜 행군과 더위 때문인지 얼굴이 거의 울상이었다. 그들의 입에 흙먼지 씹히는 소리도 들리는 것 같았다.

예상대로 그들은 국민학교 운동장에 무기를 내려놓자마자 각자 휴식하러 흩어졌다. 옷을 훌렁 벗고 개울에 뛰어들거나 그늘을 찾아 길게 드러누웠다. 일부는 농가로 들어갔는데, 잠시 후 굴뚝에서 연기가 피어올랐다. 경계병으로 보이는 두 명이 국민학교 정문에 배치됐으나 그들도 곧 머리를 꺾고 앉아 움직이지 않았다.

그들의 일거수일투족을 지켜보며 사격명령을 기다리는데 일 분이 하루 같았다.

사격명령이 떨어진 건 그들이 운동장에 집결하여 저녁을 먹을 때였다. 오성신호탄이 오르자 야산에 숨어 있던 소총과 기관총과 박격포가 일제히 불을 뿜었다. 화망에 걸려든 적들은 속수무책이었다. 총알과 밥알이 함께 튀어 올랐다. 배식하는 자리에 핏물과 국물이 섞였다. 밥통과 국통 사이에 엎드려 총을 쏘던 자의 등에 박격포탄이 작렬하였다. 하천에 남아서 목욕하던 자들도 벌거벗은 몸으로 갈팡질팡했다. 수레에 묶인 소와 말들은 제자리에서 앞발을 들고 날뛰었다. 요행이 살상을 면해 농가나 삼밭으로 도망친 자들을 끝으로 삽시간에 날이 어두워졌다. 대대장 이관수 소령이 퇴로를 차단하라고 명령했으므로 이종옥은 하룻밤을 산에서 지새웠다.

아침에 산에서 내려오니 인민군 시체가 운동장과 개울가에 넘쳐 발 디딜 틈조차 없었다. 승리에 취해 방만함에 빠져 있던 군대가 치른 혹독한 대가였다. 시체들 곁에서 아침을 먹고 나서 도망간 적군을 찾아 분대별로 농가를 수색했다. 이종옥의 분대는 농가를 수색하면서 착검한 총으로 짐짓 뒤주 속이나 보릿대 뒤를 찔러보았다. 삼밭을 재배하는 한 농가에서 곡소리가 구슬프게 흘러나왔다. 이종옥은 신발도 벗지 않고 대청마루에 올라 방문을 열어젖혔다.

"아이고오, 아이고오 아부지이, 불효자를 두고 어디를 가십니꺼. 아부지이, 소자가 잘못했심더. 아이고오, 아이고오……."

한 중년남자가 아랫목에 누운 노인을 두고 구슬피 울었다. 한눈에 보기에도 초상 난 모습이었다.

"언제 돌아가셨습니까?"

"엊저녁 7시 넘어섭니더. 며칠 새 오늘내일 하시다가 엊저녁 천지개벽하는 소리가 날 때 돌아가셨습니더."

전투가 벌어졌을 때 임종했다는 말이 왠지 야릇했다.

"여름이라 빨리 묻어 드려야 할 겁니다."

"지도 압니더. 요 뒷산 굴속에 숨은 식구들이 돌아오면 화령장에 가서 상여를 부르려 합니더. 아이고오……."

다시 곡소리를 내는 상주를 뒤로하고 농가를 나오는데 옆집에서 총성이 울렸다.

"인민군이다!"

아군 분대원이 소리쳤다. 울타리 너머로 보니 인민군 하나가 파파샤 따발총을 휘두르며 길로 뛰쳐나왔다. 수색 나서면서 충분히 대비한 상황이건만 분대원들의 총구는 하늘로 향했다. 처음 겪는 근접전에 겁을 먹어 공포소리만 요란했다. 개울가로 도망치면서도 가끔 뒤돌아서 따발총을 뿌리는 인민군을 아무도 따라갈 엄두를 내지 못했다. 그런데 깨진 토관으로 된 징검다리를 밟고 개울을 반쯤 건너던 인민군이 다시 되돌아왔다. 맞은편 개울가에 매복한 국군과 마주쳤기 때문이었다. 그는 하필 이종옥이 숨어서 지켜보는 농가를 향해 정면으로 뛰어왔다. 누굴 공격하려는 의도라기보다는 당황해서 어디로 달아나야 할지 갈피를 못 잡는 모습이었다. 당황스럽기는 이종옥도 마찬가지였다. 방아쇠를 수차례 당겼지만 찰칵찰칵 빈총소리만 났다. 격발 불량이었다. 따발총을 든 그가 네댓 걸음 앞으로 다가왔으므로 이종옥은 죽을 위험을 무릅쓰고 일어설 수밖에 없었다. 뒤늦게 이종옥을 발견한 그가 흠칫 놀라며 방아쇠를 당겼다. 그의 총구도 잠잠했다. 실탄이 비어 있는 따발총이었다. 이종옥은 잽싸게 그의 가슴을 착검한 총으로 찔렀다. 그러나 대검이 박힌 건 가슴이 아니라 왼쪽 팔이었다. 인민군이 왼쪽 팔을 오른손으로 감싸고 돌아섰다. 이종옥의 대검이 다시 그의 등을 쑤셨다. 대검이 등뼈에 부딪치는 느낌이 이종옥의 손에 전해졌다. 땅을 파헤치던 곡괭이가 돌멩이에 부딪칠 때처럼 딱, 하는 소리가 났다. 뺨을 땅에 대고 엎어진 인민군의 눈에서 눈빛이 사라지고 있을 때야 이종옥은 비로소 자신이 사람을 죽였다는 사실을 알았다. 인민군의 몸에 박힌 대검을 뽑으며 이종옥은 치를 떨었다. 대검이 뽑힌 자리에서 선지피가 뭉텅뭉텅 미어져 나왔다.

맞은편 개울가에 있던 매복조가 징검다리를 건너왔다. 다른 중대 분대원들이었다. 평소에 말을 트고 지내는 김석근이 상기된 얼굴로 다가왔다.

"다 봤어. 정말 놀랍구나."

"뭐가 뭔지 모르겠다. 이 녀석 죽은 거냐?"

"곧 죽겠지. 아직 숨이 덜 떨어졌지만."

인민군의 등이 더디게 오르내렸다. 눈을 뜨고 있지만 무엇을 바라보는 눈빛은 아니었다.

"전투가 또 벌어질 거 같다."

김석근이 말했다.

"왜지?"

"좀 전에 인민군 전령을 생포한 수색대 애들이 그러는데, 후속부대가 또 이 동네를 지나간댄다."

그 말은 사실이었다. 생포한 전령의 몸에서 놀랍게도 인민군 15사단장 박성철의 작전명령서가 나왔다. 선발대는 왜 보고하지 않느냐. 무전기는 어디에 쓰려느냐. 후속부대와 합류해서 국군을 공격하라는 내용으로, 선발대가 상곡리에서 궤멸당한 사실을 모르고 있었다.

상곡리보다 갈령에서 가까운 동관리 야산에서 2대대가 다시 매복작전을 펼쳤고, 이종옥이 속한 1대대는 상곡리 현 위치에서 대기했다. 7월 20일 새벽, 동관리 쪽에서 오성신호탄이 뜨더니 각종 화기가 작렬하는 소리가 났다.

아침 9시 무렵, 지원중대를 따라 이종옥이 동관리에 가보니 도로와 논밭에 시체들이 즐비했다. 화약냄새가 진동했고 인민군의 괴멸이 한눈에 보였다. 그 와중에 아직 죽지 않은 인민군 하나가 시쳇더미를 엄폐물 삼아 경기관총을 난사했다.

"이 간나 새끼들아. 미제의 앞잡이들아. 머잖아 부산이 함락 될 텐데 저항해서 뭣 하느냐!"

미친 듯이 소리치던 그도 집중사격을 받아 곧 잠잠해졌다.

이종옥은 시체들 사이를 거닐며 무기를 수거했다. 인민군 시체와 무기가 상곡리 때보다 더 많았다. 몇몇이 인민군 호주머니를 뒤져 쓸 만한 소지품을 챙겼다. 지폐와 담배, 시계, 나침반 등속을 재빨리 주머니에 쑤셔 넣었다. 인민군 기관총 사수를 대검으로 살해해 대대에서 모르는 사람이 없을 정도로 유명해진 현상엽도 그들 틈에 보였다.

"뭘 그리 보시나. 몇 개만 쓱싹하고 죄다 본부에 넘길 거야. 이햐, 귀중한 거 하나 건졌네."

현상엽이 치켜든 건 동으로 주조한 거무스레한 메달이었다. 중국 내전 때 팔로군八路軍에 가담해서 싸운 조선인에게 마오쩌둥이 선물한 기념품이란 게 그의 설명이었다. 현상엽의 입술이 줄곧 귀에 걸려 있지는 않았다. 소지품이 나오지 않는 시체엔 침을 뱉거나 발길질을 해댔다. 죽음은 생산성이 정지된 상태라고, 현상엽은 전장에서 터득한 유물론을 역설하고 있었다. 며칠 동안 너무 많은 시체를 보아선지 이종옥의 눈에도 죽음이 하찮아 보였다. 어디선가 방울소리가 쩔렁거렸다. 꽃상여가 도로를 따라오고 있었다.

　꽃은 봄이 오면 다시 피나

　인생 한 번 가면 다시 못 오니

　어이 아니 처량한가

　너도 죽어 이 길이요, 나도 죽어 이 길이다

　원통하고 절통하다.

상두꾼이 만가를 선창하고 꽃상여를 맨 사람들이 따라 불렀다. 징과 북소리가 울려 만가를 더욱 구성지게 했다. 이틀 전 화령장에 상여를 부르러 가겠다던 상주가 서럽게 곡을 뺐다.

"아이고오, 아이고오 아부지이, 소자가 잘못했심더. 불효자를 용서하여 주이소. 아이고오……."

어둠의 군대

    고지를 점령하면 가장 먼저 해야 할 일이 진지공사였다. 그런데 저격능선에서는 땅을 파 참호를 구축하고 무너진 교통로를 수리하는 일이 쉽지 않았다. 포탄에 바스라진 흙이 떡가루 같았다. 흙이 자꾸 흘러내려 구덩이를 파도 금세 메워졌다. 생각 끝에 가루흙을 마대자루에 담아서 참호에 쌓아 올렸다. 흙이 모자라면 흙을 담은 마대자루를 진지 바깥에서 지게로 지고 올라왔는데, 그 일이 전투보다 더 고됐다. 마대자루에 나무를 박아 기둥을 세우고, 횡목을 기둥에 연결해 지붕을 만들고, 지붕 위에 다시 마대자루를 쌓았다. 참호 위에서 터지는 폭탄의 충격을 조금이라도 줄여볼 요량이었다.

    "어째, 할 만한가?"

삽질이 서투른 소진호 곁으로 윤창열이 다가갔다. 첫 전투를 치른 소진호는 얼이 빠진 얼굴이었다. 오직 죽음이 두려운 소년병의 얼굴에 핏기라고는 없었다.

"이봐 진호야, 싸움이란 게 말이다. 동네 싸움도 그렇고 총을 가지고 싸우는 전투도 그래. 싸움이란 싸울수록 더 잘 싸우게 되어 있어."

소진호는 알아듣지 못했다. 삽을 쥔 손이 야무지지 않았다. 윤창열이 다시 이었다.

"싸움에 지더라도 말야. 지더라도 싸워야 해. 그래야 싸움을 잘하게 돼. 너도 세 번만 싸우면 잘 싸우게 될 꺼다. 그런데 너, 사회에서 뭐했냐?"

"전구알 만드는 공장에서 일했습니다."

"전구알을 만들었다구. 그럼 군대에서 네가 자신 있게 할 수 있는 게 뭐 같으냐?"

"편지입니다."

"편지?"

"네. 편지를 대신 써 줄 수 있습니다."

윤창열은 전구알과 편지 사이의 간격을 이해할 수 없어 갸웃했다. 글을 아예 쓸 줄 모르는 문맹자를 위해 편지를 써준다는 것인지, 글은 쓸 줄 알지만 글들을 엮어 편지를 쓸 능력이 모자라는 사람을 위해 편지를 써준다는 것인지 알아들을 수 없었다. 하기야 편지를 써 줄 수 있다는 것은 두 가지 다 해결해 줄 능력을 갖춘 셈이었다. 윤창열은 그제야 안경쟁이 소진호를 알 것 같았다. 별난 녀석이구나. 자신의 편지뿐 아니라 남의 편지도 자유자재로 쓸 줄 안다는 건 그만큼 감정을 이입하는 능력이 뛰어나다는 뜻 아닌가.

"그래 그거 참 대단한 재주구나."

소진호가 삽질을 멈추었다.

"선임하사님, 걔들이 언제 올까요?"

"걔들이라니 누구?"

"중공군요."

"밤에 온다."

윤창열은 자신 있게 말했다.

"오늘요?"

"그건 모르지. 오늘 올 수도 있고, 내일이나 모레 올 수도 있지. 전쟁이란 불확실한 상황의 연속이야. 확실한 건 떼놈들은 밤에 온다는 사실이지."

중공군이 야간공격에 능한 것을 윤창열은 잘 알고 있었다. 중공군뿐만 아니라 준총駿驄 같았던 인민군도 언제부턴가 밤에만 움직이기 시작했다. 미군 전투기가 등장해서 제공권을 장악하고부터였다.

　김일성이 수안보 전선사령부에 나타나서 독전한다더니 8월
에 들어서면서 인민군은 과연 총공세를 펼쳐왔다. 그때 17연대
는 상주를 떠나 묘산과 현풍십이리를 거쳐 낙동강 동쪽 줄기의
마을인 안강과 기계에 방어선을 구축한 상태였다.

　그해 장마는 늦게 와서 일찍 갔다. 안강 들판과 하늘 사이에
굵은 빗줄기가 새하얗게 울타리를 치는데, 울타리 너머로 보이
는, 윤곽이 희미한 산마다 치열하게 전투가 벌어졌다. 갑자기
빗줄기를 뚫고 날아오는 총탄에 대처하기란 쉽지 않았다. 비
오는 날 총소리가 나면 무조건 납작 엎드리는 것이 상책이었
다. 초가집 담장 옆에 엎드렸고 오물로 범벅인 돼지축사에 엎
드렸다. 빗물이 콸콸 넘치는 논고랑에 긴긴 시간 엎드려 있다
일어나면 퉁퉁 불은 살에 거머리가 붙어 있었다. 비가 그치면
벼가 파랗게 자라는 8월이었다. 그해 8월의 햇살은 기관총도
녹일 지경으로 뜨거웠다. 산들은 붉은 흙을 드러내며 익었고,
해가 오래 머무는 하늘 아래서 들판은 한가운데부터 까맣게 타
들어갔다. 바람이 불지 않는 날이 많았고, 갑자기 구름이 끼면
서 더운 소낙비가 내렸다.

　안강읍 양동리 방어선에서 윤창열은 심하게 더위를 먹었다.

머리가 어지럽고 창자가 끊어지는 듯 아팠다. 경상도 사투리를 심하게 쓰는 늙은 신병이 마을로 내려가서 익모초 즙을 얻어왔다. 익모초 즙을 마시고 겨우 몸을 추스르는데 머리 위로 탱크포와 야포가 무차별 작렬했다.

포격만 맹렬한 게 아니었다. 무슨 철천지원수라도 대하듯 적세가 사납고 악착스러워졌다. 제네바 포로협정은 휴짓조각이나 다름없었다. 포로로 잡은 미군 포병 이십여 명의 손을 철삿줄로 꿰어 묶고 모조리 자동화기로 갈겨버렸다는 소식이 들렸을 때 아군은 전율했다. 신병들은 자고 일어나면 바지에 오줌을 쌌다. 학도병이며 소년병인 신병들, 그 가운데 어떤 신병은 방아쇠울에 손가락을 넣은 채 총알이 안 나간다며 총구에 눈을 대고 들여다보았다. 물론 탄창이 제대로 장전된 상태였다. 해군육전대라는 지원병이 왔는데 대오도 대열도 갖출 줄 모르는 오합지졸이었다. 군복을 몸에 두른 노무자들 꼬락서니로 전투가 벌어지면 머리를 참호에 처박기 바빴고, 전투에 패하면 미리 약속이라도 한 듯 그들이 왔던 동해안 쪽으로 도망쳤다.

그나마 미군이 아니면 유지되기 어려운 전선이었다. 거리와 들판을 당당하게 누비던 보전협동步戰協同의 인민군 기계화부대는 안강에 이르러 급격히 위세가 떨어졌다. 미군은 인민군의 T-34에 대항하려 각종 탱크를 본토에서 가져왔다. 보병이 어깨에 메고 다니는 3.5인치 휴대용 로켓포[25]로도 T-34를 잡을 수 있었다. 공병부대는 대전차지뢰를 요로에 심어 났다. 인민군은 무엇보다 미군 전투기를 무서워했다. 미군 전투기는 탱크뿐 아니라 탱크를 쏙 빼닮은 자주포,[26] 보급품을 실은 기차와 트럭을 보는 족족 격파했다. 공중에서 내리붓는 폭탄과 기관총 세례에 지상에서의 모든 노력이 수포로 돌아갈 위기에 처하자, 산속으로 숨는 인민군 부대들이 늘어났다. 그들은 캄캄한 밤에 칠부능선을 타고 이동했다. 최후의 피 한 방울까지 바쳐 싸우자. 미 제국주의와 그 앞잡이를 격멸하자. 인민군은 산속에서 새로이 각오를 다졌다. 그들의 기습공격은 날카로우면서 끈질겼고, 야간사격은 아군에 비할 바 아니게 빠르고 정확했다. 따쿵, 밤공기를 가르는 모신나강 장총 소리에 신병은 물론 만주에서 일본군과 싸웠다는 고참상사까지 벌벌 떨었다. 산속의 인민군은 승리를 확신했다.

"동무들, 빨리 손들고 나와서 고향에 가기요."

교전 중에 그들한테서 흔히 듣는 엄포였다. 심지어 포로로 붙들려온 인민군 상위는 팔짱을 낀 채 당당하고도 엄숙한 어조로 선언했다.

"동무들이 아무리 설쳐봤자 우리 인민군이래 부산에서 시가행진할 날이 머지 않았으니끼니."

붉은 견장을 어깨에 차고 실로 꿰맨 것 같은 모자를 쓴 그는, 어래산 전투에서 아군 소대병력을 전멸시킨 인민군 12사단 소속 중대장이었다. 웬만해선 쉬이 성정을 드러내지 않는 윤창열도 그 소리를 듣는 순간 피가 거꾸로 돌았다.

"다시 지껄여봐."

총구를 그의 뒤통수에 댔다.

"조선민주주의인민공화국 만세!"

그는 이미 죽을 각오가 되어 있었다. 방아쇠를 당겼다. 그가 앞으로 고꾸라졌다. 깨져 날아간 뒤통수에서 김이 무럭무럭 났다. 붉은 피와 허연 골이 범벅이 되었다. 방금 끓여낸 뼈다귀 해장국을 보는 느낌이었다. 사람을 가까이서 죽이기는 그때가 처음이었다. 그때만 해도 윤창열은 죽으면 그만이라고 생각했다. 죽은 자가 산 자의 기억을 통해 다시 살아나서 죽음 바깥의 세상을 보리라고는 생각지도 못했다.

밤에는 도저히 인민군과 싸워 이길 자신이 없었다. 팔로군 출신들이 야간전투의 귀신이라는 말은 헛소문이 아니었다. 안강과 기계의 경계에 솟은 445고지를 둘러싸고 피아간 치열한 공방을 벌일 때 낮에는 국군, 밤에는 인민군이 고지를 점령하는 일이 반복됐다. 날이 새면 피아의 시체가 산등성이에 널렸다. 팔다리와 창자가 주렁주렁 나뭇가지에 걸려 있기도 했다.

시체도 더위를 먹어 죽은 지 몇 시간만 지나도 부패하기 시작했다. 사흘이 지난 시체는 시커멓게 살이 부어올라 군복 단추가 뜯어졌다. 파편이 박혀 움푹 팬 상처에 구더기가 들끓었다. 미군과 인민군이 싸웠던 자리에서 국군과 인민군이 싸워, 썩어 문드러진 미군 시체에 군화를 빠뜨린 적도 있었다. 하루에도 피아간 고지가 몇 번씩 뒤바뀌는, 워낙 급박하게 변모하는 전세에 아군 시체라 해도 제대로 묻어줄 경황이 없었다. 매장이라 해봤자 흙을 살짝 덮어주는 정도였는데 시체 썩은 물이 괴어 오르면서 구역질이 날 정도로 악취를 풀어냈다.

인민군도 손실이 컸다. 인민군 12사단은 비학산에 진을 치고 부대를 재편성하였다. 동해안에 준동했던 유격대가 12사단에 합류했다는 첩보도 접수됐다. 8월 말, 인민군이 다시 총공세를 펼쳤다. 기계 북쪽 현내동 방어선이 무너졌을 때 윤창열은 적의 포위망을 뚫고 계곡 아래로 철수해야 했다. 다행히 계곡에 몰려 있는 어둠이 짙고 깊었다. 중기관총을 짊어진 그는 후퇴하는 소총수에 섞여 정신없이 계곡 쪽으로 내려서다가 아군 진지를 점령하고 능선을 훑어 내리는 인민군 소대와 마주쳤다. 좁은 계곡에서 어둠을 사이에 두고 총격전이 벌어졌다. 총탄과 수류탄 사이를 뚫고 계곡 쪽으로 내려서는 길은 온통 가시밭길이었다.

"내는 고마 여기서 죽을랍니더. 더는 움직일 수 없어예."

곁에서 들리는 소리가 익모초 즙을 내온 늙은 경상도 신병이었다. 넓적다리와 발목에 총알이 박혀 있었다. 윤창열이 돌아서 등을 댔으나 신병은 강하게 고개를 저었다.

"내 어떻게든 너를 데리러 다시 오마. 여기에 잘 숨어 있어라."

경상도 신병을 바위 뒤에 옮겨놓고 돌아서는데 목이 콱 막혔다. 정작 그럴 가능성이 희박하다는 걸 알고 있었기 때문이었다.

"선임하사님요, 저를 찾으시걸랑 따신 곳에 묻어 주셔야 합니데이. 지는 추위를 몹시 탑니데이."

경상도 신병이 뒤에서 말했다. 윤창열은 뒤도 돌아보지 않고 내처 계곡으로 뛰었다. 피아 모두 실탄이 떨어졌는지 계곡이 조용했다. 문득 기관총 사수 장현순이 보이지 않았다.

"오다리 안 보인다. 죽었나?"

윤창열의 물음에 모두가 고개를 저었다. 장현순 때문에 자주 주위를 살피면서 걷는데 누군가 능선 쪽을 가리켰다.

오다리 장현순이 양손을 치켜든 채 공제선을 따라 걷고 있었다. 살찐 씨암탉처럼 오종오종 걷는 모습이 영락없이 그였다. 그 뒤로 인민군이 총부리를 등에 겨누고 따라갔다. 달빛이 비듬처럼 장현순이 포로로 잡힌 능선 위에 쌓였다.

그 이튿날부터 몹시 비가 내렸다. 물로 목책을 친 듯 굵고 빼곡한 빗줄기가 윤창열의 눈앞을 가로막았다. 폭우 때문에 전투는 자연스레 소강기에 접어들었다. 밥을 먹을 때 빼고는 판초우의로 지붕을 친 참호 속에 며칠째 웅크려 있는데 바깥이 소란스러웠다. 기관총 사수 장현순 하사가 돌아왔다는 것이었다. 깜짝 놀라 나가보니 장현순이 경례를 올려붙였다. 얼굴이 반쪽이었다.

"어떻게 된 거야?"

자초지종을 묻자 장현순은 한숨부터 쉬었다.

"죽었다 살아났습니다."

걸음이 느린데다 짊어진 기관총이 워낙 무거워 빨리 달릴 수 없었다. 낙오병 장현순은 도망가다 말고 시체 곁에 엎드려 죽은 체했다. 한참을 숨도 내쉬지 않고 눈을 감고 있는데 총소리가 났다. 실눈을 뜨니 시체에 대고 하나 하나 확인사살하는 인민군이 보였다. 두 손을 치켜들고 벌떡 일어선 장현순은 무차별 개머리판 세례를 받았다.

포로로 잡힌 장현순과 국군 포로들은 참호를 파고 탄약을 나르는 잡역을 맡았다. 소변을 볼 때도 경계병이 등 뒤에 총부리를 대고 따라다녔다. 장대비가 내려 잡역이 불가능해지자 포로

들을 대상으로 인민군 소좌가 사상교육을 실시했다. 자본주의 남조선을 해방시켜야 빈부의 격차가 없어지는데, 그 일을 김일성 동지께서 선도하신다. 그 일을 방해하는 미제와 남한 자본주의의 군대를 분쇄하자는, 진지하고도 열정에 넘치는 말이 빗소리와 함께 들려왔다. 인민군은 승리를 확신했다. 부산을 시가행진할 때 입을 옷이라며 새 군복을 배낭에 포개 넣고 다녔다. 팔로군 출신이라고 자랑하는 인민군이 꽤 많았는데, 그들은 저들끼리 대화할 때 서슴없이 중국말을 썼다. 그들은 다른 인민군을 깔보는 기색이었으며 계급을 초월한 것처럼 오만하게 행동했다. 그들은 야간전투에 능했다. 그들의 눈동자는 두꺼운 눈꺼풀 아래 올빼미처럼 번득이고 행동은 밤짐승처럼 은밀했다.

장대비 속에서 장현순은 도망칠 기회만 엿보았다.

"오줌을 누러 간다니까 경계병이 욕설을 퍼부으며 빗속을 따라오더군요. 능선을 따라 걷다가 비탈길 아래로 무작정 굴렀어요. 총소리가 들렸지만 내처 굴렀지요. 그렇게 뒹굴다 바위에 부딪히면서 멈췄는데, 더는 총소리가 들리지 않더군요. 장대비에 가려 능선이고 벼랑이고 아무것도 보이지 않더라고요."

탈출기를 한바탕 쏟아놓은 장현순이 한숨을 몰아쉬었다. 장현순이 돌아온 날, 비가 그쳤다. 땅에서 하늘로 빨려 올라가는 수증기로 온 산이 뿌옇게 일렁이다가 저녁을 맞았다. 밤이 되자 인민군이 공격해왔다.

인민군은 밤에 온다. 안강과 기계 전투에서 그 사실을 안 지 어느새 2년이 지났다. 그 사이 윤창열은 새로운 사실을 하나 더 알았다. 중공군도 밤에 온다.

믿을 건 쌕쌕이뿐

중공군은 밤에 온다. 그 사실을 일등중사 김석근도 알았기에 밤이 오면 신경이 더 예민해졌다. 역시 그랬다. 자정 무렵 사방에서 섬광이 일고 폭발음이 들렸다. 오성산에서 직사포가 날아들었다. 적은 오성산 곳곳에 굴을 파놓고 산포山砲[27]를 숨겨 놓았다가 필요할 때 쏘았다. 조명탄과 탐조등이 어지러이 밤하늘을 누비고 능선과 계곡이 번쩍이며 흰 뼈대를 드러냈다. 저격능선에 산개한 아군 진지에서 아우성과 신음이 터져 나왔다. 김석근은 중공군의 화력이 뜻밖에 맹렬한 데 놀랐다. 직사포와 곡사포[28]가 바가지로 물을 떠다 붓 듯 쏟아져 내렸다.

"포탄이 너무 많이 쏟아진다. 속히 화력지원 바란다!"

TS-10을 울리는 전방 중대장의 목소리가 다급했다. 김석근은 전방 관측병이 일러준 방향대로 좌표를 계산해서 박격포의 가로활대를 조절했다. 그리고는 조준경에 눈을 대고 나지막이 '애수의 소야곡'을 읊조렸다. 부사수가 포탄을 포구에 장전했다. 포탄이 발사되는 순간 김석근은 귀를 막았다. 김석근뿐 아니라 박격포 소대원 전원이 포를 쏘고 귀를 막고, 포를 쏘고 귀를 막기를 반복하는데, 중공군이 갑자기 포격을 멈추었다. 전방의 상황을 물었지만 전화선이 끊어졌는지 응답이 없었다.

총소리가 들린 건 그 잠시 후였다. 귀에 익은 아식보총의 따쿵 소리가 연타로 들려왔다. 아군 소총수들도 일제히 사격을 개시했다. 한동안 치열하게 총소리가 섞이더니 수류탄 터지는 소리가 들려오기 시작했다. 능선에 붉은 화염이 치솟고 푸른 연기 속으로 검은 파편이 튀었다. 수류탄이 능선을 넘어와 박격포 포좌 근처에서 폭발하기도 했다. 아군 소총수 하나가 능선을 넘어 후사면으로 뛰어내려 왔다. 방어선을 이탈한 신병이었다.

"야 이 새끼야, 거기 못 서?"

누군가가 내려쏜 총에 맞은 신병이 주르르 흘러내렸다. 전황이 불리하게 돌아가는 징표였다. 이내 모든 진지에 후퇴명령이 떨어졌다. 전방 진지에 있던 소총수들이 다투어 후사면으로 내려오자 김석근도 박격포를 뜯어 후퇴할 채비를 갖추었다. 2소대 이종옥이 황망한 얼굴로 내려왔고, 그 뒤를 따르는 연락병 김용수는 실성한 듯 눈알이 뒤집혀 있었다.

"똥포야, 뭘 꾸물거리느냐. 떼놈 대병이 몰려온다. 쏴도 쏴도 몰려온다. 어서 매봉으로 튀자."

이종옥이 소리치면서 곁을 스쳤다. 김석근이 등을 보이고 도망치는 이종옥에게 소리쳤다.

"이 한심한 땅개야, 어떻게 한 시간도 버티지 못하는 거냐."

"네가 소총수 해보면 안다."

이종옥은 뒤도 돌아보지 않고 응수했다. 반나절 만에 진지를 빼앗긴 것이었다. 김석근은 최초의 공격지점인 매봉으로 되돌아와 참호를 파고 박격포를 거치했다. 고지를 점령한 중공군이 소총을 치켜들며 기세를 높이는 광경이 멀리 보였으나 이내 잠잠해졌다. 삭망 중이라 밤이 칠흑 같았다. 중공군의 진지는 어젯밤처럼 조용했다. 김석근의 입술이 남인수의 노래를 달싹거렸다. 노래 부르는 동안 피아를 구분할 수 없을 만큼 모든 상황이 뒤죽박죽이었던 안강과 기계에서의 전투가 생각났다.

인민군은 피란민에 섞여 왔다. 아니 안강과 기계에선 피란민 뒤에 숨어서 왔다. 피란민을 지뢰지대나 국군의 방어진지 정면에 횡대로 몰아넣고, 그 뒤에서 인민군이 왔다. 지뢰가 터져 피란민이 흩어지면 뒤에 있는 인민군 전차와 보병이 가차 없이 사격을 개시했다. 후방에서는 피란민에 섞여 침투한 인민군 편의대가 번번이 기습공격을 했다. 군경합동으로 피란민들을 검색하던 어느 날은 비가 몹시 왔다. 비가 와서 유난히 담배가 당기는데, 그날따라 소대에 한 개비도 남아 있지 않았다. 양동리에서 피란민을 검문하던 이종옥이 모시저고리에 핫바지를 걸친, 몹시 피곤해 뵈는 청년 하나를 잡아왔다. 비에 젖은 옷이 몸에 착 달라붙어 있었다.

"수상해서 몸을 뒤져보니 소형 무전기가 나오네. 네가 이 녀석을 한 번 추궁해 봐라."

그렇게 포로를 인계하고는 검문소로 돌아갔다.

"담배 가진 거 있으면 내놔 봐."

김석근은 담배부터 찾았다. 총부리에 여기저기를 쿡쿡 찔린 청년이 담뱃갑을 꺼내 김석근에게 바쳤다. 국군이 피우는 화랑 담배였다.

"이 담배 어디서 났지?"

"국군으로 있을 때 지급받았슴다."

"국군으로 있을 때?"

내막을 캐물으니 청년은 2개월 전만 해도 국군 포병부대에 근무했다가 포로로 잡혀 사상교육을 받고 전향한 자였다. 그의 임무는 미군 포병부대의 위치를 염탐하여 인민군 12사단에 보고하는 것이었다.

"이 개월 전에는 저도 국군이었습다. 죽고 싶지 않았어요."

"그래 알았다. 저쪽에 가서 대기해."

청년을 한쪽에 세워 두고 다른 피란민을 검문할 때였다. 포로가 피란민들 틈에 끼어 냅다 달아나기 시작했다.

"야 이놈아 거기 서라."

김석근은 본능적으로 방아쇠를 당겼다. 피란민들 사이를 용케 뚫고 날아간 총알이 청년의 잔등에 명중했다. 비에 젖어 알몸이 드러나다시피 한 옷에 총알이 팍 박혔다. 청년이 그대로 고꾸라져 가쁘게 숨을 몰아쉬었다. 김석근은 2개월 전만 해도 아군이었던 청년에게 허겁지겁 다가갔다.

"왜 도망쳤어?"

"죽고 싶지 않았어요."

아까하고 같은 말을 하는 것이었다.

"도망치지만 않았다면 쏘지 않았잖아."

김석근은 나무껍질처럼 거칠게 숨을 쉬는 그를 보고 탄식했다. 청년은 죽어가면서도, 죽고 싶지 않다는 말을 두 차례나 반복했다.

김석근의 입에서 자꾸 노래가 끊겼다. 피로가 엄습했다. 이 끝나지 않을 전쟁통에 천추에 길이 빛날 가요계의 찬연한 성좌는 어디서 무얼 할까. 남인수가 전선을 돌며 노래 부른다는데 죽기 전에 한번 보고 싶었다. 김석근은 참호 벽에 이마를 기댄 채 이튿날 배식을 외치는 소리가 들릴 때까지 깊이 잠들었다.

　밀밥 한 뭉치와 소금국을 타내려 병사들이 배식차 앞에 길게 줄을 섰다. 배식차 한쪽에서 대대 참모 하나가 신병들을 일렬로 세워 놓고 도주하면 총살하겠다고 일갈했다. 양지 바른 곳에 쪼글시고 주먹밥을 먹는데 다른 연대에서 파견한 지원병들이 왔다. 모두 앳된 얼굴들이었다.

　"소모품 열 박스가 왔군. 제기랄, 이번엔 몇 발 들이 탄창인가."

　누군가 신병들을 비웃었다. 청주 외곽 전투 때 탱크에 뛰어올라가 수류탄을 투척한 정홍재였다. 귀때기 새파란 신병이었던 그가 어느새 고참 축에 끼어 있었다.

　아직 10월이지만 산중에 부는 바람은 일찌감치 겨울을 데려왔다. 병사들은 목장갑을 낀 채로 아침을 먹었다. 이파리라곤 하나 없는 빈 나무 아래서, 검게 탄 풀밭 위에서, 식사를 추진해 온 트럭 옆에서 병사들은 언제나처럼 허겁지겁 밥을 먹는다. 텐트 속에 들어앉아 병사들보다 먼저 밥을 먹던 장교들이 나온다. 그들이 빨리 밥을 먹으라고 독촉한다. 신병들이 밥을 다 먹고 식기를 수거해 물가로 가져간다. 신병들이 식기를 씻는 동안 고참들은 소피를 보러 가거나 담배를 피우며 잡담을 나눈다.

아침부터 공격을 개시했다. 김석근은 소대원들을 포좌로 불러들였다.

"8시 방향, 거리 300야드, 세로 활대 반 바퀴 내려서 사격!"

관측병이 일러주는 방향으로 정신없이 포를 쏘는데, 정오 무렵 무전기에서 진지 점령을 알려왔다. 점심때니까 밥을 먹어야 한다. 노무자들이 지게로 짊어져 온 밀밥과 소금국을 반합에 나눠 담아 와 교통호와 참호에서 먹는다. 병사들보다 일찍 식사를 마친 장교들이 밥 먹는 동작이 굼뜨다고 호통을 친다. 점심을 먹고 나서 저녁배식 때까지 무너진 참호를 수리한다. 점심잔반인 밀밥과 소금국이 또 나왔다. 저녁을 먹고 나서 다시 참호에 붙어서 날이 컴컴하도록 삽질을 했다.

자정이 가까워 야포 소리가 들끓더니 중공군 보병이 제 집 찾아오듯 몰려왔다. 기세등등한 중공군에 밀려 다시 저격능선을 내주었다. 자리를 내주고 저격능선을 쳐다보니 어제처럼 중공군 진지는 조용했다. 그 이튿날도 마찬가지였다. 사흘 동안 공방전을 벌이는 사이 김석근은 수없이 박격포의 포신과 포판과 포다리를 분해결합해야 했다. 어둠의 농도가 옅어지고 하늘이 넓어지는 느낌이었다. 문득 서쪽하늘을 보니 초승달이 떴다. 갈고리를 A고지에 걸어 놓고 눈을 깜박였다.

9월 20일에 개시한 주간공격은 잘 풀리지 않았다. 아군이 포격하는 동안 중공군은 후사면에 깊숙이 은폐했다가, 포격이 끝나고 보병 중대가 공격할 즈음 재빨리 능선에 나타나 방망이수류탄을 던졌다. 고지에서 넘쳐 나온 흙먼지와 파편가루에 소총과 화염방사기를 든 아군이 자주 미끄러졌다. 오전에 세 차례나 공격을 감행했으나 모두 실패했다.

쌕쌕이,[29] 쾌속음을 내며 하늘을 가르는 미군 전투기들이 저격능선에 처음 등장한 건 바로 그날이었다. 미군 전투기 편대가 저격능선 상공으로 날아갔다. 이내 무더기로 떨어지는 네이팜탄을 보며 아군은 환호했다. 저격능선의 봉우리 세 개가 폭연에 잠겨 보이지 않을 정도로 엄청난 공습이었다. 잡목과 함께 불타는 중공군의 뼈와 살이 김석근의 머릿속에 이글거렸다. 폭연이 가라앉자 쌕쌕이가 저공비행하며 능선과 계곡에 기총소사의 비질을 해댔다. 가까스로 살아서 땅바닥을 기는 중공군 잔적을 소탕하는 모양이었다.

쌕쌕이는 국군이 가장 신뢰하는 미군 전투기였다. 제트엔진이 달려 제트기라고도 불렀다. 오스레일리아 공군이 사용하는 무스탕 전투기와 달리 전면에 프로펠러가 달려 있지 않았다. 눈으로 보기에도 무스탕보다 훨씬 민첩하고 방향전환이 자유로웠다. 믿음직스러운 것은 쌕쌕이가 등장하면서 오폭이 줄어들었다는 사실이었다. 쌕쌕이의 가공할 위력을 김석근은 안강에서 보았다. 비학산에서 후퇴하여 노당재 도로변에 간이호를 파고 있을 때였다. 땅에서 솟아나듯 인민군 탱크 네 대가 노당재 고개를 넘어 나타났다. 그 중 한 대가 김석근 쪽을 겨냥하는데 뒤쪽이 벼랑이라 피할 데도 없었다. 급히 후퇴하느라 대응할 공용화기 하나 없는 상황이었다. 김석근은 거기가 생을 마감하는 자리라 느껴 무릎을 꿇고 눈을 감았다. 감은 눈을 하늘로 향하고 어머니,라고 읊조리는데 검은 그림자가 머리에 스치는 느낌이었다. 눈을 떠보니 미군 전투기 한 대가 노당재 상공에 나타나 인민군 탱크들을 덮쳤다. 은빛 날개 밑에서 불꽃이 번쩍이더니 인민군 탱크가 화염에 휩싸였다. 로켓포를 맞은 탱크들이 차례로 고철로 변하는 광경을 김석근은 두 눈으로 똑똑히 보았다. 이승만 대통령 다음으로 경외의 대상이던 인민군 무적탱크가 신화를 마감하는 순간이었다.

미군 전투기가 훑고 지나간 저격능선은 무덤처럼 적막했다. 능선 곳곳에서 피어오르는 검은 포연이 운무처럼 오성산에 떠다녔다.

"역시 쌕쌕이가 최고지!"

누군가 소리쳤다. 사기가 오른 국군은 일거에 산등성이를 치고 올라가 저격능선을 점령했다.

가을비

　날이 갑자기 흐려지더니 진지공사를 시작할 무렵 비가 내렸
다. 빗줄기가 가늘고 날카로워 나뭇잎에 구멍이 뚫릴 것 같았
다. 가을이지만 전쟁에 휩쓸린 나무에는 단풍이 머물다 가지
않았다. 죽거나 부러진 나뭇가지에 몇 개의 나뭇잎이 악착같
이 매달려 있을 따름이었다. 잦은 포격으로 가루가 된 흙에 빗
물이 섞여 교통호가 죽처럼 질퍽했다. 교통호는 능선을 따라
Y고지 쪽으로 뻗었고, 그 끝으로 후퇴해서 진을 치고 있을 중
공군은 자욱한 빗줄기 너머에서 오리무중이었다. 저격능선을
점령했다는 건 A고지와 돌바위고지를 확보했다는 뜻이었다.
오성산 정상에서 가까운 Y고지 쪽으로는 아직 엄지발가락도
대지 못했다.

저격능선의 남쪽 봉우리, A고지와 돌바위고지를 점령한 아군은 판초우의를 하나씩 걸쳤을 뿐 떨어지는 비에 속수무책이었다. 빗줄기는 전쟁이 발발하던 해의 혹한을 상기시키듯 판초우의에 난 미세한 구멍들을 찾아 스며들었다. 빗물이 넘쳐 도저히 진지를 개보수할 엄두가 나지 않았다. 노무자들은 판초우의도 없어 거적을 쓰고 그 아래 웅크렸다. 거적의 올 틈으로 뚝뚝 떨어지는 빗물에 머리카락이며 눈썹이 젖은 그들은 철수명령만을 간절히 기다리는 눈치였다.

가늘지만 질기게 내려, 깊이 스미는 가을비였다. 가매장한 시체들이 땅을 헤치고 나타났다. 군복이 벗겨진 시체는 아군인지 중공군인지 구별하기 어려웠다. 콧날이 우뚝하고 눈이 움푹 꺼진 미군시체도 땅에서 솟아나왔다. 부패한 시체에서 검은 물이 배어 나왔다. 빗물과 시체 썩은 물이 섞여 흘러 코가 마비될 지경으로 냄새가 독했다.

김용수는 땅에서 태어나는 시체들 사이에서 넋을 잃었다. 다른 병사들은 엄습한 추위에 발을 동동 굴렀지만, 그는 무슨 거추장스러운 덩어리처럼 판초우의에 둘러싸여 잠자코 있었다. 빗줄기 너머 어디선가 누가 지켜보는 느낌이었다.

오성산을 처음 보았을 때 김용수는 경악하지 않을 수 없었다. 꿈속에 자주 나타났던 산, 할아버지를 무동 태워 힘들게 올랐던 바로 그 산이었다.

"너는 저 능선이 뭘로 보이냐?"

저격능선을 처음 보았을 때 이종옥이 물어왔었다. 그때 꿈속에서 본 산이 눈앞에 펼쳐지는 데 당황하여 김용수는 뭐라 대답할 경황이 없었다. 그 이후로 입에 붙은 듯 나불거리던 주기도문이 번번이 엉켜버렸다.

김용수는 군대에 들어와서도 열심히 성경책을 외웠다. 주변에서 예수쟁이라 놀렸지만 오히려 그는 그 별명을 자랑스레여겼다. 신약성경 마태복음 7장 15절에서 20절을 그는 즐겨암송했다. 거짓 선지자들을 주의하라. 양의 옷을 입고 너희에게 다가오지만 속으로는 험악한 늑대니라. 그의 열매로 그들을 알지니 가시나무에서 포도를, 엉겅퀴에서 무화과를 따겠느냐. 그러므로 그의 열매로 그들을 알리라. 그 구절을 외면서김용수는 어머니가 소망한 대로 독실한 기독교인의 길을 가리라 다짐했다.

38도선을 넘어 철원에서 충주로 후퇴하는 길은 멀고도 고단했다. 눈이 내렸지만 군인과 피란민, 짐을 가득 실은 우마차가섞여 끊임없이 남하했으므로 들과 길이 선명하게 구분되었다. 후퇴하는 며칠 동안 계속해서 눈이 내렸다. 눈보라가 쳐서 연대기를 앞세운 기수가 바람에 쏠리고 행군이 더뎠다. 너무 졸려서 행군대형을 제대로 유지하기 어려웠다. 다리가 꺾여서 고꾸라지거나 앞사람을 들이박기 일쑤였다. 눈을 부릅떴으나 어느새 풀려버리는 눈을 다시 번쩍 뜨면서 겨우 겨우 걸었다. 장호원에서는 병사 하나가 다리 난간 아래로 떨어졌는데, 꽝꽝 얼어붙은 시냇물 위에 엎드린 채 코를 골았다. 그는 졸음병이라는 별명이 붙은 중대 연락병 김종열이었다.

장호원에서 탈영병이 생겼다. 세 명이 도모해서 행렬을 이탈했다. 소총과 수류탄을 소지하고 달아난 그들을 찾으러 헌병 지프차가 쏜살같이 달려나갔다. 날이 너무 춥고 행군이 고되어 김용수도 탈영병을 따라 도망치고픈 충동을 느꼈다. 그해 겨울은 전봇대에 앉은 새들도 얼어 죽을 만큼 추웠으며, 철모와 밥그릇에 수시로 고드름이 생겼다. 물이 없어서 눈을 철모에 녹여서 밥을 짓고 소금으로 반찬을 대신할 수밖에 없었다. 눈으로 지은 밥은 누런 색깔에 역겨운 냄새를 풍겼다. 면도칼로 죽죽 긋는 바람을 피해 몸을 웅크려 걷느라 허리가 아팠다. 추운 길에서 여러 날 잠이 들었다. 땅을 파고 나뭇잎을 깔고 잠이 들면 꿈마저 얼어서 부서졌다.

저녁 배식 때 탈영병 가운데 한 명이 붙들려왔다. 길에서 밥을 먹던 병사들은 연대 특무상사 앞에 무릎 꿇린 탈영병을 일제히 바라보았다.

"인민군 발싸개만도 못한 놈!"

상사가 권총을 빼들었다. 어쩐 일인지 인민군은 양말을 신지 않고 붕대로 칭칭 발을 감았다. 적군인 인민군 발을 싸맨 붕대, 발싸개란 말은 치욕 그 자체였다.

"살려주세요. 봉양해야 할 노모가 있어서……."

탈영병이 상사의 발목을 잡았다.

"닥쳐라! 전우를 버리고 도망친 놈아."

총성과 동시에 탈영병의 머리에서 피가 솟구쳤다. 하필이면 가까운 곳에서 즉결처분의 장면이 벌어져 김용수는 밥을 한 술도 뜰 수 없었다. 다른 사람에게 밥그릇을 몽땅 넘겨주고 멍하니 길께로 나왔다. 겨울 해는 짧았다. 초저녁 어스름에 가루눈이 날렸다. 누군가 빠르게 들을 가로질러 왔다. 이놈아, 남쪽으로 도망친다고 내가 못 좇아올 줄 알았니. 삿갓에 가려 보이지 않는 얼굴이었다. 누구냐? 김용수는 가위눌린 목소리를 냈다. 나를 업어라. 너와 함께 가야 할 산이 있어. 심술궂은 할아버지였다. 그가 또 업어달라고 했다. 거짓 선지자들을 주의하라. 김용수는 부적을 펼쳐보이듯 마태복음을 중얼거렸다. 할아버지가 머리를 세게 흔들었다. 거짓 선지자는 네가 섬기는 신이야. 보아라, 네 눈앞에서 죽은 저 시체를. 너의 신은 왜 방아쇠를 당겨야 하지? 너의 신이 이 땅에 오지 않았다면 전쟁은 생기지 않았어. 너는 성령으로 네가 섬겨할 신을 차단하지만 오래가지 못할 것이다. 네 눈앞에 시체가 쌓이면 쌓일수록 너의 신은 너에게서 멀어지리라. 김용수는 귀를 막으며 그에게서 떨어져 나왔다. 터무니없는 소리. 나는 하나님 외에 아무것도 믿지 않아.

가루눈이 가랑비로 바뀌었다. 먼 산에서부터 투명에 가까운 형체가 빗줄기를 뚫고 왔다. 그 할아버지였다. 비를 맞는데도 옷이 말짱했다. 김용수가 소리쳤다. 사탄아, 물러가라. 성경에 말씀하시길, 주 너의 하나님께 경배하고, 그분만을 섬기라고 하셨다. 그러자 깊디깊은 우물 속에서 그의 목소리가 울려 나왔다. 바깥에서 들려오는 소린지, 내부에서 끓어 올라오는 소린지 김용수는 분간하기 어려웠다. 네가 섬겨야 할 주인은 이 오성산에 계시다. 김용수는 세차게 고개를 저었다. 나는 하나님 외에 아무것도 믿지 않아. 그 소리가 자신의 귀에도 허무맹랑하게 들렸다. 그가 돌연 회초리를 빼들었다. 이 빌어먹을 자식, 매를 맞아야 정신을 차리겠느냐. 젖은 옷에 회초리가 척척 감겼다. 김용수는 두 손을 뻗어 회초리를 막았다. 나는 죄가 없어. 죄가 있다면 오직 우리 주님이 심판할 일이다. 죄가 없다고? 할아버지가 웃음을 터뜨렸다. 빗줄기가 회초리로 바뀌고,

회초리가 빗줄기로 바뀌었다. 빗줄기와 회초리를 가늠할 수 없었다. 김용수는 까무룩 정신을 잃었다. 김용수의 등 위에 올라탄 할아버지가 허공에다 대고 손을 휘저었다. 어서 빨리 올라가자. 금화에서 억울하게 돌아가신 장군님이 널 기다린다. 말 위에 올라탄 기수처럼 김용수를 부려 산길을 오르게 했다. 산길 주변에 꽃이라곤 없고 죄다 처음 보는 잡목들뿐이었다. 눈이 붉은 새들이 잡목들 위를 낮게 날아다니다가 들쥐처럼 땅속으로 기어 들어갔다. 한참을 오르자 하늘이 탁 트인 봉우리가 보였다. 봉우리에 누군가 평상을 깔아 놓았는데, 온통 비늘투성이인 갑옷에 투구를 쓴 남자가 가부좌를 틀고 앉아 있었다. 봉우리에 오른 김용수는 문득 등이 가벼웠다. 언제 사라졌는지 목을 감싼 다리가 만져지지 않았다. 가부좌를 튼 남자는 내내 슬픈 표정이었다. 눈꼬리와 입끝이 처지고 귀가 축 늘어진, 주름투성이 얼굴이었다. 게다가 눈자위까지 검어 억울한 일을 심하게 당한 사람 같아 보였다. 그러나 김용수는 그가 누군지 알아보지 못했다.

마약과 사상

김용수는 마대자루 더미 위에서 깨어났다. 두꺼운 눈꺼풀에 덮인 실눈이 내려다보고 있었다. 붉고 푸른 술이 달린 투구 끝에서 빗방울이 뚝뚝 떨어졌다. 빗방울이 차가워서 김용수는 눈을 떴다. 당신이 아……, 금화에서 죽은 평안도 출신 관찰사신가요? 김용수가 놀라서 물었지만 목소리가 입안에서 빙빙 돌았다. 대신 바깥에서 안으로 들어오는 목소리가 선명했다.

"정신 차려."

귀에 익은 목소리, 이종옥이었다. 얼굴을 바싹 들이민 이종옥의 철모에 빗방울이 맺혔는데, 그 뒤로 보이는 하늘이 이상하게 말짱했다.

"너 혹시 간질병이란 거 앓느냐?"

이종옥이 의심쩍은 눈초리로 내려다보았다. 김용수는 뒤늦게 날이 갠 것을 알았다.

"기티 않아요. 깜빡 졸았던 거이 사실입네다만."

"잠꼬대 같더라만 얼핏 듣기에 네 목소리 같지 않았어. 꿈에 누가 왔었느냐?"

"……"

"교통호를 한 바퀴 돌고 오니 네가 쓰러져 있지 뭐냐. 아무리 졸음이 천근이라지만 빗물이 고여 철벅거리는 땅바닥에 등을 대고 눕다니. 너는 하여간 가끔 이상한 놈이다."

김용수는 난처해서 뭐라 대꾸해야 할지 몰랐다.

"마대자루를 땅에 깔아 뉘는데도 아래위 턱을 딱딱 부닥치며 계속 헛소리를 내더란 말이다."

그제야 김용수는 마대자루 위에서 깨어난 이유를 알았다. 일어나려 했으나 이종옥의 완강한 제지로 다시 누웠다.

"쉬어라. 그래도 이 사지死地에서 꿈을 꾼다는 것이 얼마나 신통하냐. 나는 꿈조차 총상을 입었다."

비는 갰으나 물기를 잔뜩 머금은 하늘이 간유리처럼 흐렸다. 김용수는 꿈에서 덜 깬 목소리로 물었다.

"중공군이 오늘도 올까요?"

"전투를 그렇게 치르고도 아직 모르느냐. 오늘 올 수도 있고

오지 않을 수도 있다."

"아까 낮에 쌕쌕이에 호되게 당해서 오늘 오긴 어렵지 않갔시오? 게다가 비까지 내려서리."

누운 자세로 하늘을 올려다본 지 오래였다. 하늘이 유난히 넓고 단순했다. 그리고 모호해 보였다. 저 하늘에서 빛과 어둠이 교차한다는 사실이 믿어지지 않았다. 어느 낯선 장소에 발이 묶여 저녁이 영영 올 수 없을 것 같았다. 김용수는 자신이 왜 흐린 하늘 아래 누워 있는지 알 수 없었다. 고향도 아니고 타향의 바쁘고 어수선한 동네도 아닌 이곳은 어디인가.

느닷없이 폭음이 진동했다. 아군진지가 사정없이 강타당하기 시작했다. 김용수가 누운 마대자루 더미가 들썩일 정도로 강도가 셌다. 포격소리가 저녁을, 어둠을 갑자기 끌어당겨 왔다.

"거 봐라. 언제 올지 모른다고 하지 않았느냐. 오늘은 되레 일찍 오는구나. 낮에 쌕쌕이에 당한 분풀이라도 하려나보다."

이종옥이 날아오는 파편을 피해 참호에 웅크렸다. 그는 이제 포탄의 날아오는 소리를 들으며 포의 구경까지 알아맞히는 경지에 달했다.

"120밀리 대구경 박격포[30]가 틀림없다. 떼놈들이 저 대단한 박격포를 개마고원까지 끌고 올라갔다더라."

조명탄이 낙하산에 매달려 내려오고, 그 불빛이 허공에 교차하는 포탄들의 궤적을 드러내 어지러웠다. 전화기도 무전기도 잠잠했다. 포탄이 쏟아질 때 보병이 대응할 수 있는 방법이 많지 않은 걸 중대관측소OP는 알고 있었다. 허물어지는 참호 속에서 보병들은 다만 포탄이 비켜가기를 빌 뿐이었다. 왼쪽에서 폭발소리가 났다. 참호 하나가 무참히 으깨어졌다. 경기관총 사수가 흔적도 없이 사라지고 그 자리에 검은 포연이 피어올랐다.

포격소리가 잦아들면서 Y고지의 북쪽 능선과 그 북동쪽, 상소리로 이어지는 계곡에서 중공군이 밀려오기 시작했다. 얼핏 보아 지금껏 상대해본 적 없는 대병력이었다. 회색 군복을 입은 병정개미들이 빗물에 젖은 산기슭을 질퍽거리며 기어 올라왔다. 흙탕물과 파편이 튀는 산기슭에서 중공군은 늪지대에 떠다니는 부유물처럼 산만했으나 대형을 갖춰 공격하려는 악착같은 의지를 보였다. 어느 때부턴지 흙탕물이 회색 군복을 덮어버리자 표적조차 애매해졌다. 아군 화력에 선두대형이 번번이 무너졌지만, 그들은 시체를 엄폐물 삼아 응사하면서 차츰차츰 거리를 좁혀왔다.

"마약을 먹지 않고서리!"

김용수가 혀를 내둘렀다.

"사람 죽이기를 칼로 무 자르듯 하는구나."

이종옥의 말대로 공격선을 이탈해 뒤로 내빼는 중공군 몇을 장교로 보이는 자가 베어버렸다. 어깨에 멘 환도를 뽑아 즉결 처단하는 광경이 조명탄 불빛 아래 훤히 드러났다.

아귀처럼 밀려오던 중공군이 갑작스레 움직임을 멈춘 건 교전을 시작한 지 두어 시간만이었다. 야전삽을 꺼내 일제히 간이호를 파더니 들쥐처럼 그 안에 몸을 숨겼다. 피아가 약속이라도 한 듯 사격을 멈추고 동태를 살폈다. 중공군의 간이호는 전방 오십 미터로, 수류탄 투척거리를 겨우 면한 지점이었다.

10월이지만 산속의 밤공기는 한겨울이었다. 날 선 바람이 매운 화약 냄새를 풍기면서 산기슭을 타고 능선으로 올라왔다. 죽은 자들은 추위를 아랑곳하지 않았지만 산 자들은 이빨을 딱딱 마주치거나 몸을 잔뜩 웅크린 채 겨드랑이에 손을 넣어 비벼야 했다. 아군 사상자가 많아선지 건빵으로 허기를 달래며 다시 시작될 전투를 기다리는 병사들 모습이 침울했다. 소대원들의 경계배치를 점검하러 나갔던 이종옥이 다시 돌아왔다.

"마약이 아니라 사상교육의 힘일지도 몰라."

그리고는 덧붙였다.

"세상에 태어나서 조국을 위해 목숨을 바친다는 게 얼마나 고귀하냐. 공산주의야말로 조국을 위하는 길이고 제국주의 침략을 이겨낼 유일한 방법이다. 아마도 이런 말로 애국심을 고조시키지 않았겠나. 너도 그런 교육을 받은 적 있다지?"

"아침저녁으로 독보회에 참가해서 빨갱이 사상이란 걸 공부해야 했디요. 마르크스와 레닌의 유물사관을 장황하게 설명했는데 무슨 뜻인지 아는 학생은 드물었시오. 혹간 흐느껴 우는 애들도 있었디오. 사상 때문에 갸래 울었다기보다 기분에 휩쓸려 울었을 거야요. 사상보다는 감정의 힘이 더 크디요. 감정, 그거이 바로 마약이디요."

"저 녀석들 중에 장개석의 국부군 출신이 있을 거야. 모택동 군대에 항복한 놈들 말야. 모택동 추종자들은 그들에게 말했겠지. 조국의 영광을 위해 죽으라. 언젠간 제거해야 할 반동들인 저들에게 조국의 영광을 위해 죽으라는 말보다 그럴싸한 말이 어디 있겠나."

"그거이 마약 아니고 뭐갔시오. 이 전쟁도 그렇디요. 이젠 미쳐서 날뛰는 감정만 남은 거디요. 이건 사상이 대립해서 생긴 전쟁이 아니라 감정을 자극해서 생긴 전쟁 아니갔시오. 그런데 쟤들 호주머니에서 정말 마약이 나왔음?"

중공군을 처음 본 건 춘계대공세를 펼쳤던 백운계곡에서였다. 그때 계곡에 널린 중공군 시체는 하나같이 전대를 어깨에 비껴 차고 있었는데, 뒤져보니 그들의 전투식량인 미숫가루가 들어 있었다. 중공군이 마약을 소지하고 싸운다는 소문이 파다했지만, 미숫가루와 혼동했는지도 모를, 어디까지나 소문에 불과했다.

밤이 이슥했지만 중공군을 지척에 두고 깊은 잠에 빠질 수 없었다. 딱딱하게 응고된 어둠의 저쪽에서 중공군의 말소리, 탄창을 갈아 끼우거나 노리쇠 후퇴전진하는 소리가 벽을 두드리듯 들려왔다. 이종옥과 김용수는 추위 속에서 얕은 잠이 들었다.

아침 햇살이 봉우리에 닿기도 전에 중공군은 공격을 재개했다. 다시 조명탄이 올라 어둠이 몰려 있는 계곡을 깨웠다. 방아쇠를 당기고 또 당겼지만 마르지 않는 샘물처럼 중공군이 산병호에서 솟아났다. 검은 연기를 꼬리에 달고 방망이수류탄이 우박처럼 쏟아졌다. 누군가 실탄이 떨어졌다고 외치는 순간 중공군의 회색 군복이 포연 속에서 얼핏 비쳤다. 진지로 넘어온 중공군이 알아들을 수 없는 쌍말을 퍼부으며 교통호를 오갔다. 어둠이 걷혀 피아의 얼굴이 만화책에 나오는 인물들처럼 또렷하게 보일 때까지 백병전을 벌였다.

부상병들의 신음으로 아침부터 매봉 방어선이 들끓었다. 저격능선에서 살아남은 병사가 겨우 삼분의 일이라고 했다. 이종옥과 김용수가 거기에 해당했다.

"우린 살았다."

"네, 우린 살았습네다."

두 사람이 맞담배를 피우며 주고받았다. 배식차가 먼지를 뿌
옇게 끌고 와서 멎었다. 배식차를 보자 부상병들의 입에서 앓
는 소리가 가셨다. 배식차가 보이면 모든 통증이 거짓말처럼
사라졌다. 그런데 아침 공기에 스미어 후각을 자극하는 건 밥
냄새가 아니었다.

거짓말의 진실

　특식이라며 미군 전투식량인 씨레이션[31]이 나왔다. 서울 수복 때 먹어보고 두 번째였다. 병사들은 뜨거운 물에 데운 씨레이션을 한 깡통씩 받아 들고 볕바른 곳을 찾아 앉았다. 씨레이션이 풍선처럼 부풀어올랐다. 기름진 음식이 어금니에 제대로 물리지도 않고 미끄러지듯 위장에 닿았다. 씨레이션은 뱃속에 들어가서 한 번 더 부푸는 전투식량이었다. 오랜만에 깃든 포만감에 뼈마디가 풀려 노곤하였다. 볕바른 곳에서 부푼 몸을 헐떡이는데 은석표 연대장이 지프차를 타고 왔다. 군모와 어깨에 별을 단 미군 소장과 한국군 중장이 곁에 있었다. 연대장과 무슨 말인가 주고받으며 저격능선 쪽을 지휘봉으로 가리키고, 때로 지도를 내려다보기도 하는데 미군 장성은 젠킨스 군단장이고, 한국군 장성은 정일권 사단장이었다. 병사들은 그제야 특식이 나온 까닭을 알았다. 연대장은 두 명의 장성이 지켜보는 가운데 병사들을 불러 세웠다.

"저 산속에 있는 무도한 떼놈들을 쫓아내야 한다. 저놈들은 보급이 원활치 못해 지금 굶주리고 있다. 우리 힘으로 저놈들을 쫓아내자. 우리 힘으로 쫓아내되, 어려울 때는 여기 계신 젠킨스 군단장님이 전폭기를 불러주실 것이다."

박수를 유도해내더니 젠킨스를 소개했다. 젠킨스가 손짓과 표정을 과장되게 동반하면서 뭐라 말했지만 알아듣는 한국군은 거의 없었다. 다만, 허기진 위장을 부풀려 준 씨레이션이 고맙고, 쌕쌕이가 출전한다는 말에 안도할 뿐이었다. 정일권 사단장이 말을 이었다.

"이 저격능선에서 떼놈들이 지면 제 놈들 나라로 돌아갈 것이 분명하다. 저놈들이 도망치는 날 이 전쟁은 끝난다. 그날이 멀지 않았다. 제군들이 고향에 돌아갈 날도 멀지 않았다."

정일권은 희망을 팔고 있었다. 희망이야말로 곤궁한 사람을 위안해 줄 싸고도 질긴 물건이었다. 그래선지 거의 모든 지휘관이 거짓말로 드러날 위험을 무릅쓰고 희망을 판매했다. 정일권이 선전하는 수준의 희망이라면 설령 빤한 거짓말이라 해도 들어줄 만했다. 사단장의 일장연설을 듣는 사이 윤창열의 기억은 어느새 부산항에서 미 해군 수송선에 오르던 일을 더듬고 있었다. 그때가 벌써 2년 전, 재작년 가을이었다.

"지금부터 일본에 갈 채비를 해라. 우리 연대는 곧 일본에 있는 유엔군에 편입된다."

후송 갔다던 백인엽이 부산항에 나타나서 꺼낸 말에 장병들은 어리둥절했다. 안강지구 곤재봉에 방어선을 치고 인민군과 혈전을 벌이다 갑작스런 철수명령을 받고 부산에 온지라 더욱 그랬다. 아무리 명령에 죽고 사는 군대라지만 두 달여 치고받은 싸움이 아무런 승부도 보지 못하고 한순간에 무의미해진 느낌이었다. 한편으로는 사지에서 벗어난 느낌에 안도의 한숨이 나왔다.

경주역에 오니 부산 가는 열차가 대기해 있었다. 역사驛舍는 군인을 상대하는 장사꾼들로 붐볐다. 늘 배가 고팠던 윤창열은 발차시각이 임박한 열차 안에서 철모 화이버에 꿍쳐 놓았던 돈을 창문 바깥으로 내밀었다. 머리에 함지를 인 떡장수가 다가와 그에게 인절미를 건넸다. 군복을 파는 장사꾼도 있었다. 어디서 났느냐고 물었더니, 부대에서 몰래 빼낸 것이라며 낮은 목소리로 흥정을 해왔다.

부산항에 도착하니 다른 세상 같았다. 미군 군수품이 부두에 수북한데, 하역장에서는 또다시 군수품을 배에서 내렸다. 부두로 가는 길이 생필품을 파는 난전들로 빼곡했다.

"인민군 지폐는 어디다 써먹지? 평양에 가야 하나? 난 인민군 지폐 악착같이 모을 거야. 그렇다고 인민군이 이 전쟁에서 승리하길 바라는 건 아니니까 째려보지 마. 난 그저 돈이면 다 좋거든."

현상염은 인민군에게서 노획한 잡화들을 지폐로 교환했다. 희희낙락하는 현상염과 달리 부대는 흉흉한 분위기에서 병력을 재편성했다. 안강과 기계 전투에서 사상자가 너무 많이 발생한 탓이었다. 연대장 백인엽이 다시 나타난 건 바로 그 무렵이었다.

"유엔군에 편입되면 달러로 월급을 받는다. 너희들은 바다를 건너 일본으로 가야 하기 때문에 배를 타야 한다. 거기서 새로운 전투 방법을 익히고서 조국통일을 위해 되돌아온다."

백인엽의 연설을 어떻게 이해해야 할지 몰라 병사들은 잠잠했다. 대체로 조국을 떠나야 할 만큼 전황이 나쁘다는 사실에 놀라는 분위기였다. 몇몇은 조심스레 상황의 부당함을 토로했다. 드물지만 일본에서의 생활을 들뜬 기분으로 내비치는 병사도 있었다. 전쟁 중인 조국을 떠나는 건 서글프지만 일본에 가서 유엔군이 된다는 게 어디 예삿일인가. 밥을 실컷 먹을 수 있을 것이다. 아니, 밥 대신 씨레이션이란 게 나올 터인데 양키음식은 이틀 이상 먹으면 설사한다느니, 번져 나오는 웃음을 참으려고 애썼다.

9월 21일 아침, 보병 17연대를 실은 미 해군 수송선은 부산항을 떠났다. 갑판은 멀어지는 조국을 바라보려고 몰려든 군인들로 북적거렸다. 수송선이 눈부신 가을 햇살 위에 두둥실 떠서 수평선 쪽으로 나아갔고, 쪽빛 하늘과 맞닿은 쪽빛 바다는 배 지나간 자리에 물이라며 까마득히 전쟁을 잊어버렸다. 거무스름한 섬들이 들쑥날쑥 나타났다가 사라지는 해안선을 눈으로 좇는 윤창열 또한 자신이 전쟁을 치르는 군인이라기보다 아득히 먼 나라로 떠나는 여행객 같았다. 이윽고 부산항이 시야에서 사라지자 병사들은 공연히 침울해져서 선실로 들어갔다. 선교에 올라 줄곧 한국군을 내려다보며 저들끼리 이죽거렸던 미군 선원들도 사라졌다.

윤창열은 선실에서 잠이 깼다. 그리고는 갑판으로 오르는 계단에 괴어 있는 어둠에 당황했다. 바다를 보니 먹빛 어둠이 내리깔려 있었다. 저물녘이면 일본에 닿으리라 생각한 배가 검은 바다 위에 떠 있다는 사실을 조금 뒤에 알았다. 선실에 켜놓은 형광등 아래 불안에 사로잡힌 얼굴들이 떠다녔다. 말투는 빨랐으나 얼굴들이 굳어 있었다. 적정을 살피면서 항해하느라 배의 속도가 늦어지는 것이라고 짐작하는 목소리도 들렸다. 전체적으로 동요하는 기색이 완연했다.

"일본이 이렇게 먼가? 이거 원 지루해서 견딜 수 있나. 야, 김석근, 남인수 노래 일발 장전해봐라."

누군가 신경질적으로 건네는 말에 김석근은 발끈했다.

"내가 시방 노래 부르게 생겼냐. 배가 산으로 가는지 모르는 판에."

"이승만 박사를 호위하러 대전에 간다는 말처럼 거짓말 아닐까 몰러. 에라 모르겠다. 난 잠이나 잘란다."

현상염이 모포를 잡아당겼다.

밤안개가 짙어 선실 창문으로 아무것도 바라보이지 않았다. 장병들은 다시 선실바닥에 몸을 눕히고 불안한 잠을 청했다.

어디선가 총소리가 은은히 울려왔다. 윤창열은 깜짝 놀라 갑판으로 튀어나갔다. 그 순간 쾅, 하고 허공을 찍는 대포소리가 들렸다. 먼저 나와 있던 장병들로 갑판이 시끄러웠다. 안개가 걷히면서 함대들로 새까맣게 뒤덮인 바다가 모습을 드러냈다. 뻘밭인지 숲인지 모를 해안선이 멀리 보이는데, 밥을 태운 솥처럼 온통 새까맸다. 그 위로 검은 연기의 기둥들이 하늘을 받치는 형상이었고, 하늘조차 검게 그을려 있었다. 장현순의 눈이 휘둥그레졌다.

"선임하사님요, 저긴 월미도네요."

장현순은 인천 토박이였다. 윤창열은 그제야 연대장 백인엽에게 속은 걸 알았다. 여기저기서 연대장을 성토했으나 곧 침묵 속으로 잦아들었다. 일본을 거명한 것이 극비의 작전을 위해서라는 데 무슨 할 말이 있겠는가. 수륙양용차[32]에 오르면서 잠시 웅얼거렸을 뿐, 실망감을 극단적으로 표현하는 병사는 더이상 없었다.

수륙양용차의 문이 열렸다. 윤창열은 초토화된 월미도의 풍경 속으로 들어가 인천이 보이는 길로 나왔다. 함포사격을 당한 인천 시가지는 된서리를 맞은 것처럼 납작 엎드려 있었다. 건물이라고는 하나도 남아 있지 않았다. 가로수도 전봇대도 쓰러져 내렸고, 심지어 비둘기마저 땅에서 절룩거렸다.

17연대 보병들은 묵묵히 잿더미 위를 걸었다. 지금까지보다 훨씬 엄혹한 전투가 기다리리라 예감했지만, 아무도 그 말을 입 밖에 내지 않았다.

Y고지

아침식사를 마치자마자 다시 공격명령이 떨어졌다. 며칠 동안 숟가락 놓기 바쁘게 싸움터로 가야 하는 상황이 이어졌다. 잇새에 낀 밥알을 혀로 뽑아내 목구멍으로 넘기면서 이종옥은 공격대기선으로 소대원을 이끌고 갔다. 전장으로 가는 것이 아니라 노무자들을 인솔해서 작업장에 가는 기분이었다. 사실이지 며칠째 흙에 뒹굴어서 복장만으로 보면 군인인지 노무자인지 구별하기 어려웠다.

총알이 공중으로 지나다니는 노동현장이었다. 낮은 포복 자세로 전방을 관측하면서 조금씩 이동하는데, 김용수가 휴대한 무전기에서 중대장이 계속 공격을 재촉했다.

"재수 없다. 야, 무전기 꺼버려."

이종옥은 화가 치밀었다. 돌격선까지 이동하는 동안 소대원 서넛이 산비탈 아래로 굴러 떨어졌다. 살려 달라고 애원하는 소리가 등 뒤에서 들렸으나 부상병을 돌볼 잠시의 여유도 없었다. 이종옥은 소대원에게 착검을 지시하고 길게 호각을 불었다.

"돌격 앞으로!"

소대원 모두 함성을 지르면서 산기슭을 치고 올라갔다. 그러나 바스라질 대로 바스라진 흙에 미끄러져 비탈길에서 번번이 허청거렸다. 머리 위로 방망이수류탄이 날아올 뿐 아니라 발아래로도 굴러 내려왔다. 어떤 것은 앞에서, 어떤 것은 위에서, 어떤 것은 뒤에서 동시다발적으로 폭발하였다. 오른쪽 암벽진지에서는 체코제 기관총이 불을 뿜었다. 앞으로 나아가는 소대원보다 제자리에서 쓰러지는 소대원이 더 많았다. 공격은 돈좌되고, 살아남은 소대원들은 누가 지시한 것도 아닌데 간이호를 팠다. 이종옥도 땅을 파고 몸을 숨겼다. 피아간 대치상황이 길어지고 있을 때였다.

"위에서 무엇이든 움직이면 쏴버려. 나를 쏴도 좋다."

분대장 정홍재가 불쑥 간이호 밖으로 나왔다. 안전핀을 뽑은 수류탄 두 발을 양손에 쥐고 허리에도 수류탄을 찼다. 그가 움직이자 잠시 멈췄던 체코제 기관총이 다시 작동했다. 아군 간이호에서도 일제히 총성이 울렸다. 위아래에서 총알이 교차하는데 정홍재가 그림자처럼 암벽에 들러붙었다. 아군이 쏜 총탄에 맞아 전사할 수도 있는 상황이었다. 이종옥은 그 모습을 보고 총알이 피해간다는 말뜻을 실감했다. 적의 기관총 진지 바로 밑까지 돌진한 정홍재가 수류탄 두 발을 총안銃眼에 던져 넣었다. 적의 자동화기 진지가 산산조각 나기 전에 용수철처럼 튕겨져 아래로 내려오는 정홍재에게 붙은 별명도 쌕쌕이였다. 사기충천한 소대원들이 간이호 밖으로 뛰어나갔다. 진지 한 쪽이 뚫리자 당황한 중공군은 따발총을 아무렇게나 휘갈기면서 뒷걸음쳤다. 그 틈에 아군의 다른 소대도 저격능선을 향해 일제히 약진했다. 중공군이 도망치기 시작했다. 일부는 북쪽방향 Y고지로, 일부는 후사면을 통해 상소리 계곡으로 달아났다. 이종옥의 소대는 교통호를 따라 Y고지로 도망가는 중공군을 추격했다. 김용수가 휴대한 무전기에서 중대장이 흥분해서 소리쳤다.

"이 중사 그만 중지해. 대대에서 명령이 떨어지기 전에는 Y고지로 못 간다."

작전 지명 Y고지인 북쪽 봉우리에 접근하지 말라는 경고였다. 이종옥은 호각을 불어 소대원들을 불러 모았다. 총원 22명. 소대원 40여 명에서 살아남은 생존자들이었다. 전사자는 거의 어린 신병들이었다. 살아남은 자들의 눈동자가 무섭게 번득였다. 그것은 살기였다.

"Y고지로 왜 못갑니까. 거기서 번번이 떼놈들이 내려오는데."

누군가 볼멘소리를 내었다. 죽은 전우의 원수를 갚아야 한다는 목소리가 높았다. Y고지로 갈 수 없는 이유를 이종옥은 알 수 없었다. 그 이유를 중대장에게 물었는데, 그도 같은 질문을 대대장에게 했지만 지금껏 속 시원한 대답을 듣지 못했다며 어물거렸다.

"쇼우다운Showdown이니 제한전이니 어쩌고 하는데 무슨 말인지 나두 모르겠어. 군인은 명령에 복종할 뿐야. 이 중사, 그게 뭐 그리 궁금한가."

이종옥은 중대장에게서 들은 말을 거두절미하고 옮겼다.

"군인은 명령에 복종할 뿐야."

노무자들이 점심을 날라 왔다. 40인분을 가져왔으므로 밥이 남았다. 남은 밥은 전사자들이 먹어야 할 밥이었다. 너무 배가 고파 죽은 동료의 밥을 먹는데 목이 메었다. 밥을 보고 제대로 삼키지 못하긴 대성산 전투 이후 처음이었다. 김용수가 철모에 담긴 밥 앞에 무릎을 꿇었다. 사랑하는 주님, 당신은 친히 돌아가심으로써 저희에게 생명을 주셨듯이, 작은 생명들의 죽음인이 음식을 통하여 저희가 또한 생명을 얻었나이다.

다른 대대에서 지원병이 왔다. 죽은 병사들의 자리를 신병들이 메웠다. 눈꺼풀을 떠는 창백한 얼굴들이 오와 열을 맞춰 중대OP 앞에 늘어섰다. 대대 공병폭파반과 화염방사기부대도 왔다. 공병장비와 연료통을 짊어진 그들을 보자 뭔가 심상찮은 일이 벌어질 것 같았다.

예감은 Y고지를 점령하라는 명령이 전화기에 떨어지면서 적중했다. 이종옥은 소대원들을 집합시켜 놓고 만일에 대비하여 특공대를 편성했다. 분대장 정홍재가 특공대에 참여하겠다고 나섰다.

하사 정홍재는 중키에 보통 체구였다. 우윳빛 얼굴은 햇빛을 오래 쏘여도 타지 않았고 눈동자와 눈썹이 유난히 검었다. 사무원 같아 보이는 얼굴인 그는, 중공군이 새까맣게 밀려와도 사격훈련할 때처럼 정조준해서 침착하게 방아쇠를 당겼다. 그는 특히 수류탄을 잘 던졌다. 안전핀을 뽑아 격발시키고 호흡을 조절해서 던지는 동작은 신기에 가까웠다. 그가 던진 수류탄을 적병이 주워 되던진 적은 단언컨대 한 번도 없었다. 수류탄이 땅에 닿을 찰나에 터지도록 호흡을 맞추기 때문이었다. 평소에 과묵했으나 한 번 화가 나면, 니 에미하고 붙을 놈 같은 독한 욕을 뱉어냈다.

"정 하사, 네 목숨이 도대체 몇 개냐. 이번에는 쉬어라."

이종옥이 만류했지만 정흥재는 들은 체도 않고 군화끈을 조였다. BAR 자동소총[33]수 강경표도 가담했다.

Y고지 탈환작전은 남쪽 상공에서 전폭기 편대가 떠오르면서 시작됐다. 백린연막탄이 머리 위를 지나 Y고지로 날아갔다. 목표를 확인한 전폭기 네 대가 파상대형으로 능선을 훑어 내렸다. 네이팜탄이 떨어지면서 불길이 치솟고, 검은 연기 속으로 기총소사가 지나갔다.

미군 전폭기의 맹폭은 대공포판對空布板[34]을 짊어진 아군 보병이 Y고지로 진격해서야 그쳤다. 이종옥의 소대도 돌격선에 대기했다. 그런데 쌕쌕이를 무턱대고 믿은 게 잘못이었다. 깡그리 청소 당한 줄 알았던 중공군이 연막탄으로 차장된 Y고지 전면에 희미하게 보였다. 적의 중화기가 작동하면서 다수의 사상자가 발생했다. 진격이 막히자 이종옥은 계획대로 특공대를 가동했다. 착검한 총을 앞세워 몇 명이 연막 속으로 들어섰다. 진지를 넘어서는데 유황이 끓는 골짜기에 들어선 느낌이었다. 눈에 띄는 대로 적이 파놓은 참호 속으로 들어갔다. 호 안에 적의 시체가 있었다. 체온이 남아 있는 시체였다.

연막 속에서 중공군이 불쑥불쑥 나타났다간 사라졌다. 교통호에 쌓아올린 마대자루 사이로 고류노프 중기관총[35] 유개호 하나가 보였다. 유개호 안에서 중기관총 탄약벨트가 쉬지 않고 돌아가 산비탈을 기어오르는 아군 후발대를 쓸어내렸다. 이종옥의 특공대는 집중사격으로 중기관총을 잠재웠다. 그러자 연막을 뚫고 적진에서 총알이 날아왔다. 참호 벽에 총알들이 박히면서 뿌옇게 먼지가 일었다. 총알이 날아온 방향을 눈으로 살피던 이종옥의 눈에 문득 강경표의 자동화기가 하늘로 들려 있는 것이 보였다. 철모를 땅에 박은 채 움직임이 없는 강경표의 뒤통수에 피가 낭자했다. 적탄이 자동소총수의 철모를 정면으로 뚫고 지나간 것이었다. 그리고 그 몇 초 후였다. 죽은 강경표가 벌떡 일어나 장승처럼 서 있다가 다시 땅에 처박혔다. 그때였다.

"저기, 저기……"

정흥재가 가리키는 곳을 보았다. 교통호에 뚫린 작은 구멍에서 중공군이 개미떼처럼 솟아나왔다. 소문으로 듣던 땅굴임이 틀림없었다. 그제야 미군 전투기의 맹폭에도 중공군이 살아남은 까닭을 알 수 있었다. 정흥재가 치를 떨었다.

"저놈들 병력이 고스란히 살아있네요."

"안 되겠다. 여기서 철수하자."

진지를 넘어 되돌아 내려오는데 방망이수류탄이 날아왔다. 검은 까마귀떼가 죽음을 찾아서 몰려들었다. 이종옥과 정흥재는 죽을힘을 다해 A고지라 부르는 남쪽 봉우리를 향해 달렸다. 머리 위로 미군 전투기 편대가 지나갔다. 다시 네이팜탄이 떨어졌으나 먼저와는 달리 중공군의 저항이 격렬했다. Y고지뿐 아니라 오성산 곳곳에서 대공포가 무섭게 화망을 집중했다. 미군 전투기 한 대가 오성산에서 날아온 고사총에 여러 발 맞았다. 전투기가 45도로 꺾이더니 검은 연기를 내뿜으며 상감령 계곡 쪽으로 추락했다. 그러자 나머지 전투기들은 Y고지 상공을 한 바퀴 휘돌더니 재빨리 남쪽 하늘로 사라졌다.

"쌕쌕이가 추락하다니……."

두 사람이 얼굴을 마주하고 똑같은 말을 중얼거렸다. 그와 동시에 이종옥과 정흥재는 저격능선에서의 전투가 쉬이 끝나지 않으리란 것에 묵시적으로 동의했다.

미군 전투기가 추락한 상감령 계곡 쪽에서 까마귀들이 미친 듯이 울부짖었다. 화약 냄새에 중독된 까마귀들이었다. 흐린 날은 일찍 저물었다. Y고지, 옅은 구름에 가린 북쪽 봉우리가 쉬이 다가가지 못할 수수께끼 성처럼 유난히 멀어 보였다.

위문공연

"쌕쌕이가 추락하다니……."

도처에서 같은 말이 탄식처럼 새어나왔다. 절대 우위로 여겼던 미군 전투기가 추락하는 광경을 보았기 때문에 그렇게 말하는 것은 아니었다. 그 말투에는 쉽사리 끝나지 않을 중공군과의 싸움에 대한 집단적 두려움이 배어 있었다. 남쪽 봉우리에 진지를 구축한 국군은 종일토록 미군 전투기의 추락으로 술렁거렸다. 거기에 덧붙여 Y고지에서 목격한 땅굴 이야기가 출처모를 허구와 뒤섞여 급속히 번져나갔다.

"떼놈 포로가 그러는데, 손수레까지 만들어 흙을 운반한다더라. 공사는 주로 밤에 시작해서 동틀 때까지 하고."

"입구는 작은 구멍인데 안에 들어가 보면 사통팔달이래. 그

안에서 취사도 하고 대소변도 보나 봐."

"어쩐지 떼놈들 눈뚜껑이 두더지처럼 부어올랐더라. 말이 그렇지 햇빛 없이 어찌 사나. 땅속에서 생활한다는 게 쉽지 않을 꺼야."

"식수가 부족해서 혀가 갈라지고 걸핏하면 코피를 쏟아낸대. 야맹증 환자도 급증하고. 그럴 때는 개구리 알을 물에 풀어 끓여 먹는다나."

"어쩐지 떼놈들 반격 속도가 생각 이상이더라. 쌕쌕이가 와서 폭격해도 끄떡하지 않을 만큼 땅굴이 깊다네. 지하에 만리장성을 쌓은 격이지."

박격포 사수 김석근도 쌕쌕이의 추락을 목격하고 크게 낙담했다. 고향으로 돌아가는 길이 몇 년은 더 멀어진 느낌에 남인수 노래를 여러 차례나 부르다 중단했다. 사실 가수로 성공하기엔 성량이 부족하다고 스스로 판단해 꿈을 접은 지 오래였다. 남인수의 노래를 부르다 목은 막히고 귀만 높아진 느낌이었다. 대신 악기를 다뤄보고 싶었다. 제대하면 우선 낙원동 악기골목에 가서 아코디언을 구입할 작정이었다. 아코디언이야말로 남인수의 목소리를 받쳐주는 최상의 악기이다. 나름으로 그가 내린 결론이었다. 남인수의 가냘프면서도 길게 이어지는 떨림음과 아코디언의 툭툭 끊어지는 건반소리의 조화는 신묘

했다. 왼손과 오른손으로 단추와 건반을 조작하고, 주름상자를 늘이고 줄여 음계를 형성하는 동작을 상상하면 저절로 신바람이 났다.

지난 7월, 판문점에서 휴전회담을 재개했을 때 김석근은 고향으로 돌아갈 날을 은근히 기대했었다. 협상을 처음 시작한 1951년과 달리 휴전 반대를 주장하는 이승만 대통령의 목소리가 한풀 낮아진 까닭이었다. 김석근뿐만 아니라 군인들 모두가 끝이 보이지 않는 전쟁에서 한시라도 빨리 놓여나고 싶었다. 제네바 협정에 따라 무조건 포로를 송환하느냐, 포로 개개인에게 선택권을 주느냐의 문제는 병사들의 관심거리가 아니었다. 포로송환 문제에 걸려 휴전회담이 길어지는 동안 산과 들을 헤매는 병사들은 점점 거칠고 추레해졌다. 여름에는 이질에 걸리고 겨울에는 동상에 걸렸다. 군복에는 이가 들끓고 머리에는 서캐가 피었다. 봄가을에는 지뢰를 밟아서 급사하거나 총기사고로 돌연사하는 병사가 많았다. 먹을 것을 탐닉하여 산속을 뒤지다 독풀이나 독버섯을 먹고 얼굴이 검게 타서 죽은 병사도 있었다. 노루를 죽이거나 먹으면 안전사고가 발생했다. 그것이 미신이라며 죽은 노루를 솥에 삶아 먹었는데, 그 이튿날 불발탄이 터져 소대병력이 사상당한 사건도 있었다. 후송 가기 위해 부상당했다고 허위보고하는 일도 간간이 생겼다. 참호 바깥에 수류탄을 터뜨리고 한쪽 팔을 내미는 수법은 공공연한 비밀이었다. 3소대 젊은 소대장은 압박붕대로 팔뚝에 수통을 묶고 그 위에 권총을 쏘았다. 수통을 통과한 총알은 팔에 박히더라도 후송을 갈 정도로만 상해를 입혔다.

그러나 병들거나 부상당하고, 죽거나 죽음을 위장하기보다 뜨고 지는 해처럼 무덤덤하게 전쟁을 수행하는 군인이 더 많았다. 전쟁을 오래 겪다 보면 누구에게나 둔감한 상처가 생긴다. 햇빛과 바람과 눈비를 견디면서 쌓인 더께. 그들은 공포를 발설하지 않으며, 죽음에 관련한 사건이라면 애써 잊으려 한다. 전투를 벌인 거 같은데 이상하게 전투지역이 기억나지 않는 망각증세를 김석근도 여러 차례 경험했다. 그 모두가 꽃피는 나이에 죽음을 너무 많이 목격한 데서 생긴 충격이리라. 자연사보다는 돌연사를 당연하게 받아들여야 하는 현실이 자아낸 난해한 감정이라고 김석근은 생각했다. 그 때문에 그들도 김석근도 과거보다는 미래를 신뢰하고, 지휘관들이 상투적으로 늘어놓는 희망에 번번이 속으면서도 고무되기 일쑤였다.

그랬다. 희망에 관해서라면 어떤 공허한 얘기라도 좋았고, 그 스스로 희망의 주인공이 되기를 바랬다. 김석근은 아코디언을 배우고 싶어 했다. 그럴 수만 있다면 남인수의 열렬한 추종자로서 오케이 레코드사와 콜롬비아 레코드사에서 나온 그의 레코드판을 모두 수집할 작정이었고, 그럴 수만 있다면 남인수의 목소리와 아코디언이 어떻게 궁합이 맞아떨어지는지 연구해볼 작정이었다.

쌕쌕이가 추락하면서 생긴 낙담은 오래가지 않았다. 고참들은 뜨고 지는 해의 무덤덤함으로 참호를 수리했다. 누군가 화기소대 신병 소진호를 교통호 위에 올려놓고 노래를 시켰다.

"오늘 기분도 꿀꿀한데 노래 한 곡 뽑아봐라."

"저…… 음치라서 잘 못 부르는데요."

"이놈 봐라. 군기가 왕창 빠졌네. 군대에서 노래 잘 부르고 못 부르고가 어딨어."

"네, 그럼…….”

"너 황성옛터 같은 슬프거나 궁상맞은 노래 부르면 빠따 맞을 줄 알아. 노래 일발 장전!"

소진호의 입에서 뜻밖에도 신카나리아가 부른 '나는 열일곱 살이에요'가 나왔다. 샌님 같은 소진호에게서 그렇게 호들갑스런 노래가 나올 줄 몰랐기에 잠시 어리둥절한 표정들을 지었지만 곧 열일곱 살로 돌아가 신나게 춤을 추었다.

나는 가슴이 울렁거려요

알으켜 드릴까요, 열일곱 살이에요

사창리 주둔지로 연예인 위문공연단이 찾아온 것이 벌써 지난여름이었다.

위문단이 온다기에 연대 주둔지로 갔다. 주둔지의 볕바른 앞마당이 각처에서 온 병사들로 가득했다. 무대도 없는 공터에서 연예인들은 천막을 대기실로 썼고, 맨땅에 둘러앉은 병사들은 천막을 나와 차례로 마이크 앞에 서는 연예인들에 환호했다. 마이크 앞으로 신카나리아, 백난아, 장세정, 고복수, 이인권, 장소팔, 고춘자, 구봉서, 배삼룡 들이 나왔다. 천막 옆에 기타와 색소폰과 아코디언을 든 악사들이 도열했다.

"애들은 가라. 애들은 가고 아줌마만 남아라."

"아줌마가 아니고 국군장병 아저씨들이지. 여기 아줌마가 어딨어."

장소팔과 고춘자의 만담에 모두 허리를 꺾고 웃을 때 김석근은 길게 목을 빼고 천막 쪽을 두리번거렸다. 문예중대에 입대했다는 남인수가 보이지 않는 까닭이었다.

신카나리아가 가설무대 중앙으로 나와서 '나는 열일곱 살이에요'를 간드러지게 불렀다. 흥에 겨운 병사 몇이 자리에서 일어나 춤을 추었다. 이인권의 '꿈꾸는 백마강'이 흘러나오자 애조에 사로잡혀 여기저기서 흐느꼈다. 풋내기 희극인 구봉서와 배삼룡이 나와 서로 따귀를 때리면서 웃기자 분위기는 다시 흥겨워졌다. 고향을 떠나 생사를 넘나드는 전쟁터의 병사들은 어

린아이들 같았다. 연예인이 웃기면 웃고, 울리면 울었다. 연예
인도 연예인이거니와 김석근의 눈은 자꾸 악사들에게로 갔다.
아코디언을 유심히 바라보기는 그때가 처음이었다. 놀랍게도
유랑과 향수, 회상, 청춘의 애틋한 사랑, 인생의 애달픔이 물결
처럼 주름상자 속에서 변주되어 나왔다.

연예인들이 공연하는 짬짬이 군인들이 무대에 올라 장기자
랑을 펼쳤다. 김석근이 남인수의 노래를 불렀으며, 그의 라이
벌인 김종열은 진방남의 애달픈 목소리를 흉내 내며 '불효자는
웁니다'를 뽑았다.

불러 봐도 울어 봐도 못 오실 어머님을

원통해 불러보고 땅을 치며 통곡해요

김석근이 듣기엔 터무니없이 어설픈 음색이었으나 병사들의
눈물샘을 자극하는 데 그만한 가사가 없었다. 졸음병 김종열은
오락시간이면 눈을 반짝이며 그의 장기인 모창으로 청중을 휘
어잡았다.

모두가 위문공연에만 정신이 팔려 있던 건 아니었다. 공연
내내 병사들은 뒷줄부터 차례로 자리에서 빠져나와 연대 막사
뒤로 갔다. 막대기로 기둥을 세우고 판초우의로 지붕과 벽을
친 곳이 이십여 군데나 됐다. 병사들은 마치 화장실 드나들듯
그곳에 드나들었으며, 다녀와서는 기이하게도 한결 순해진 얼

굴로 공연을 관람했다.

"난 못 찾겠더라, 떼놈 땅굴 같아서 어디가 구녕인지 영 못 찾겠어. 씨바, 입구에 풀칠만 했네."

누군가 오입을 제대로 못했다고 불만을 쏟아내서 가벼운 웃음이 일었다. 사창리에 다녀온 날 김석근은 낮일을 치르고도 밤에 또 몽정을 했다. 처음 보는 여자가 충계참에 앉아 김석근을 기다렸다. 김석근은 그녀에게로 다가가려고 계단을 밟아 내려갔다. 계단 모퉁이를 지나자 갑자기 철조망 담이 나타나는데 용산 훈련소 같았다. 담장 곁에 기모노를 입은 일본인 소녀들이 지나갔다. 딸깍거리는 나막신의 뒤꿈치가 하얗다. 총각, 예까지 찾아오구선 들어오지 뭘 망설여? 담장 한쪽에서 파란 쪽문이 열리고 충계참에 앉아있던 여자가 김석근을 불렀다.

공산주의와 빨갱이 사이

    간밤에 이종옥은 꿈을 꾸었다. 꿈에 어머니가 머리맡에 와서 잠자는 그를 흔들었다. 애야, 아버지 들어오신다. 인사해라. 눈을 비비며 일어나니, 한길과 바로 면한 방문 바깥에서 굵은 헛기침 소리가 났다. 아버지라 소개한 사람의 그림자가 햇살이 환하게 번진 창호지에 어른거렸다. 그 그림자가 이종옥이 생각해온 아버지 모습과 비슷했다. 기억 속의 아버지는 늘 멀리 있거나 등진 모습이었다. 문이 열리자 양복을 차려입은 맥고모자의 중년이 머리를 숙이고 낮은 문턱을 넘어왔다. 이종옥은 놀라서 두어 걸음 뒤로 물러서야 했다. 방에 들어서서 머리를 든 남자가 신문보급소 소장이기 때문이었다. 그런데 신문대금을 잃어버리고 도망친 일을 추궁하며 따귀라도 올려붙일 줄 알았던 그가 뜻밖에도 홍조를 머금었다. 더 기이하기는 그의 팔을 한쪽 손으로 부여잡은 어머니였다. 수줍게 웃으면서 이종옥의 반응을 살피는 눈치였다. 신문보급소장을 아버지라 부르는 까닭은 무엇일까. 역겨움을 참지 못해 종옥은 방문을 열고 거리로 뛰쳐나왔다. 어머니……!

이종옥은 잠에서 깨어났다. 등에 땀이 배고 소름이 오소소 돋았다. 깨끗하게 잘 닦인 밥사발처럼 상현달이 오성산 위에 떠 있었다. 어머니는 하릴없이 사기그릇을 닦곤 했다. 아버지가 돌아오면 밥을 퍼 드린다며 아낀 사기그릇이었다. 어머니가 꿈에 나타나기는 참으로 오랜만이었다. 신문대금을 잃어버린 날 가출하고는 한 번도 어머니를 보지 못했다. 서울을 수복했을 때 어머니를 찾아갔으나 돈암동 집은 텅 비어 있었다. 그 일이 벌써 2년이 넘었다.

인천에 상륙한 맥아더의 군대는 잔적들을 소탕하며 서울로 향했다. 보병 17연대도 트럭을 타고 빠르게 경인가도를 달려 노량진에 닿았다. 길거리마다 인민군 시체가 널려 있는데, 납작하게 부서진 머리나 터져 나온 내장 위에 선명하게 찍힌 탱크의 캐터필러와 트럭의 바퀴자국이 드물지 않게 눈에 띄었다. 서빙고 쪽 한강변에 서울 시내로 포열을 향한 중포들이 배치돼 있었다. 총소리가 간헐적으로 한강을 건너왔다. 수륙양용차로 강을 건너는데 남산에서 인민군 잔적이 쏘는 박격포탄이 날아왔다. 물길이 십여 미터나 솟아오르고, 그 파장에 잉어들이 배를 허옇게 뒤집은 채 수면으로 떠올랐다.

금호동에 도착하자 서울을 쿵쿵 찍어 내리는 포탄의 절구질을 피해 피란민이 외곽으로 쏟아져 나왔다. 누군가 피란민들 틈에 인민군이 숨었다고 소리쳤다. 우마차 짐칸에서 레닌모자와 당고바지 차림의 사내가 볏짚을 젖히고 일어났다. 권총을 뽑아든 그가 공포를 몇 방 쏘았다. 피란민들이 놀라서 비킨 길로 황망히 달아나던 그가 조준사격을 받고 쓰러졌다.

"악질 정치공작원 새끼, 원수는 외나무다리에서 만난다더니 울 아부지를 죽인 원수를 정말 만났네."

인민군을 신고한 중년여자가 울부짖었다. 그 광경을 보면서 이종옥은 비로소 공산 치하에 있던, 지난 몇 달 동안의 서울을 실감했다.

중앙청으로 가는 길에서 산발적으로 시가전을 벌였다. 덕수궁과 동아일보사 건물에 숨어서 저항하던 인민군은 곧 전의를 상실하고 종로와 을지로로 도망쳤다. 중앙청 점령을 알리는 전통이 SCR-300[36] 중대무전기에 접수됐다. 사기충천한 병사들은 소총을 치켜들고 만세삼창을 불렀다.

중앙청 석조건물의 창문에서 검은 연기가 새어나왔다. 소방대원 대신 국군이 양동이로 물을 퍼서 불을 끄러 다녔다. 사람 키 높이의 중앙청 배수로 앞에서 엄포 한 발을 놓자 인민군 수십 명이 손을 들고 나왔다. 화기중대 내무반장 윤창열이 중앙청 정문에 중기관총을 설치하고 외곽을 경계했다. 해병대원 세 명이 중앙청 돔 위에 올라가 돌기둥에 태극기를 게양한 건 그 조금 전이었다.

"야, 돈이다!"

어떻게 돈 냄새를 맡았는지 창고를 뒤지던 현상염이 돈이 가득 든 상자를 들고 나왔다. 돈뭉치를 주머니마다 쑤셔 넣다가 이종옥을 향해 홱 던졌다. 지폐가 낙엽처럼 공중에서 쏟아져 내렸다. 한 장 집어보니 공산당 정부가 서울을 점령했을 때 마구 찍어낸 지폐였다.

"돈이다, 돈. 너도 가져라."

"그 돈은 이제 무효라는데 뭣에 쓰게요?"

"북진할 때 써먹을란다. 평양에 가서 계집들한테 뿌릴란다."

그 지폐를 이종옥도 한 뭉치 호주머니에 쑤셔 넣었다.

서울을 수복한 날 나온 급식은 씨레이션이었다. 마침 추석이었다. 주둔지로 삼은 경복중학교에서 추석 음식으로 씨레이션을 먹는데 학교체육대회 때처럼 잔치분위기였다. 얼굴이 희고 틀어 올린 머리 아래로 목이 가녀린 여자가 저녁 무렵 교실로 찾아왔다.

"무서워서 여길 어떻게 오나 했어요. 하지만 영웅들을 뵙고 싶어 왔지요. 여러분들은 영웅이세요."

모윤숙이라는 여자 시인이었다. 웃음기를 머금은 얇은 입술과 달리 엄격해 뵈는 눈매였다. 이종옥은 어머니 생각이 났다. 모윤숙과 생김새가 닮아서가 아니라 그저 오랜만에 가까이서 여자를 보았기 때문이었다. 모윤숙은 어떻게 보면 동도약국집 딸 오윤희와 닮은꼴이었다. 정연한 생김새가 그랬으며, 비음이 살짝 감도는 목소리가 특히 그랬다.

그 이튿날 이종옥은 중대장을 찾아갔다.

"어머니한테 인사도 못 드리고 군대에 왔습니다. 어머니를 뵈러 가게 해주십시오. 이 난리통에 어떻게 살고 계신지……."

중대장에게 군대에 오게 된 배경을 설명했다. 중대장은 곤란하다는 표정이었다.

"사정이 딱하다만 지금은 전시야."

"하루만 외출증을 끊어달라는 것입니다."

"지금은 그것도 어려워. 곳곳에 빨갱이들이 숨어 있다는 정보야."

"은혜를 잊지 않겠습니다."

이종옥이 간절한 눈빛으로 다가들자 중대장은 흔들리는 기색이었다. 고개를 절레절레 흔들면서도 입으로는 다른 말을 했다.

"좋아. 이건 비공식적인 방법인데, 보급품 수배 건으로 어떻게 해보겠다. 너 귀대 안 하면, 너나 나나 어떻게 되는지 알지?"

부대를 빠져나오는 이종옥의 모자와 견장에 소위 계급장이 붙어 있었다. 병사 신분으로는 외출이 어렵다며 중대장이 빌려준 장교 군복이었다.

포격과 시가전이 훑고 지나간 서울의 건물들은 시커멓게 내려앉아 있었다. 길가에는 아직도 수습이 안 된 인민군 시체가 널려 있고, 시체 타는 냄새가 코를 찔렀다. 거리를 청소하는 부녀자들이 보였는데, 양동이마다 이런저런 파편과 유리조각이 가득했다. 돈암동에 들어서자 무슨 까닭인지 붉은 페인트로 '막다른 골목'이라고 표시한 담장들이 많았다. 기와지붕 여기저기에 이름 모를 풀들이 기괴하게 자라고 있었다. 얼굴이 창백하고 수염과 머리가 웃자란 청년들이 완장을 차고 흉가凶家처럼 비어 있는 집들을 드나들었다.

이윽고 살던 집에 닿았다. 비탈진 길가에 면한 검은 루핑집이었다. 낮은 지붕 아래에서 홀어머니와 단둘이서 살던, 대문도 없는 집은 여전히 가난에 찌든 모습이었다.

"접니다, 어머니."

이종옥의 입술이 심하게 떨렸다. 그러나 안채에서는 아무 기척이 없었다. 방문을 열고 안을 들여다보았으나 아무도 없었다. 세간은 그대론데 천정이 거미줄로 어지러웠다. 곰팡이 냄새가 역했다. 벽에 걸려 있던 아버지의 초상화가 웬일인지 방바닥에 누워 있었다. 동그란 안경 뒤의 움푹 들어간 눈, 완고하게 다문 입술과 끝이 살짝 말린 콧수염, 매우 구체적인 생김새와 달리 아버지에 대한 기억은 늘 어렴풋했다. 성장하면서 아버지를 가까이 대한 적이 아주 없지 않았을 텐데도 그랬다. 태평양전쟁 전에도 아버지는 무슨 일인지 집에 있는 날이 극히 드물었다. 어머니에게 아버지 일을 물으면, 여주에서 금광을 채굴한다고도 했고, 사리원에서 약종상을 따라다닌다고도 했다.

"그 집에 아무도 살지 않아."

느닷없이 등을 치는 소리에 이종옥은 흠칫했다. 앞니가 허물어진 봉두난발의 노파가 뒤에 서 있었다.

"여편네 혼자 살았는데 난리가 나면서 사라졌어. 피란을 갔는지, 서방을 만났는지…… 여편네가 있을 때도 말이 없더니, 없으니 정말 말이 없네그랴."

정말 이웃에 살았었을까. 이종옥은 노파가 누구인지 기억나지 않았다.

"근데 누구더라. 청년은 어디서 많이 본 얼굴인데."

이종옥은 대꾸도 않고 비탈길을 내려왔다. 돌연 바닥이 꺼지고 그 공동으로 까무룩 추락하는 느낌이었다. 혜화동에 사는 고모가 잠시 떠올랐으나 급전을 부탁하는 어머니를 매정하게 박대하던 모습이 떠올랐다. 이제부터 나는 고아란 말인가. 엄습하는 고독감에 내딛는 발에 힘이 쭉 빠져버렸다.

"저기 국군 장교님, 이리 좀 와보세요."

골목에서 누군가 불렀다. 장교라 부르는 말을 듣고서야 이종옥은 빌려 입은 군복을 의식했다. 아까 보았던 완장을 찬 청년이었다.

"무슨 일이오?"

"저는 치안대원인데 빨갱이를 잡았습니다."

청년이 이끄는 데로 따라가다가 이종옥은 흠칫했다. 약국이 달린 그 집은 오윤희가 살던 동도약국집이었다. X자로 친 막대기가 약국 문을 가로막았고, 그 옆의 대문은 훤히 열려 있었다. 부서진 방 문짝과 유리조각이 마당에 나뒹굴었다. 화분이 박살나고 거기서 쏟아져 나온 난초의 줄기들은 모두 부러져 있었다. 사람들이 그것들을 발로 밟으며 마당을 서성거렸는데 눈길이 한 곳에 쏠려 있었다. 양팔과 가슴이 한데 묶인 중년남자가 툇마루 아래 꿇어앉아 있었다. '나는 김일성의 아들, 악질 빨갱이'라고 적힌 천쪼가리를 가슴에 달았다. 이종옥은 그가 오윤희의 아버지라는 사실을 알고 흠칫 놀랐다.

완장을 찬 치안대원들만 오 약국의 얼굴에 거칠게 침을 뱉고 주먹질과 발길질을 해대는 게 아니었다.

"오 약국, 당신이 밀고해서 우리 아재가 돈암교 아래서 총살 당했어. 당신은 인민위원회 빨갱이보다 더 악질이야."

구두수선공이라는 동네 사람은 분을 풀지 못해 연거푸 따귀를 때렸다. 성난 동네 사람들에 둘러싸인 오윤희의 아버지는 어떤 모욕도 감수하겠다는 모습이었다. 죽음을 각오해선지 아무런 표정이 없었다.

"장교님, 이 공산당보다 못된 동네 빨갱이를 어떻게 할까요?"

이종옥을 데려온 치안대원이 물었다.

"의용군이나 부역을 강요한 죄목이면 헌병대에 넘기시오."

이종옥은 차분하게 대응했다. 치안대원을 비롯하여 동네 사람들이 강하게 고개를 저었다.

"아니지요. 이런 악질 빨갱이는 개 잡듯이 해야 옳습니다. 이 놈이 사는 이 집, 저 대들보에 목을 매답시다."

치안대원의 눈자위에 핏발이 섰다. 마당에 모인 사람들이 일제히 주먹을 올리며 치안대원 청년의 말에 동의했다. 자칫 통제하기 어려운 방향으로 빠져들 기세였다.

그때였다. 대문에서 여자 목소리가 쩅쩅하게 들려왔다.

"그만들 하세요!"

오윤희였다. 실로 여러 해 만에 듣는 귀에 익은 목소리였다. 이불을 널라고요? 아버지, 꽃밭에 물을 너무 많이 주셨어요. 언젠가 그녀의 집 대문에 귀를 대고 들었던 그 목소리. 이종옥의 가슴에 가벼운 경련이 일었다.

"이건 야만입니다. 아버지가 저지른 죗값은 달게 받겠어요. 하지만 이런 방식은 엄연히 복수입니다. 제 아버지를 의법조치해 주세요."

오윤희가 마당으로 들어섰다. 정연한 생김새만큼이나 정연한 말투였다.

"오호라, 네가 이화여대 다닌다는 저놈 딸년이구나. 듣기론 너도 빨갛게 물들었다며? 이년, 너희 부녀 때문에 의용군에 끌려가거나 죄 없이 죽은 동네 사람이 몇인지 알아?"

따귀를 치려고 손바닥을 올리는 구두수선공을 이종옥이 막았다.

"그만 하시오. 이 부녀는 내가 데려가리다."

무릎 꿇린 오 약국을 일으켜서 대문 밖으로 데려가자 오윤희도 곁으로 달려 나왔다. 뒤에 남은 동네 사람들이 볼멘소리를 냈으나 전시에 장교 계급장을 단 군인 앞을 누구도 가로막지 못했다.

길모퉁이를 돌아 동네 사람들의 시선에서 벗어나면서 이종옥이 물었다.

"당신 정말 빨갱이 사상에 물들었소?"

앞만 보고 걷던 오윤희가 얼굴을 틀었다.

"빨갱이란 표현은 옳지 못해요. 공산주의자로 불러주세요."

당당하면서도 쌀쌀한 대꾸였다. 이종옥은 잘못을 저질러 면박이라도 당한 기분이었다. 오윤희가 자신을 알아보지 못하는 것이 다행스러울 정도로 얼굴이 화끈거렸다. 오윤희 아버지가 쩔쩔맸다.

"얘야 그게 무슨 말버릇이냐. 장교님께 무조건 잘못했다 그래라. 죽을죄를 지었습니다 장교님. 인공人共 치하에서 저지른 죄는 천벌을 받아 마땅하지만 목숨을 부지하려니 어쩔 수 없었습지요. 제가 한때 남로당에 적을 두었지만……"

"아버지, 구차하게 목숨을 변명하지 마세요. 이봐요 국군 아저씨, 전 다만 공산주의에 동의했을 뿐이지, 세상을 파괴하는 일에 동의하진 않았어요. 총성 없는 혁명을 원했는데 전쟁이 터진 것이죠. 저도 김일성의 군대와 공산당이 여기 와서 저지른 일에 실로 불만이 커요."

오윤희가 무슨 말을 전하고 싶어 하는지 그때는 잘 알 수 없었다. 다만, 그 알아듣기 어려운 말 너머에 그녀에게 가까이 가는 길이 있으리라 추측할 순 있었다. 그 길이 이종옥에게는 캄캄하고 멀었다. 오윤희를 사모했던 무모한 열정이 전보다 명료해지는 느낌이었다. 살려주자. 애당초 그러려고 부녀를 마을 사람들로부터 떼어놓았으니. 부녀를 심판해야 할 이념이 이종옥에게는 없었다. 이 여자는 오래도록 낯모를 군인을 회상하며 은혜라는 말을 입에 올리겠지. 그렇게 생각하며 짝사랑의 옆얼굴을 슬며시 살펴보았다. 이종옥의 눈길을 의식했는지 오윤희의 얼굴이 발개졌다. 갈림길 앞에 이르렀다. 돌연, 심사가 뒤틀리는 것을 이종옥은 느꼈다. 부녀를 경찰서로 끌고 가거나 그 자리에서 즉결심판하는 광기를 부릴 수도 있었다.

"멀리 떠나시오."

이종옥의 입에서 나온 말을 부녀는 단번에 알아듣지 못하였다.

"나는 당신들이 만난 적 없는 사람이오. 자, 멀리 떠나시오."

부녀는 역시 알아듣지 못하고 그 자리에 서 있었다. 이종옥이 먼저 등을 돌렸다. 붉은 페인트로 '막다른 골목'이라고 표시된 골목입구로 나와 전차종점 쪽으로 걸어갔다. 전차종점의 부서지거나 검게 그을린 벽을 지나 신문보급소 앞에서 걸음을 멈추었다. 보급소 출입문도 X자로 친 막대기에 닫혀 있었다. 이종옥은 두근거리는 가슴을 겨우 진정시키고 보급소 창문 안쪽을 살펴보았다. 신문지쪼가리가 어지러이 마룻바닥에 뒹굴 뿐 아무도 없었다. 그러나 목탄난로가 여전히 마루 한가운데 보이고, 목탄난로 가까이에 붙어 있던 보급소장의 의자도 그대로였다. 불과 몇 년 전인데도 목탄난로를 중심으로 펼쳐진 희로애락이 까마득한 옛날이야기처럼 느껴졌다.

중대장이 옳았다

죽은 중공군의 입성이 바람에 펄럭였다. 시체 썩는 냄새가 까마귀들을 데려왔다. 윤창열은 까마귀들을 향해 돌멩이를 집어던졌다. 까마귀들은 돌멩이가 날아와도 멀리 달아나지 않았다. 까마귀들은 이 시체에서 저 시체로 징검다리 건너듯 뛰어다녔다. 사람의 시체를 뜯어먹은 까마귀들은 유난히 그 우는 소리가 깊고 구슬펐다.

간밤에도 중공군이 다녀갔다. 방망이수류탄을 들고 이를 악물고 찾아왔다가 아군이 필사적으로 방어하자 되돌아갔다. 이제 중공군의 공격은 취침 전 내무반에서 치르는 점호 같았다. 점호를 치르면 요란하게 소리가 나면서 하루가 지났고, 점호를 치르지 않으면 쥐 죽은 듯 고요해서 하루가 멈춰버린 것 같았다. 중공군이 보이면 보이지 않을 때까지 총을 쏴야 했고, 중공군이 보이지 않으면 보일 때까지 경계총 자세로 기다려야 했다. 중공군은 보일 때보다 보이지 않을 때가 더 무서웠다.

10월 25일, 윤창열은 저격능선에서 철수하려 중기관총을 분해했다. 분대장 하나가 탄통을 옮기다 말고 윤창열에게 물었다.

"어디로 간답니까?"

"너 군대생활 헛했네. 가라는 데로 가는 거란다. 그런 거 묻지 말랜다."

윤창열의 날 선 대꾸에 분대장은 머쓱한 표정을 지었다. 실은 중대장 김상봉에게서 들은 말을 그대로 옮겼을 뿐이었다. 중대장이 말하기를, 32연대가 저격능선을 방어하기로 했으니 진지교대를 준비하라는 것이었다. 무슨 기분 나쁜 일이라도 당했는지 작전명령을 전달하면서 잔뜩 얼굴이 부어 있었다.

"그럼 우리는 어디로 가는 겁니까?"

윤창열의 물음에 중대장은 대뜸 짜증을 돋아냈다.

"윤 상사 군대생활 헛하셨네. 어디로 가긴, 가라는 데로 가는 거지. 담부터 그런 거 묻지 마오."

화풀이에 가까운 말이었다. 윤창열은 감정을 삭이느라 한참 걸렸다. 하사관이라구 막말을 퍼붓나. 거만한 육군 중위 놈 같으니. 그러나 가만히 생각해보니 맞는 말이기도 했다. 개전 이래 가고 싶은 데로 갔던 적이 어디 한 번이라도 있었는가.

남대천을 건너오는 32연대 교체병력이 멀리서 보였다. 이른 아침 남대천을 건너오는 대열이 아지랑이처럼 가물거렸다. 대열은 일자로 뻗은 철길을 따라 길게 이어져 오다가 야산 모퉁이를 돌면서 사라졌고, 다시 야산 모퉁이를 돌면서 나타났다. 교체병력이 오는 길에서 가을은 끝나가고 있었다. 아니 정말, 가을이 오긴 왔었나. 그 흔한 단풍도 낙엽도 생략하고 겨울이 다가온 느낌이었다. 교체병력이 오는 길이 윤창열의 눈에는 어딘지 현실감이 떨어지는 풍경으로 보였다.

저격능선에서 철수하여 하소리 남대천 부근에 숙영했지만, 윤창열은 여전히 가을과 겨울 사이에서 방황했다. 작년 가을은 어땠지? 가평과 양평의 들판과 야산을 덮고 올라오는 중공군의 피리소리와 나팔소리에 귀가 먹먹했다. 재작년 가을은 어땠지? 북진하는 트럭과 장갑차들의 바퀴가 하수구로 빨려가는 물처럼 눈앞에 소용돌이쳤다. 그러나 그 모든 기억이 꾸며낸 소리이거나 풍경 같았다. 철원과 금화와 평강, 철의 삼각지대에 머물렀던 작년은 모르겠으되, 서울에서 사리원으로, 사리원에서 황주로, 황주에서 평양으로, 거기서 또 평안남도 순천으로 진격한 재작년의 계절은 가을을 생략한 채 겨울을 향해 달려가지 않았던가.

국군이 무조건 평양을 선점하라는 이승만 대통령의 지시는 보전포步戰砲와 함께 빠르게 북상했다. 가는 곳마다 인민군이 버리고 간 말들이 나다녔고, 저녁마다 말을 잡아 고기를 굽거나 국을 끓였다. 이튿날 자고 일어나면 입에서 누린내가 심하게 났다.

검게 그을린 소련제 트럭이 길가에 여기저기 처박혀 있었다. 운전석이 모두 북쪽을 향해 있는데 미군 전투기의 로켓 공격을 받은 것들이었다. 전의를 상실한 인민군은 군복을 입은 그대로 피란민에 섞여 어디론가 걸어갔으며, 그런 인민군을 국군은 본 척도 하지 않았다. 국군 추격부대가 퇴각하는 인민군을 앞지르고, 인민군이 국군을 뒤따르는 기이한 전황이었다. 힘없이 물러간 인민군 대신 곳곳에서 과일장사 아줌마들이 나타나 악착같이 트럭에 매달렸다.

"사과 사시라요. 값싸고 맛있습네다."

"남한 돈 받아요?"

"그러믄요."

"그거 봐라! 언젠가 쓸 데가 있다고 했잖아."

평양으로 가는 트럭 화물칸에서 현상염이 쾌재를 불렀다. 길은 뻥 뚫려 있었다. 국군 1사단과 7사단, 미 1기병사단이 경쟁하듯 잔적들을 소탕하고 지나간 탓이었다. 인민군이 퇴각하면서 평양 외곽에 심어 놓은 지뢰도 거의 제거된 상태였다.

평양의 건물들은 시커멓게 그을려 있었다. 거리를 오가는 시민은 드물었다. 남자라고는 씨가 마른 듯했고, 이따금 유난히 핏기 없는 얼굴의 여자들이 조심스레 나타났다간 사라졌다. 추운 날씨인데도 홑옷만 걸친 전쟁고아들이 맨발로 어두운 거리를 헤맸다.

윤창열은 중앙청에서 그랬던 것처럼 김일성대학 정문에 중기관총을 설치하고 며칠을 보냈다. 평안남도 순천順川으로 떠났을 때는 날이 추워져 동내의를 껴입어야 했다. 어떻게 가을이 지났는지도 모르게 겨울이 왔다. 아니 가을보다 겨울이 먼저 와버렸다. 주둔지인 순천국민학교 건물 처마 끝에 긴 고드름이 매달렸다. 밤이면 교실 유리창들이 맹렬한 추위를 견디지 못해 금이 갔다. 병사들은 교실바닥에 가마니를 깔고 겨우 한뎃잠을 잤다. 자다가 일어나 초소에 나가는 길이 죽기보다 싫었다. 추위를 면하려고 남한에서는 구경한 적도 없는 카바이트술을 마셨다. 그 술은 별맛도 없었을뿐더러 마신 지 두어 시간이 지나면 머리가 깨질 듯 아팠다.

음주로 말미암아 사고가 빈번히 발생하는 모양이었다. 중대

에 음주를 금지하는 공문이 날아왔는데 누가 썼는지 문장이 야
릇했다.

11월 21일부로 음주를 금한다. 술 취한 국군이 아녀자를 겁
탈한다는 소문이 도니 자유민주주의 국가의 체면이 걸린 문제
이다. 인민군이 이를 악용하여 여전사를 아군 부대에 투입시킨
다는 정보를 입수했다. 개머리판을 떼어낸 따발총을 치마에 숨
겼다가 결정적인 순간 난사하면 대처할 도리가 없으니 주의하
라. 이 모두가 아직 확인되지 않은 정보지만, 술 마시다 적발된
자는 이유 여하를 떠나 즉결처분한다.

하소리 숙영지로 내려온 날 밤, 산을 울리는 총포소리에 윤
창열은 잠을 설쳤다. 소리는 오성산뿐 아니라 여러 방향, 여러
지역에서 났다. 저격능선에 있을 때는 몰랐는데 산과 봉우리
와 마을에서 동시다발적으로 벌어지는 전투가 비로소 실감이
났다.

이튿날은 제법 볕이 따뜻했다. 병사들이 아침부터 남대천에
나가 세수하고, 옷을 벗어 이를 잡거나 묵은 옷가지를 빨아
나뭇가지에 널어 말렸는데, 그때에도 총포소리가 요란했다. 저
격능선을 쳐다보니 검은 연기가 하늘에 머리를 풀고 있었다.
그런데 이상했다. 아무리 다른 연대가 치르는 전투기로서니 불

과 엊그제만 해도 생사를 걸고 싸웠던 격전지가 까닭 없이 멀고 낯설어 보이는 것이었다. 정말 거기서 싸웠는지, 무엇을, 누구를 위해 싸웠고, 싸웠다면 누구와 싸웠는지 불분명한 느낌이었다. 윤창열은 싸움의 승패에 대해 생각했다. 국군이 그랬듯이 중공군은 싸움에 지면 반드시 후방에서 부대를 재편성해서 다시 싸울 준비를 했다. 중공군이 그랬듯이 국군은 싸움에 이기고도 다시 싸울 준비를 했다. 윤창열은 이 전쟁을 이해하기 어려웠다. 처음부터 싸우기는 하되, 이기지도 지지도 말자고 서로 약속하고 시작한 전쟁은 아니었을까. 승패를 예측할 수 없다면 어디에서, 어떻게 싸운들 무슨 의미가 있겠는가. 까마귀가 울면 정말 불길할까. 다른 모든 예측과 마찬가지로 그 또한 헛된 예측일 확률이 높았다. 예측은 육군 이등상사의 몫이 아니었다. 결국 김상봉 중위의 말이 옳았다.

배구시합

"이 돈은 위폐가 아니겠지."

아침부터 현상염이 추운 교실 바닥에서 지폐를 세고 있었다. 농부가 쇠스랑을 들고 인민군이 도끼를 든, 남쪽에서 붉은 돈이라 부르는 조선인민공화국 지폐였다.

"그거 어디서 난 겁니까?"

김석근이 현상염의 개인사물함을 기웃했다.

"알 거 없다."

그렇게 말을 자르면서도 현상염은 뭔가 자랑하고픈 기색이 역력했다. 현상염의 사물함이 지폐들로 넘쳤다. 이승만 초상을 그려 넣은 한국은행 발권, 붉은 돈이라 부른 북조선 중앙은행 발권, 인민군 정치보위부가 서울의 한국은행을 점령하면서 탈

취한 천 원짜리 미발행권, 임의로 찍어낸 한국은행권, 그리고 미군의 달러까지, 모두 다섯 종류였다.

"소련놈들이 물러가지 않았으면 소련 돈도 있었을 텐데……."

현상염이 짐짓 아쉬워했다. 까맣게 잊었던 소련군을 현상염의 지폐가 불러냈다.

"흠, 우리가 예까지 밀고 올라왔는데 소련놈들이 가만히 있는 게 아무래도 수상쩍어요."

"소련군이 오건 말건 나는 상관 안 한다. 이 세상에서 미군을 이길 군대는 없어. 미군은 독일을 이기고 일본을 패망시킨 군대다."

"미군과 소련군은 아직 싸워보지 않았잖아요?"

"싸워보나 마나다. 우리가 삼팔선을 넘은 지 얼마인데 지금껏 소련놈들이 가만히 있겠느냐. 승산이 없는 걸 저들도 잘 아는 거야. 음흉한 소련놈들 같으니라구."

하기야 초산楚山까지 진출한 6사단 7연대가 압록강 물을 수통에 담아 이승만 대통령에게 보냈다는 풍편이 전군에 번져있을 때였다.

"소련군이 개입하면 소련 지폐도 모으시겠네."

"그러길 바라진 않는다만 놈들이 오면 모아야지. 그럴 수만 있다면 난 이 전쟁에 참가한 모든 국가의 돈을 모으고 싶어. 영국군, 그리스군, 호주군, 터키군, 에티오피아군…… 이들 나라의 돈을 모아설랑 유리 상자에 보관하고 싶어. 제대하면 나는 집안에 내가 수집한 것들을 전시할 꺼야. 물론 놀러오는 손님들에게 보여줄 요량이지."

현상염은 기쁨에 넘쳤다. 그러나 여러 전투를 겪으면서 생긴 상흔들로 원래 음침했던 얼굴이 더욱 음침해져 있었다. 그는 어느 땐 소총소대 선임하사이고 어느 땐 중대 인사계나 대대 보급계를 맡는 등 보직이 일정치 않았다. 순천에 주둔했을 때 그에게 주어진 보직은 대대장실 페치카 당번이었다. 물론 정상적인 보직이 아니었다. 땔감을 구하러 간다며 현상염은 자주 교문을 나섰다. 단순히 땔감을 구하러 현상염이 바깥에 나가리라곤 아무도 믿지 않았다. 손수레에 땔감을 싣고 정문으로 들어오는 현상염에게서 어김없이 술 냄새가 났다. 어디 술뿐이겠어. 주변에서 수군거렸지만 전투 경험이 풍부한데다 괴팍하고 잔인하기로 소문난 육군 하사관을 섣불리 추궁하지는 못했다.

전쟁이 끝난 것도 아닌데 예비대로 처져 있던 17연대는 며칠째 한가한 시간을 보내고 있었다. 어느 날 점심을 먹고 난 후였다. 대대장을 선두로 열 명 남짓한 갈래머리 여학생들이 교문을 지나 운동장 한가운데로 걸어가는 모습이 교실 창문으로 보였다. 그 뒤로 카빈소총을 휴대한 병사 몇이 호위하는지 경계하는지 모를 어정쩡한 자세로 여학생들을 따랐다. 교실 창문에 붙은 병사들이 운동장을 향해 와아, 환호성을 내었다. 운동장에 나타난 여학생들은 대대가 주둔지로 쓰는 학교의 배구선수들이라고 했다.

운동장 한가운데에서 배구선수들과 국군 장교들 사이에 시합이 벌어졌다. 9인제 배구였다. 춥고 날카로운 바람이 운동장을 휩쓸었으나, 건빵상자 위에 앉은 대대장은 있는 힘을 다해 의젓하게 보이려고 했다. 배구공이 공중으로 올랐다. 여학생이 서브를 먹이려 한쪽 팔을 치켜들면서 허리를 젖혔다. 동복을 입고 있었으나 상체가 팽팽해지면서 젖가슴의 양감이 그대로 드러났다. 배구코트를 둘러싸고 지켜보던 병사들의 입에서 한숨이 새어나왔다. 배구공과 함께 여학생들이 뛰어오르거나 착지했다. 가슴과 엉덩이가 동시에 출렁거렸다. 그 모습을 구경하는 병사들의 표정은 차라리 고통에 가까웠다. 여학생들은 공을 받을 때나 보낼 때 가벼운 숨소리를 냈는데 그 소리가 묘하게도 귀보다 심장에 먼저 닿았다. 여학생들은 익숙한 동작으로 뛰거나 뛰어 올랐고, 배구공이 솟아오르는 겨울 하늘은 방금 페인트칠을 끝낸 듯 새파랬다.

1세트에서 3세트까지 국군 장교들은 한 번도 이기지 못했다.

시합을 마무리하려고 대대장이 건빵상자에서 일어났다.

"우리가 북한 여자와 싸우지 않은 게 다행이다. 인민군이 여기 있는 배구선수들 같다면 낙동강 전선은 돌파됐을 것이고, 우리가 이 순천까지 온다는 건 꿈에서나 가능할 일이다."

대대장의 농담 한 마디에 장교 병사할 거 없이 지나치게 오래 웃었다. 배구선수들은 쑥스러운 듯 입을 손으로 막았다.

시합이 끝나고 돼지 네 마리를 잡았다. 운동장에 걸어놓은 가마솥에 돼지를 삶았다. 운동장을 지나는 바람이 빨라 가마솥에서 피어오르는 김이 공기 속에 잠시도 머물지 못했다. 병사들은 돼지비계가 둥둥 떠다니는 뜨거운 국물에 허겁지겁 조밥을 말아 먹었다. 장교들이 배구선수들을 데리고 대대장이 묵는 교실로 들어갔다.

하필 김석근이 그날 대대장 숙소를 지키는 보초였다. 취사병이 돼지고기를 들고 자주 숙소를 들락거렸다. 안에서 금주령을 깨고 술을 마시는 모양이었다. 술잔을 건네고 건배를 외치는 소리로 왁자지껄했다. 어떻게, 그리고 언제 거기에 끼었는지 하사관인 현상엽의 목소리도 들렸다. 모두들 들이붓다시피 마시는 게 분명했다. 반듯한 술잔이 있을 리 만무했으므로 사기그릇과 양은그릇이 부딪치면서 이질적인 소리를 냈다. 전쟁 중에 참아왔던 자유가 공포를 뚫고 모습을 드러낸 탓일까, 누군가의 혀는 벌써 꼬부라져 버렸다. 배구선수들에게 술을 마시라고 강권하는 소리가 여러 차례 들렸다. 여학생들이 마지못해 술을 마시는 모양이었고 박수소리가 터져 나왔다. 술과 여학생들이 화학반응을 일으키면서 분위기는 고조되었다. 장교들은 돌아가면서 돼지 멱따는 소리로 노래를 불렀다. 여학생들도 이북 노래를 불렀다. 그 와중에 누군가 술잔을 벽에 던졌는지 그릇 깨지는 소리가 났다. 누군가 아무런 뜻도 없는 고함을 질러댔고, 여학생들의 웃음인지 울음인지 모를 소리가 들렸다. 모두가 혼란스레 엉켜 들었고, 그런 실랑이의 와중에 누군가 발로 교실 문을 차고 나왔다. 화기중대 중대장이었다. 그의 어깨에 머리가 흐트러지고 상의가 옆으로 돌아간 여학생 한 명이 기대 있었다. 만취해서 몸도 제대로 못 가누는 상태였다. 중대장이 여학생을 질질 끌다시피 하여 자기 숙소로 데려갔다.

그들에게 무슨 일이 생길지 김석근은 짐작하고도 남았다. 야릇한 흥분으로 아랫도리가 끓어올랐으나 오래지 않아 허탈과 분노로 바뀌었다.

중대장의 숙소 문이 열렸다. 불빛이 쏟아져 나와 문간에 선 두 사람의 윤곽에 굵은 테가 생겼다. 문이 닫히고 여학생 혼자 떨어져 나왔다. 다시 대대장 숙소로 오면서 여학생이 흐느껴 울었다. 다가오는 여학생에게 김석근이 버럭 악을 썼다.

"계급이 제일이냐, 전쟁이 제일이지!"

여학생이 놀라서 걸음을 멈추었다. 선뜻 말을 알아듣지 못한 기색이었다. 김석근이 여학생의 발치에다 카빈을 몇 방 쏘았다. 대대장의 숙소에서 술을 마시던 장교들이 나오고, 만찬장의 유일한 하사관인 현상염도 나왔다. 병사들이 있는 교실 여기저기에서 창문이 열렸다. 사시나무 떨 듯하는 여학생의 발치에 김석근이 다시 카빈을 발사했다.

"계급이 제일이냐, 전쟁이 제일이지!"

모두가 침묵했다. 그리고 무슨 말인지 충분히 알아들었기 때문에 누구도 살기등등한 김석근을 함부로 나무라지 못했다. 김석근의 외침이 여학생을 향한 것이라고 생각할 바보는 없었다.

추운 거리로 내몰렸다

그들은 고드름처럼 얼어 있었다. 고드름 위에 흙먼지가 가득했다. 그들, 전방에서 중공군에 패퇴한 미군 사단과 터키 여단은 완전히 탈진한 모습으로 이종옥이 보초를 서고 있는 순천국민학교 정문 앞을 지났다. 그들, 잡색군은 누구에게도 무엇에도 관심이 없는 얼굴들이었다. 얼굴을 칭칭 붕대로 감았기 때문이기도 했지만 꽁꽁 얼어버린 얼굴로는 어떤 표정도 짓기 어려웠을 터였다. 누더기나 다름없는 방한복을 입고 동상에 걸린 발을 질질 끄는 자가 많았다.

압록강 근처에서 우연히 중공군을 보았다는 한 장사꾼이 전했다. 중공군의 누비옷은, 겉은 카키색이고 안쪽을 뒤집어 입으면 눈 위에서 위장하기 쉬운 흰색이다. 미숫가루를 담은 전대를 어깨에 메고 주머니는 땅콩으로 불룩하다. 그들의 개인화기는 대개 소련제이고, 국공내전에서 노획한 장제스 군대의 미제 카빈도 사용하며, 때로는 일본군이 버리고 간 구구식 소총도 소지한다. 그나마 개인화기가 부족해서 세 명 혹은 다섯 명 앞에 한 자루씩만 지급하며, 총이 없는 자에겐 수류탄을 대여섯 발씩 주어 배에 두르게 한다면서 압록강을 넘어온 장사꾼은 덧붙였다.

"전투부대 뒤에는 반드시 식량부대가 뒤따르는데, 마차나 달구지에 식량을 싣기두 하지만, 두부장수처럼 식량을 긴 막대기의 양쪽 끝에 매달아 어깨에 메고 다니디요. 그렇게 수백 킬로를 걸어두 갸래들 지치지도 않디요. 갸래들은 피리, 꽹과리, 하모니카, 회중전등을 허리춤에 차고 댕기면서 한가할 때 불어대디요. 피리는 참 잘들 붑데다. 추패라는 사 인용 장기도 개지고 댕기는데 밥 먹을 때도 시합을 하디요. 그걸 둘 때는 절대루 곁눈질하거나 훈수가 없시요. 혹시 누가 훈수하면 지는 편에서 우시어_{무효}, 라면서 판을 쓸어버리디요."

17연대에도 철수명령이 떨어졌다. 순천국민학교를 출발할 때부터 눈이 내렸다. 북진할 때는 트럭을 탔지만 남하할 때는 오로지 행군에 의존했다. 트럭들을 더 위급한 상황에 부닥친 전방으로 보내야 했기 때문이었다.

대동강 비행장에 산더미처럼 쌓아 놓은 미군 보급품에 불길이 오르고 하늘에서는 눈이 내렸다. 길 양쪽으로 갈라져 남하하는 행군대열 사이에 피란민이 끼어들었다. 눈이 펑펑 내렸지만 길에 떨어진 눈은 국군과 피란민의 발길에 금세 지워졌다. 인민군이 평양에서 퇴각하면서 폭파한 대동강 철교는 반파된 상태였다. 피란민이 부서진 대동강 철교의 잔해를 부여잡고 죽을힘을 다해 강을 건넜다. 국군과 유엔군은 부교를 통해 대동강을 건넜다. 부교가 흔들려 보급품을 실은 말이 발을 헛디뎌 강에 빠졌다. 더러 피란민이 부교를 건너는 국군들 틈에 끼어들었다. 헌병들이 부교 입구에서 피란민의 접근을 막았지만 어느샌가 통제 불능이 되었다. 부교를 가운데쯤 건너는데 피란민 하나가 이종옥에게 다가와 귀마개를 쥐여 주었다.

"내래 하나 더 있으니 이거 끼시라요."

갓 스물이라는 그는 강을 건넌 후에도 붙임성을 보이며 이종옥을 따랐다. 둥근 얼굴에 어깨가 좁고 목이 밭은 그는 묻지도 않았는데 자기 이름을 김용수라고 밝혔다.

황주의 어느 과수원에서 이종옥은 조선인민공화국 지폐 몇 장을 주고 사과를 한보따리 얻어왔다.

"고향에 누가 없나? 왜 혼자 피란을 떠나는가?"

이종옥이 사과 한 알을 건네며 김용수 곁에 앉았다.

"이북에는 종교의 자유가 없시오. 저의 아버지는 야소꾼이란 이유로 붙들려갔고, 저는 종교의 자유를 찾아 이남을 찾았디요."

김용수가 거침없이 대답했다.

"대동강을 건너는 그 많은 사람들을 보니 과연 이북이 어떤지 짐작할 만하더구나."

"토지개혁 때 너무 많이 죽어서리……"

말을 끊고 잠시 생각에 잠긴 얼굴이더니 김용수가 다시 입을 열었다.

"혹시 저 같은 사람 국방군에 입대할 길이 없갔시요?"

"군대에 오겠다구? 남들은 제대하지 못해 안달이다."

"자유를 위해 저 괴뢰도당과 싸우고 싶어서디요. 분명히 이 전쟁은 남쪽이 승리할 거야요. 제대하면 전 꼭 고향에 가서 목사가 되갔시요."

진지하면서도 어딘지 상투적으로 들리는 말을 이종옥은 어떻게 이해해야 할지 몰랐다. 김용수의 입대 의사를 소대장에게 전했다. 젊은 소대장은 중대장에게 물어보겠다며 자리를 떴고, 잠시 후 되돌아와서는 어이없는 말을 전했다.

"이 하사가 알아서 하라네."

황주의 과수원에서 이종옥은 김용수의 머리에 가위를 댔다.

손톱과 발톱도 깎아서 조그만 헝겊주머니에 넣었고, 그것을 김용수의 신상명세서와 함께 소대장에게 제출했다. 손톱을 깎을 때 김용수의 뺨에 눈물이 흘렀다.

눈보라가 들과 길을 휩쓸었다. 차량이 없어 대대장과 중대장 모두 걸어서 남하했다. 횡으로 몰아치는 눈보라에 병사들은 눈을 감고 입을 닫았다. 어느샌가 군복을 얻어 입은 김용수가 패잔병이라도 되는 양 눈길 위에서 다리를 절룩였다.

길가의 집들은 국군이 들어오지 못하도록 꼭꼭 문을 닫아 걸었다. 인기척을 느낀 동네 개들이 담장 너머에서 사납게 짖어댔다. 이따금 노인들이 집 밖으로 나와 태극기와 인공기를 교대로 흔들었다. 사리원을 지나는데 어떤 노파가 지붕 위에서 찬물을 길에다 뿌렸다. 길을 지나던 국군 몇이 뒤집어썼다.

"가이 새끼들아. 네 놈들 국방군이디?"

"네, 할머니 저희들이 국방군예요. 먹을 거 주시려구요? 찬물 대신 따듯한 물에 미숫가루나 한 대접 풀어주시우."

행군대열에서 누군가 너스레를 떨었다.

"주긴 뭘 주간, 이 가이 새끼들아. 네놈들 땜에 생떼 같은 내 아들이 둘이나 죽었는데. 아이고, 불쌍하게 죽은 아들아."

철원에 이르러서야 눈이 그쳤다. 눈 걷힌 하늘이 멍든 자국처럼 푸르뎅뎅했다. 길가에서 모닥불을 쬐고 있던 민간인 복장

몇이 울면서 웃으면서 달려왔다. 중공군과의 덕천 전투에서 포로로 잡혔다가 탈출한 패잔병들이었다. 부어오르고 찢어지고 갈라진 입술로 그들이 전하는 이야기는, 중공군은 탱크도 전투기도 없이 오로지 도보로만 진격하는데, 나뭇가지나 풀을 꺾어 온몸을 위장하고 평지보다는 산악지대로 이동해서, 연대가 이동할 때는 마치 숲이나 작은 산 하나가 움직이는 느낌이라고 했다. 중공군은 산을 타넘는 기동력이 뛰어나서 신속히 고지에 집결하는 모습이 마치 가벼운 바람이 풀을 쓸어내리는 것처럼 보인다. 중공군의 전술은 뜻밖에도 뛰어나서 배후를 공격하거나 퇴로를 차단할 줄 알며, 병력을 V자형으로 계곡에 배치하여 적을 유인하는 방법까지 통달했더란 건 장교출신 패잔병의 얘기였다. 연대 관측병으로 중공군을 목격했다는 패잔병이 내놓은 이야기는 오래된 전설 같았다. 말이 끄는 곡사포가 그 험한 적유령을 넘어오는데, 어느 산기슭에서 말이 쓰러지자 중공군 포병들이 재빨리 포를 분해해서 부품을 짊어지더라. 그걸 천 미터가 넘는 고지에서 결합하여 아래로 쏘아대는데, 벼락처럼 쏟아지는 산포에 어찌 해볼 도리가 없더라. 그러나 그 모두가 중공군이 구사하는 인해전술에 비하면 아무것도 아니라며 패잔병들은 입을 모았다.

"제일 무서운 건 인해전술이오. 죽여도 죽여도 밀고 올라오고, 쏴도 쏴도 그대로 올라오니, 저것들이 과연 인간인지 소름 끼칠 정도라오."

철원 어디쯤에선가 김용수가 보이지 않았다. 그러면 그렇지. 이종옥은 녀석이 달아난 것으로 생각했다. 차라리 잘 되었지. 이종옥은 목을 길게 빼어 주위를 살펴보다가 이내 길을 재촉했다.

장호원에서 만난 7사단 부상병은 가마니 위에 누워 병원차가 오기만을 기다렸다. 피 냄새와 소독약 냄새가 그의 몸에서 진동했다. 중공군의 포위망을 뚫고 기적적으로 혼자 남하한 그는 저체온증과 심한 동상에 걸려 있었다. 추위 때문에 아무것도 할 수 없었다며 그 부상병은 파랗게 얼어붙은 입술로 겨우 말했다. 땅이 얼어 참호를 팔 수 없고, 소총이 얼어 방아쇠를 당길 수 없고, 기름이 얼어 탱크나 트럭을 움직일 수 없고, 수통이 얼어 물을 마실 수 없고, 주사기가 얼어 부상병을 치료할 수 없었다. 아군은 아무것도 할 수 없는데, 중공군은 얼어버린 산과 길을 미끄러지듯 잘도 돌아다니니 백전백패할 수밖에 없었다. 실망스럽게도 전 전선에 걸쳐 미군이 지고 있다고 전하면서 그는 진저리치듯 뱉어냈다.

"떼놈들을 밤에 만나거든 무조건 피하시오. 놈들은 낮에 아군 방어선을 정찰했다가 밤이 되면 피리[37] 불면서 몰려온다오.

피리소리가 동서남북에서 들려오면 포위됐다는 신호지요. 피리소리 서너 번만 들으면 나중엔 나뭇잎 떨어지는 소리에도 놀란다오. 이 세상에 가장 무서운 소리는 총소리도 대포소리도 아니고 피리소리라오."

충주로 후퇴하는 길에서 17연대는 더 이상 명령도 지휘도 먹히지 않는 누더기 부대였다. 지쳐서 나가떨어지는 병사들과 달리 바람은 토막 없이 길게 이어졌다. 병사들은 북서풍에 떠밀리는 마른 가랑잎들이었다. 풍찬노숙에 손발이 얼고 귀가 떨어져 나갔다. 불을 지핀 구들방에서 한 번 자보기를 소망하는 것조차 호사에 가까웠다. 가마니가 깔린 순천국민학교 교실에서 누워 자던 일이 따뜻한 추억 같았다. 몸에 붙은 모든 것, 소총과 탄띠와 수통과 철모와 군화를 한데 쓸어 모아 길가에 던져 버리고 홀가분하게 집으로 돌아가고 싶은 마음이 간절했다.

충주의 미군부대에 도착하고 보니 놀랍게도 김용수가 행군대열의 맨 끝에 있었다. 양쪽 발에 붕대를 칭칭 감은 상태로 지팡이에 겨우 의지했는데, 누렇게 부황 든 얼굴에 파묻힌 눈알이 무엇에 홀린 것처럼 잔뜩 흐렸다.

중공군이 서울을 점령했다는 소식을 들은 건 그 며칠 후였다.

소모소위

　통신기기로 끊임없는 소모전의 소식들이 흘러들었다. 저격
능선의 전황은 일진일퇴였다. 17연대가 그랬듯이 32연대도 이
기고 지기를, 뺏고 뺏기기를 반복했다. 차바퀴가 진흙탕에 빠
져 겉도는 동안 중공군과 국군의 인력과 미군의 물자가 끊임없
이 탕진되었다. 일등병 김용수가 생각하기에, 전쟁은 이제 전
술을 동원하는 싸움이라기보다 감정이 지배하는 싸움으로 변
해갔다. 그러나 전쟁의 옳고 그름을 육군 일등병이 판단할 권
리는 없었다.

　그것을 판단할 권리가 누구에게 있는지 김용수는 알 수 없었
다. 1951년 7월, 개성에서 첫 휴전회담 소식이 들렸을 때 이승
만 대통령은 격렬히 반대하면서 북진통일을 외쳤다. 펑더화이

가 서울을 점령한 뒤 돌연 공격을 중단하고 2개월 동안의 휴식을 선언했을 때의 김일성과 같은 입장이었다. 그토록 믿었던 맥아더는 미국으로 소환되어 전선을 이탈한 상태였다. 이승만 대통령 곁에서는 낙루장관 신성모가 울고, 이승만 대통령이 거주하는 경무대와 가까운 진명여중 여학생들은 휴전을 반대하며 울었다.

그것을 판단할 권리가 누구에게 있건 1951년의 휴전회담은 결렬되었다. 1952년 7월, 판문점에서 휴전회담 재개 소식이 들려왔고, 이승만과 신성모와 여중생들은 극구 반대했다. 그리고 그것을 판단할 권리가 누구에게 있건 1952년의 휴전회담도 결렬되었다. 그것을 판단할 권리는 군인들에게 주어지지 않았다. 군인들은 끊임없는 소모전에 동원되었고, 소모의 반대편에서 끊임없이 보충되었다.

휴전회담의 결렬을 입증하듯 하소리 숙영지에 이제 막 임관한 신삥소위가 왔다. 김용수가 소속된 소대의 소대장으로 온 것이었다. 김용수와 소대원들은 그의 등장을 깊은 한숨과 침묵으로 맞이하였다. 하필이면 수세에 몰린 32연대를 전투지원하려고 비상출동이 걸린 상황에서 경상도 사투리를 쓰는, 젊고 눈이 맑은 소위인 그가 왔으니.

"32연대, 지에미하고 붙을 새끼들 같으니라구. 내 그럴 줄 알았어."

탄띠를 매면서 거칠게 욕설을 퍼붓는 분대장 정홍재를 소대장은 눈이 휘둥그레져서 바라보았다. 정홍재는 소대장을 아예 거들떠보지도 않았다. 탄창을 M1에 세게 밀어 넣으면서 소대장 곁을 지나쳤고, 천막을 홱 걷어재껴 밖으로 나갔다.

소대는 하소리 숙영지를 떠나 공격대기선인 매봉에 간이호를 파고 대기했다. 중공군과 32연대가 벌이는 치열한 공방전이 그곳에서 한눈에 보였다. 연막과 포연이 A고지와 돌바위고지 일대에 자욱했다. 철조망을 돌파한 중공군이 날개를 펼쳐 고지를 포위한 형세였다.

김용수는 무전기를 짊어지고 새로 부임한 소대장을 따랐다. 임지가 전쟁터임을 익히 알고 왔겠지만 막상 닥쳐보고는 긴장한 기색이 역력한 얼굴이었다. 저격능선과 지도를 번갈아 보면서 선임하사 이종옥과 뭐라 주고받는데, 그 모습을 본 정홍재가 쓴웃음을 지었다. 머릿속에 먹물은 좀 밴 놈 같다만…… 웃음이 의미하는 내용이었다.

김용수가 소대에 들어온 지도 어언 2년이 돼갔다. 군번도 없이 소대와 중대를 오가며 잔심부름을 했던 그에게 이등병이란 계급이 주어지기까지 사 개월이 걸렸다. 평양공립중학교를 다닌 그는 중대에서 보기 드물게 한글을 제대로 읽고 쓸 줄 아는 병사이었다. 그가 문서전달과 통신업무를 수행하는 전령이나 연락병을 맡은 건 학력과 무관하지 않았다.

2년여 전선에서 근무하는 동안 소위 계급장을 단 소대장이 무려 네 번이나 바뀌었다. 두 번은 전사에 의한 교체였고, 한 번은 후송, 나머지 한 번은 행방불명이었다. 소대장이 없으면 선임하사가 직무를 대행했고, 선임하사가 전사하면 분대장이 했다. 잇따른 소대장의 유고는, 물론 격렬한 전투를 선도하는 보병소대장의 보직 때문이었다. 오죽하면 고참병들 입에서 '소모소위'란 말이 생겼다. '소모품'이라 불린 신병과 마찬가지로 소위 계급장을 단 소대장의 목숨도 짧다는 뜻이었는데, 그렇게 부른 고참병 역시 휴전회담이 길어지면서 하나 둘 자취를 감추었다.

경상도 소대장은 진지한 표정으로 연필을 들어 작전지도에 동그라미를 쳤다. 전투경험이 없는 그의 일거수일투족을 소대원들은 지켜보았다. 아니 지켜보기보다 자연스레 그에게 눈이 갔다. 간이호 주변을 맴돌거나 상황판을 펼쳤다 접었다 불안스러워하는 모습을 고참병들은 연민에 가까운 감정으로 바라보았다.

공격개시를 앞둔 삼엄한 분위기에서 웃음을 유발한 책임은 전적으로 소대장에게 있었다. 반나절 참호 주변을 빙빙 맴돌다

나무뿌리에 걸려 비틀거렸으므로.

"이기 뭐꼬. 이기 군대 아이가. 니들 정말 그카기가. 이 쌍……"

모욕을 당했다고 생각한 소대장의 입에서 터져 나오려는 욕설을 오성산에서 날아온 곡사포가 틀어막았다. 소대원 모두가 본능적으로 몸을 움츠렸으나 그 동작이 소대장만큼 크지는 못했다. 중공군 포병부대가 아군의 공격대기선을 집중적으로 강타했다. 소대장은 비로소 사태를 실감한 기색이었으나, 무차별로 날아오는 포탄에 쩔쩔맬 뿐이었다. 저격능선으로 진격하는 중공군의 측면을 공격하라는 중대장의 지시가 귀에 들어올 처지가 아니었다.

"야, 빨리 공격하지 않고 뭐해."

무전으로 중대장이 닦달하는데도 경상도 소대장은 막상 머리를 들지 못했다. 이종옥 중사가 급히 다가와서 무전기를 낚아챘다. 분대장들이 포복으로 기어왔다. 중대장이 공격하라는 특화점을 눈어림으로 파악한 이종옥이 소대장에게 전했다.

"우측 사십 도 방향에서 경기관총을 끌고 올라가는 놈부터 제압하란 겁니다."

소대장은 그제야 머리를 들어 전방을 살폈으나 도저히 앞으로 나아갈 엄두가 나지 않는 표정이었다. 그러나 그는 공격 개시를 명령해야 했다. 소대원들이 참호 바깥으로 나와 전투대형으로 전개했다. 그런데 중공군을 공격하는 일보다 더 급하게 대처해야 할 변수가 생겼다. 저격능선으로 오르던 중공군이 돌연 병력을 분산해서 아군 쪽으로 공격해오는 것이었다. 소대장은 어쩔 줄 몰라 했다. 그 사이 적의 곡사포가 터져 소대원 몇이 흩어졌다. 문제는 소대장으로서 쌓아야 할 전투경험이 소대원의 희생을 전제로 얻어지는 데 있었다.

"꿀릴 거 없다. 저놈들은 아침부터 싸워서 실탄이 별로 없을 거야. 나가자."

이종옥이 외쳤다. 소대는 함성과 동시에 개인화기를 발사하면서 앞으로 나갔다. 소대장이 무전기를 집어 들었다. 중대에 연락해서 새로운 명령을 요구할 모양이었다. 그러나 무슨 일인지 중대 통신병의 응답이 없어 더욱 난처한 입장에 빠졌다. 전황이 다급할수록 불통일 확률이 높은 게 무전기란 사실을 소위는 알지 못했다.

"멍청이!"

소대장이 무전기를 들고 쪼그려 앉은 간이호 곁을 지나면서 정홍재가 한마디 뱉었다. 나머지 분대장들도 더는 경상도 소대장을 돌아보지 않았다. 그들은 이종옥의 명령에만 귀를 기울였다.

"수류탄 투척거리만 주지 마라. 그럼 이긴다."

그날따라 소대원들은 정확히 사격하고 날렵하게 각개약진했다. 정흥재가 LMG[38]를 끌고나가 방망이수류탄을 던지려고 상체를 세운 중공군 둘을 제압했다. 몰려오던 중공군 선두가 급격히 무너졌다. 달아나는 자들과 달려오는 자들이 부딪치고 엉켰다. 정흥재는 달아나는 중공군을 좇아 경기관총을 전진배치했다. 무적하사는 몸을 은폐엄폐하지도 않았다. 거름을 주러 밭두렁에 나가는 자세인데도 총알이 그를 알아보지 못하는 게 신기했다. 중공군의 기관총 좌지에서도 총알이 날아와 여기저기서 흙이 튀었다. 정흥재의 브라우닝 경기관총과 중공군의 데그차레프 경기관총[39]이 서로 맞붙어 총알을 교환했다. 예광탄이 양쪽에서 섬광을 일으키다가 중공군 쪽이 먼저 조용해졌다.

"과연 쌕쌕이야!"

소대원들이 환호하며 A고지로 치달았다. 적의 측면을 완전히 무너뜨렸으므로 거칠 것이 없었다. 게다가 이종옥이 예상한 대로 중공군은 실탄이 떨어진 기색이었다. 고지에서는 중공군과 아군 32연대가 백병전을 벌이고 있었다. 전세는 17연대가 저격능선에 들이닥치면서 아군 쪽으로 급격히 기울었다. 총과 검이 대결했을 때 총이 이긴다는 사실을 모를 리 없는 중공군이 허겁지겁 달아나기 시작했다. 김용수와 이종옥은 착검한 소총을 앞세워 나란히 진지를 수색했다. 탄피처럼 쌓인 국군과 중공군의 시신들이 발길에 차였다. 다 죽고 겨우 아홉 명 남았어. 아홉 명……. 참호 벽에 기대앉은 32연대의 한 소대장은 실성한 듯 중얼거렸다. 김용수의 무전기에서 끊겼던 중대 통신병의 목소리가 다시 이어졌다. 항상 그렇듯이 무전기는 전황이 유리할 때만 소통이 원활했다.

"참, 소대장은?"

이종옥이 문득 물었다. 김용수의 눈에도 아까부터 보이지 않았다. 노무자들이 시신을 수습하려 구덩이를 파거나 들것을 들고 다녔다. 김용수는 공격선을 되짚어 내려갔다. 소대장이 들어앉았던 간이호는 비어 있었다.

경상도 소대장의 시신을 발견한 곳은 뜻밖에도 저격능선의 교통호 안에서였다. 고지로 돌격하는 소대원들을 따라서 그도 진지로 올라온 모양이었다. 소모소위는 찢어진 철모를 쓰고 숨이 멎어 있었다. 수류탄 파편이 철모와 두개골을 파헤친 것으로 보였다. 귀 옆으로 흐르는 붉은 피가 아직도 따뜻했다. 그는 눈을 뜨고 죽었다. 김용수는 소대장의 눈동자에 비친 자신의 모습을 바라보았다. 김용수가 철모를 벗자 눈동자 속의 김용수도 철모를 벗었다. 김용수는 죽은 후에 바라보게 될지 모를 사물을 잠시 상상하고는 치를 떨었다. 죽을 때 죽더라도 꼭 눈을 감고 죽어야지. 죽은 자는 죽음으로써 자유로워져야 한다. 죽어서도 놓여나지 못할 삶의 무게를 어찌 감당하겠는가. 김용수가 다짐했으나 벌써 어깨가 무거웠다. 어느새 그 몹쓸 할아버지가 등에 올라탔다.

두 겹의 노래

중공군이 교통호에 굴을 파놓고 숨어 있었다. ㄹ자 모양의 동굴인지 모르고 화염방사기를 쏘던 하사 하나가 되돌아오는 불길에 앗 뜨거, 뒤로 물러났다.

"그것 봐. 화염방사기로는 안 된다니까. 수류탄을 네 개는 동시에 까 넣어야 해."

병사 여럿이 수류탄 안전핀을 빼는 순간, 안에서 중공군 다섯이 손을 들고 뛰어나왔다. 수류탄 격발장치를 움켜쥔 국군들 발치에 꿇어앉아 목숨을 구명했다.

"이런 4종 쓰레기들을 뭘 살려줘. 그냥 쏴버리자."

국군 병사 한 명이 노리쇠를 후퇴전진했다.

"그렇게는 안 돼."

이등상사 윤창열이 나섰다. 나이 들어 보이는 중공군 하나가 윤창열에게 무릎걸음으로 다가와 바짓가랑이를 붙들었다. 뭐라 빠르게 건네 오는 말을 윤창열은 알아들을 수 없었다. 만주에 살아서 중국말을 좀 할 줄 안다는 국군 중사 하나가 나섰다.

"저 녀석은 국민당 서북군인이었는데 사십팔 년 산서성 전투에서 모택동의 홍군에 붙잡혀 포로가 됐다는군요. 항미원조전쟁에 참가해서 과거에 지은 죄를 씻어내라는 말에 압록강을 건넜다는 겁니다. 저 녀석이 주장하길, 자기는 본래 공산당이 아니니 목숨만은 살려달라는군요."

"너희 나라도 아닌데 왜 그렇게 악착같이 공격하느냐고 물어봐."

중사가 윤창열의 말을 받아 중공군 포로에게 전했다. 포로가 또 뭐라 쑤왈댔다.

"처음엔 미군을 조선에서 쫓아내야 애국이고 자신도 사는 길이라고 생각했다는군요. 이제는 상감령 전투에서 살아 돌아갈 생각을 말라면서 뒤에서 총부리를 겨누니 선택할 여지가 없다고 합니다."

"상감령 전투?"

"저들은 저격능선 전투를 상감령 전투라 부르는 모양입니다."

"우리 국군을 제압할 뭐 특별한 전술이라도 있냐고 물어봐."

중사가 묻고 중공군이 대답했다.

"앞 부대가 전멸하면 뒷 부대를 투입하고, 그 부대가 전멸하면 또 다른 부대를 투입하는 거 외에 아무런 전술이 없답니다."

중사가 통역을 마치기도 전에 포로가 또 뭐라 했다. 그 말을 듣고 중사의 얼굴이 굳어졌다.

"지금까지 오성산에 주둔했던 중공군 사십오 사단이 물러가고 이십구 사단을 새로이 투입했다네요. 상소리에 중공군 천여 명이 집결 중이라는군요."

포로들을 둘러싼 국군들의 표정이 싸늘하게 얼어붙었다. 중공군이 새로운 병력, 새로운 무기로 공격해 올 것이었다. 새로운 중공군이 새로이 결의를 다지고 총검을 앞세워 악착같이 달려들리라 생각하니 숨이 막혔다. 도처에서 중공군이 밀려왔다. 언제부턴가 중공군이 아니면 적이라 부르지도 않을 만큼 전쟁의 양상이 달라져 있었다.

인민군은 뭐라 불렀던가. 낙동강 전투에서 패퇴하고 북쪽으로 가서 정규군에 합류하지 못한 그들을 국군은 패잔병이나 비정규군, 혹은 잔적이라 불렀다. 그들은 개전 전부터 깊은 산속에 은거해서 유격전을 펼쳐온 빨치산, 혹은 남부군과 합세했다. 국군은 그들을 공비라 통칭했다.

1951년 2월 초순, 충주에 주둔했던 17연대는 도요타 트럭[40] 수십 대에 분승하여 경상도로 향했다. 태백산맥이 끼고 도는 경상북도를 공비들이 세운 밤의 정부가 지배했다. 그들은 일월산, 통고산, 소백산에 은닉하면서 법전, 영양, 춘양, 봉화 마을에 출몰하였다. 그들은 먹을 것을 탈취하는 약탈자가 아니라, 인민이 바치는 보급품을 마땅히 챙겨가는 정부군을 자처했다. 그들이 출몰하는 밤에 마을 사람들은 그들의 법을 따랐고, 그들의 법으로써 질서가 유지되는 국가에 적응했다. 밤의 질서가 문란해지면 그들 판관들이 마을로 내려와 즉결심판을 내렸다. 마을 사람을 공터에 모아 놓고 몽둥이로 치고 쇠스랑으로 찍어 죽인다는 것이 즉결심판의 현장에서 요행히 탈출한 마을 사람의 얘기였다.

"내사 오만 험악한 일 겪어봤다만 빨갱이처럼 잔인한 놈들은 처음이라카이. 총알이 아깝다며 무기는 아예 쓰지도 않는다카이."

과연 공비들을 토벌하러 가는 길은 국경을 넘는 일이었다. 그도 그럴 것이, 문경으로 넘어가는 새재에서 도요타 트럭이 급기야 적의 기습을 당했다. GMC에 비해 턱없이 부족한 등판력에 헐떡이던 일제 도요타는 협곡에서 날아오는 총알을 십여 분 동안 고스란히 받아내야 했다. 트럭 뒤칸이 아수라장으로 변했다. 운전병이 머리에 총을 맞고 즉사하는 바람에 차가 밀려내려 뒤차를 박았다. 병사들이 트럭에서 재빨리 뛰어내려 산개했으나 계곡의 적은 보이지 않았다. 그 보이지 않는 적을 향해 대대병력이 각종 화기를 총동원했으나, 도무지 적정을 알 수 없는 상황에서 아군 피해자만 속출했다. 사태가 그쯤 되니 후퇴하는 수밖에 달리 방도가 없었다. 대대장을 비롯하여 전 병력이 벼랑에 몸을 은닉한 채 오던 길로 뒷걸음쳤다. 멀리 후퇴해서 보니 계곡에서 내려온 민간인 복장의 공비들이 아군 트럭에 들러붙어 보급품을 챙겼다. 그 수가 십여 명에 불과해서 얼핏 그들은 한 가족 같아 보였다. 여자와 아이도 있었다. 공비들을 향해 즉시 사격을 개시하지 않았던 건 눈앞에서 전개되는 상황의, 믿기 어려운 희극성 때문이었다. 또 다른 속임수가 있으려니 했다. 정신을 차려보니 그들은 필요한 보급품을 가슴에 안거나 등에 짊어지고 신속하게 계곡 위로 달아났다. 사주경계를 펼쳐 습격당한 현장에 다가가니 아군 시체가 즐비하고 부상자들의 신음소리가 가득했다. 공비들은 트럭에 실린 중화기 따위는 거들떠보지도 않고 고작 소총 몇 자루와 쌀가마니 하나와 건빵 두 상자를 탈취해갔을 뿐이었다.

그렇듯 어이없는 신고식을 치르고 도착한 경상북도 영양의 일월산은 눈에 덮여 있고, 눈 위에는 공비들의 흔적이 새나 야

생동물의 발자국처럼 곳곳에 어지러이 찍혀 있었다. 이따금 그들이 피워 올리는 연기가 멀리서 보이기도 했다. 토벌대를 조직하여 공비들의 발자국을 따라가면 어느 순간 지워지고, 연기를 좇아가보면 타다 남은 마른 삭정이만 눈 밑에서 나왔다. 그들은 눈 밑에 숨었으며 연기와 함께 사라졌다.

월자봉 아래 다래넝쿨이 우거진 곳에서 공비를 보았다는, 믿을 만한 신고를 접수한 건 2월 중순이었다. 윤창열이 조직한 토벌대는 눈 덮인 골짜기를 샅샅이 뒤졌다. 죽창이나 대검으로 의심스러운 데를 찌르며 이동하는데 널빤지를 밑에 간 펫장 하나가 창끝에 찍혀 올라왔다. 사람 하나 드나들 크기의 구멍이 뚫렸는데 입구에 사다리가 걸려 있었다. 공비의 은신처가 틀림없었다. 몇 차례 수류탄을 투척한다고 소리지르는데도 아무런 반응이 없었다. 머리를 디밀고 땅굴 속을 들여다본 윤창열의 눈에 놀라운 광경이 펼쳐졌다. 족히 일 개 분대는 거주할 직사각형의 공간에, 각종 총포와 탄약, 이불, 솥, 재봉틀 등속이 가지런히 놓여 있었다. 오래 살림해 온 흔적이 역력했다. 공비들이 눈 밑에 살림을 차린다더니 사실이구나. 윤창열은 주변에 매복호를 파라고 지시했다. 매복호 위에 칡넝쿨을 얹고 그 위에 눈을 뿌려 위장했다.

공비들은 해질 무렵에야 나타났다. 인민군 군복과 민간인 옷

차림인 여덟 명이 고된 일터에서 돌아오는 가족들처럼 피곤해
뵈고 통 말이 없었다. 그 가운데는 방한모에 옷을 겹겹이 껴입
은, 임신해서 배가 불룩한 산모도 있었다. 윤창열과 토벌대는
안전핀을 뺀 수류탄을 손에 쥐고 매복호에서 숨을 죽였다. 공
비들이 차례로 구멍 속으로 사라지고 맨 마지막이 뗏장 문을
닫았다. 윤창열이 뗏장 문에 대고 투항하라고 외쳤으나 잠시
후 되돌아온 건 처절하고도 비장한 노랫소리였다.

아리랑 아리랑 아라리요

마지막 고개를 넘어간다

동지여, 동지여, 나의 동지여

그대 열두 구비에서 멈추지 않으리

아리랑 아리랑 아라리요

아리랑 열세 구비를 넘으리니

노래가 끝나자 폭발음이 들리고 뗏장문이 튀어 올랐다. 땅속
에서 자폭한 게 틀림없었다. 뗏장문 안쪽의 함몰된 구멍에서
폭연이 희미하게 새어나왔다.

"빨갱이가 독하긴 독하군. 따로 매장해 줄 필요도 없구 자알
되었네. 땅속에서 추운 겨울 잘 보내라."

누군가 침을 탁 뱉었다.

귀대하는 내리막길에 급히 해가 떨어지고 있었다. 어둠보다

빨리 공비들이 뒤쫓아 올 것 같아 해가 떨어지는 속도만큼이나 빠른 걸음으로 내리막길을 치달았다. 아닌 게 아니라 계곡 한 켠이 바스락거리고 숲의 나뭇가지들이 눈을 털었다. 윤창열의 토벌대는 내리막길 옆 숲속에 낮게 엎드렸다.

숲을 나와 산길에 모습을 드러낸 건 일개 분대 병력의 국군이었다. 낯익은 얼굴들이 어스름 속에서 번들거렸다. 이종옥과 김용수, 정홍재, 현상염이 조심성 없이 산길에서 수군거렸다. 불과 이십 미터도 안 되는 숲에 은거한 윤창열의 토벌대를 전혀 의식하지 못했다. 총을 어깨에 메고 허리에 탄띠를 찬, 늘 보아온 그들의 모습이 윤창열의 눈에 어쩐지 생소했다. 조금 전 한순간에 땅속에 매몰된 공비들을 보았기 때문인지 몰랐다.

"탕탕, 너희들은 다 죽었다."

윤창열이 숲에서 나오자 그들은 화들짝 놀라서 총을 겨누었다.

"간뗑이 떨어질 뻔했잖아."

그들의 선임이면서 윤창열의 청주 훈련소 입대 동기인 현상염이 가슴을 쓸어내렸다. 그들 또한 토벌을 마치고 귀대하는 길이었다. 윤창열이 등장하면서 끊겼던 말을 현상염이 다시 이었다.

"홍재야, 니가 정말 암자를 봤다 이거지? 그럼 거기 먹을 게 있을지도 모르겠군. 우리 종일 주먹밥 한 개로 버텼잖아. 암자로 가서 먹을 게 있나 보자."

현상염의 말에 다들 귀가 솔깃해졌다.

암자를 봤다는 정홍재를 선두에 세웠으나 자꾸만 고개를 갸웃거렸다. 바위를 보았다는 곳에 수풀이 돋았고, 수풀이 있으리라 짐작한 곳에 바위가 돋아 있었다. 그렇게 산속을 헤매다가 지형이 움푹 꺼진 벼랑 아래에서 시누대에 둘러싸인 작은 암자를 만났다. 지붕에 가득 쌓인 눈의 무게를 못 이겨선지 대들보가 밀려난 집을 무너진 싸리울이 에워싸고 있었다. 그 때문에 토벌대는 대문을 통하지 않고 곧장 싸리울을 넘어 마당으로 들어갔다. 방이 두 칸이었고 부엌에서 아궁이 냄새가 났다. 이종옥이 총구로 문고리를 당겨 '일월신전'이라 현판이 달린 방문을 열었다. 수염이 긴 할아버지가 호랑이 등 위에 올라앉은 그림이 정면으로 보이고, 할아버지를 호위하는 좌우 신장 위에 촛불의 그림자가 어룽거렸다.

"산아재들이야?"

다른 방문이 획 열렸다. 토벌대가 놀라서 열린 방문 쪽으로 총구를 겨누었다. 눈이 휘둥그레지기는 방문을 연 노파도 마찬가지였다.

"할머닌 굿하는 사람이군."

윤창열이 후레쉬를 들이댔다.

"그려. 나는 일월성신을 모시는 사람이야. 너희들이야말로
누구냐?"

입 밖으로 와르르 쏟아질 것 같은 늙은 무당의 뻐덩니가 후
레쉬 불빛에 드러났다.

"우린 국군이오."

"국군? 그럼 산아재들이 아니란 말야? 산 아래 난리라도 났
는지 요즘 들어 부쩍 총소리가 잦더니……."

무당이 얘기하는 산아재들이 공비임을 짐작하고 마당에 있
는 대원들이 술렁거렸다. 산속의 할머니 무당은 전쟁이 어떻게
돌아가는지 까마득히 모르는 눈치였다.

"배고파 미치겠는데 밥 남은 거 있수?"

현상염이 툇마루에 걸터앉았다.

"이놈 저놈 나만 보면 밥 달라고 지랄들이군. 산신을 모시는
사람한테 보시는 못할망정. 부엌을 뒤져서 알아서들 처먹어."

말이 떨어지기 무섭게 이종옥이 부엌을 뒤졌다. 놀랍게도 시
렁에서 흰 쌀이 나왔다. 이종옥의 얼굴이 환해졌다.

"쌀이요, 보리 한 알 섞이지 않은 흰 쌀. 깊은 산중에서 흰 쌀
을 보다니 전율이 흐르는구만."

솥에 물을 부어 밥을 짓고, 시렁에서 북어와 무말랭이, 안동

소주 몇 병을 찾아냈다.

"밖에 있는 한 놈은 왜 안 들어오누?"

방문을 걸어 잠근 노파가 밖에다 대고 웅얼거렸다. 부엌에 신경이 쏠려 있던 대원들은 그제야 김용수가 싸리나무 울타리 바깥에서 안을 들여다보고 있는 것을 알았다. 그러나 솥에서 괴어오르는 밥 냄새가 김용수에게 쏠린 관심을 금세 거두어들였다. 부엌에서, 툇마루에서, 마당에 쪼그리고 앉아서 각자 주린 배를 채우기에 급급했다. 윤창열은 밥을 삼키면서 꿈틀거리는 다른 목울대들을 바라보았다. 쌀밥을 삼키는 목울대들의 꿈틀거림이 서로 경쟁이라도 하는 것처럼 빨랐다. 밥을 먹으면서 소주를 돌려가며 마셨다.

"아무래도 내 예감으로는 이 암자에 공비가 깃들 거 같아."

술잔을 혀로 핥으면서 현상엽이 나지막이 말했다.

"그러게 말야. 산아재니 뭐니 자연스레 공비를 부르는 것도 그렇고……."

윤창열이 받았다.

"저 늙은 무당이 공비하고 내통하는지도 몰라. 여기 하루 묵으면서 동정을 살펴볼까? 어차피 이 어두운 산길을 내려갈 수도 없잖아."

"잠까지 재워 줄라나?"

"재워 주지 않으면 어쩌라고. 무당의 목숨은 두 갠가."

현상엽이 들으라는 듯 목소리를 높였다. 사람을 여럿 죽여본 적 있는 자의 내면에 배어 있는 살기가 윤창열에게도 강하게 전해왔다.

이미 무당의 허락 따위를 기다릴 분위기가 아니었다. 소주 몇 잔에 금세 취해버린 토벌대는 군화를 신은 채 종이꽃이 만발한 굿당으로 들어갔다. 누군가 불침번을 세우자고 제안했지만 취기와 방안의 아늑한 온기에 얽혀 들어 고참 신병 구분 없이 초저녁잠에 빠져들었다. 닥쳐올 위험을 충분히 알면서도 순간적으로 빠져든 방심이었다. 그리고 그러한 방심을 누구나 인식했으므로 새벽녘 약속이라도 한 듯 모두 잠에서 깨어났다. 깊이 잠들지 못한 얼굴들이 푸석푸석했다. 밖에서 인기척이 들려왔다. 윤창열을 비롯하여 모두가 개인화기를 집어 들고 잠자리에서 일어났다. 윤창열이 방문을 걷어차고 바깥으로 나갔다. 윤창열의 눈앞을 둥근 총구가 가로막았다. 총을 겨눈 상대도 소스라치게 놀란 얼굴이었다. 윤창열과 공비, 두 사람의 동작이 한순간 정지되었다. 총성이 울린 건 뒤쪽이었다. 그때 윤창열은 보았다. 자신을 겨냥했던 총구가 느린 동작으로 허공을 향해 올라가다 격발되고, 그 반동인 듯 공비가 뒤로 자빠지는 것을. 정흥재가 방안에서 뛰쳐나왔다.

"모두 밖으로 나갑시다."

정홍재의 총구에서 화약냄새가 났다. 정홍재가 등 뒤에서 공비를 쏘았던 것이다. 마당으로 뛰쳐나오다가 두 명이 날아온 총탄에 맞아 툇마루 아래로 고꾸라졌다. 급한 대로 마당의 나무 뒤에, 토담 옆에, 싸리나무 울타리 아래 숨어서 응사했다. 적의 수류탄이 날아와 굿당을 박살 냈다. 아군도 수류탄을 던졌다. 다행히도 공비들의 숫자가 아군보다 적었다. 이종옥이 무너진 굿당 더미 위에서 기관단총41을 난사하자 공비들이 달아나기 시작했다. 등을 보이고 벼랑길을 오르는 공비 칠팔 명을 아군이 추격했다. 그 중 한 명은 가방을 메고 달리느라 동작이 굼떴다. 현상염이 그를 쏘아 대퇴부를 맞추고 훌쩍 덮쳐 올라탔다. 그리고는 아직 숨도 떨어지지 않은 공비에게서 잽싸게 가방을 빼앗았다. 지퍼를 여니 한국은행권인 백 원짜리 지폐가 빼곡했다. 서울을 점령했을 때 공산당이 불법으로 발행한 위폐였다. 현상염이 선심 쓰듯 한 뭉치씩 돈을 던졌다.

"어쩐지 이 녀석 가방에서 돈 냄새가 나더라. 얘들아, 이 돈으로 떡을 치든 밑을 닦든 하자."

상황이 끝나자 암자로 돌아와 아군 토벌대원 시신 두 구를 수습했다. 수류탄에 맞은 굿당은 눈과 지붕과 서까래를 끌어안은 채 주저앉아 있었다. 호랑이를 탄 할아버지가 내동댕이쳐진 문짝에 깔리고 신장들의 목과 어깨가 달아나고 없었다. 폐허 위에 겨우 살아남은 늙은 무당이 쪼그려 앉았다. 영락없이 실성한 몰골로 입을 헤벌리고 침을 흘렸다. 흰자위만 남은 실눈이 줄곧 김용수만을 쳐다보았다. 노파의 입에서 계면조의 느린 가락이 흘려 나왔다.

　나비야 청산 가자 범나비 너도 가자

　가다가 저물거든 꽃에서 자고 가자

　꽃에서 푸대접하거든 잎에서 자고 가자

나비야 청산 가자

집안에 신내림의 내력이 없다는 건 어머니의 거짓말이었다.
어렸을 때 김용수는 어머니 손을 잡고 가끔 이모네 집에 가곤
했다. 동구 밖에서도 징소리와 요령소리가 들렸다. 대문 앞에
이르면 늘 축축한 물이 신발에 와 닿았다. 이모네 집 마당에 있
는 연못이 넘쳐 대문 밖으로도 흐르기 때문이었다. 음기가 차
고 넘쳐서 연못이 넘친다며 이모는 혀를 찼다. 연못은 차고 넘
치는데 이모는 언제나 깡마른 얼굴에 눈이 움푹 꺼져 있었다.
연못 때문에 이모는 굿이 없는 날에도 꽃갓을 비껴쓰고 철릭을
입은 채 당신 혼자서 안택安宅굿을 치르곤 했다.

김용수를 보면 걱정스러운 표정을 지을 때가 잦았다. 그런데
깊은 시름을 표현할 때도 이모의 목소리는 낭랑하거나 카랑카

랑했다.

"칠성줄을 어이 하리. 받고 싶디 않아도 받아야 하는데 받아 두 꺾일 신이 아니니 이 또한 어이하리. 가끔 몸이 붓거나 관절 이 빠질 듯 아프면 너 혼자 대를 잡고 뛰고 놀아서라도 풀라 우."

이모가 요령을 살살 흔들며 건네는 말에 어린 김용수는 눈알 만 굴렸다. 당시만 해도 칠성줄을 느낄 만한 어떤 조짐도 없었 으므로 어머니는 생사람 잡는다고 펄쩍 뛰었다. 설령 악마가 깃들지라도 하나님의 성령으로 치유되지 않을 병은 없다는 것 이 어머니의 지론이었다.

어머니의 그런 믿음 때문이었을까, 치병을 목적으로 여러 차 례 교회를 찾았다. 물론 어머니 손에 이끌려서 갔다. 부흥회 때 하늘에서 성령의 불이 떨어져 신도들 입에서 방언이 터졌다고 소문난 교회였다. 그때는 밤마다 지린 오줌을 참지 못해 이불 에다 싸곤 했다.

그 교회는 평양 시내 곳곳에서 신도들이 몰려와 문전성시를 이루었다. 혹여 시국사건이라도 생길까 봐 교회 문 밖에는 늘 칼 찬 순사 서넛이 서성거렸다. 앉은뱅이가 일어서고 장님이 눈을 뜨는 기적이 일어났다. 기적을 눈으로 본 사람은 없지만 기적밖에 바랄 게 없는 세상이었다.

일제는 전시동원체제를 발동하였다. 하와이 진주만에 정박한 미군 함대들을 일제가 폭격했다는 소문이 평양 시내에 자자했다. 일·미간 전쟁이 본격적으로 불붙자 강제 징집이 한층 기승을 떨었다. 징집연령에 해당하는 남자들은 길을 가다가도 붙들려 이른바 태평양전쟁에 끌려갔다. 그 흉흉했던 시기에 교회는 더욱 번창했다. 원래 중단된 적 없는 성령의 역사는, 머나먼 동남아시아에서 수많은 조선인이 총알받이로 쓰러져갔으므로 더욱 중단될 수 없었다. 평양은 본디 대동강 물살을 타고 기독교가 처음 들어온 곳으로, 그 오랜 역사의 이면에 성령을 빌미로 거짓 역사役事를 펼치는 교회의 역사歷史 또한 오래되었다. 목사인지 무당인지 구별하기 어려운 교회가 적지 않았다. 기도하는 자의 신체를 손바닥으로 두드리거나 때리는 안찰按擦기도가 교회 일각에서 유행했다.

김용수가 찾아간 교회도 안찰의 열풍에 휩싸여 있었다. 목사는 어린 김용수를 보자마자 마귀가 붙은 애라고 단정했다. 어머니에게 완치를 장담하면서 헌금봉투에 이름을 쓰고 대기하라고 했다. 그날 교회는 집단안찰을 실시했다. 환자들이 담요를 깔고 마룻바닥에 누워 있었고, 목사가 비좁은 통로를 오가면서 누운 남녀의 배, 가슴, 옆구리, 허벅지, 종아리, 뒷목, 눈두덩을 손가락으로 찔러댔다. 아멘, 아버지, 으아, 라는 단말마가 튀어나왔다. 환자가 몸을 비틀면 조수들이 달려들어 손과 발을 잡았다.

차례가 다가오는 것을 지켜보면서 김용수는 부들부들 떨었다. 김용수의 어머니도 막상 자식에게 닥칠 일을 감당할 수 없어 안절부절못할 때였다. 갑자기 교회 문짝이 부서지는 소리가 났다. 일본순사들이 말을 몰고 그대로 들이닥쳤다. 누워 있던 환자들이 혼비백산해서 몸을 일으켰지만 입구 쪽에서는 벌써 말굽에 채여 비명이 터져 나왔다.

"조센징들, 무슨 짓을 벌이느냐."

순사가 말 위에서 닥치는 대로 곤봉을 휘둘렀다. 무슨 잘못을 저질렀는지도 모르고 그저 매를 맞는 데 익숙해진 식민지 백성들은 자지러지는 소리만 낼 뿐이었다. 더 놀라운 건 말 탄 순사들의 등장과 더불어 모습을 드러낸 이모였다. 조바위를 쓰고 털옷을 입은 이모가 허둥지둥 달려왔다.

"어서 집으로 가자우."

순사가 말에서 내려 목사를 꿇어 앉혔다. 신도들이 그리로 달려가 주여 주여, 하나님에겐지 순사에겐지 모를 용서를 비는 동안 이모는 재빨리 두 사람을 이끌고 현장을 빠져나왔다. 그렇게 해서 병을 고치러 교회에 갔던 김용수는 연못물이 넘치는 이모네 무당집으로 왔다.

"누우라. 그리고 너는 거기가 어드매라고 애를 야소귀신한테 데려갔간."

이모는 향냄새 가득 배인 방에 김용수를 눕히고는 어머니를 나무랐다. 어머니는 불편한 자세로 윗목에 앉아 김용수의 야뇨 증세를 말했다. 이모가 부적을 태워 김용수에게 잿물을 먹였다.

"커다란 새들이 하늘을 덮어. 새들이 주둥이로 벼락 치듯 불을 내뿜고 마을은 불길에 휩싸이디. 장군님은 그때서야 너에게로 온다."

이모는 청상과부였다. 시집간 지 일 년도 못 돼 남편을 저 세상에 보내, 시댁 식구들에게서 남편 잡아먹은 년이라는 욕을 들었다. 남편의 사십구재가 끝나고 얼마 후에 이모는 신어머니를 모시고 내림굿을 하였다. 천왕잡이가 천왕을 잡자마자 이모의 몸에 신호가 왔다. 손을 떨고 다리를 떨고 머리를 떨면서 울고불고했다. 신어머니가 천왕잡이와 함께 제자리에서 뛰어보라 했더니, 이모는 대들보에 불붙은 듯 훨훨 타올라 맺힌 한을 다 풀어냈단다.

"장군님이 불길을 걸어 너에게로 가디. 불이야, 불. 이상하게 너에게는 불의 기운이 넘쳐. 그거이 내래 물이 넘치는 이 집에 운명처럼 살고 있어 설까?"

이모가 고개를 갸웃했다. 거듭되는 이모의 말에 어머니가 발끈했다.

"언니, 인제 그만 좀 저주를 퍼부시구랴. 언니가 모시는 신은 왜 허구헌날 저주만을 퍼붓는 거야요. 이 애래 설령 박수가 될 팔자라도 하나님이 막아줄 꺼야요."

"그래, 네가 믿는 그 하나님 귀신이 막아준다면야 얼마나 좋겠니. 누군 이 짓을 하고 싶어 하간. 무당짓 지겨워서리 어서 천벌이나 받아 죽고 싶다."

"허구헌날 죽는 얘기하고는……."

그러나 신기했다. 이모가 부적을 태워 준 잿물을 마시고는 지린 오줌을 참지 못하는 병이 싹 가셨다. 병이 나아 한결 밝아진 김용수를 그러나 어머니는 어두운 얼굴로 바라보았다. 이모의 예언이 들어맞으리란 불길한 전조를 느껴서였다.

그 몇 년 후 이웃집 광석 라디오에서 히로히토 일본 왕이 떨리는 목소리로 '무조건 항복'을 선언하였다. 1945년 8월 15일이었다. 동네 청년들이 모여 왜놈을 응징하겠다면서 웅성거렸다. 그러나 일본군이나 순사들이 여전히 삼엄하게 경계하는 관공서나 주재소를 함부로 침범하지는 못했다. 일본인이 살던 집에 돌을 던지거나 길 가는 일본인을 붙들고 시비를 거는 일이 혹간 생기긴 했다. 훗날 정당이 생기고 단체가 결성됐을 때야

친일 매국노를 처단하자는 소리가 높았지, 정작 일본인이 위해 당하는 모습을 김용수는 한 번도 보지 못했다. 그렇지만 밤마다 딱딱이를 치면서 야경夜警을 돌던 소리가 멈춘 걸로 보아 뭔가 변하긴 변한 모양이었다.

일본인들이 사라지고 소련군이 등장해서야 세상이 바뀐 걸 실감했다. 어디서 나온 말인지, 누가 먼저 붙인 이름인지 그들을 노스께라고 불렀다. 노스께가 길 가는 사람을 붙들고 시계를 빼앗는다고 했다. 그들이 총부리를 대고 다와이내게 줘, 하면 군말 없이 시계를 끌러줘야 목숨을 부지한다는 것이었다. 노스께는 손목에서부터 팔꿈치까지 줄줄이 시계를 차고 다녔다. 여자들을 보이는 대로 겁탈하고, 심지어는 할머니까지 드러눕힌다는 소문도 돌았다. 이모가 실성한 것도 노스께 때문이라고 했다. 이모네 이웃에 살던 사람들은 마치 무성영화를 들려주는 변사처럼 술술 이야기를 풀어냈다.

노스께 두 명이 연못이 넘쳐서 가뭄에도 축축한 무당집 근처를 얼씬거렸다. 잠시 후 그들은 담장을 넘었다. 마당을 가로질러 굿당으로 쓰는 방으로 들어선 그들은 소스라치게 놀랐다. 삼지창이나 철퇴를 들고 벽에 서 있는 울긋불긋한 신장들에 한 번 놀랐고, 그들 사이에 끼어 있다가 방금 튀어나온 듯 보이는 무당의 현란한 옷차림에 두 번 놀랐다. 놀라기는 무당도 마찬가지여서 흰 얼굴에 새파란 눈이 박힌 노스께를 보고, 어디서 온 귀신이냐고 물었다. 그들은 한동안 서로를 쳐다보았으나 오래지 않았다. 노스께들이 무당의 철릭을 갈기갈기 찢는 소리와 이모의 비명에 굿당이 떠나갔다. 안에서 무슨 일이 벌어지는지 충분히 짐작할 만한 상황이었지만 바깥의 누구도 나서지 않았다. 신장들이 지켜보는 가운데 노스께들은 무당을 윤간했다.

"하이고, 이 몹쓸 짓을 누가?"

동네 사람들이 굿당으로 들어갔을 때 이모는 검붉은 거웃을 드러낸 채 누워 있었다. 사타구니 사이로 피가 흘렀다.

"방문이 열리고, 흰둥이들이, 북쪽 귀신들이, 총부리를 대고, 그 큰 물건으로 찌르고 찔러서, 피가 흐르고, 아파 아파."

실성한 이모는 말을 더듬었다. 그날부터 이모는 굿을 전폐했다. 철릭을 벗고 벽에 붙은 마지巫神圖를 뜯어냈다. 전쟁이 나면 속살바지에 챙겨 넣고라도 이남으로 내려가겠던 화분과 명두, 뚝대 등속을 한데 모아서 광속에 처넣었다. 그러자 이모가 관장해온 죽은 영가들이 이 말했다 저 말했다 난장을 쳤다. 악을 쓰고, 빌고, 울고, 웃고, 작두에 올라서다가 이모는 마침내 거품을 물고 쓰러졌다.

이모는 사흘 후에 깨어났다. 천벌이 와도 괴상하게 왔네. 이모는 어느 땐 하늘에 대고 종주먹질하며 역정을 냈고, 어느 땐 뭐가 그리 좋은지 머리에 동백기름을 바르고 어깨를 흔들며 실실 웃었다. 이모는 다시는 신을 찾지 않았다. 평범한 사람으로 돌아온 이모는 연못가에 앉아, 나비야 청산 가자, 노래를 부르곤 했다.

이모는 얼마 지나지 않아 시름시름 앓다가 죽었다. 근동에 살던 이름 모를 무당 하나가 이모의 한을 푸는 씻김굿을 했을 때 나비 한 마리 연못 위를 낮게 날았다.

김용수는 이모처럼 되고 싶지 않았다. 기독교에 의지하고도 모자라 고향을 떠나 이남의 국방군이 된 것은 이모의 삶을 지배한 그 불길한 주술의 세계와 절연하고 싶기 때문인지 몰랐다. 그러나 자신의 의지로는 끊을 수 없는 질긴 운명이 그를 따라다녔다. 꿈인지 환상인지 노인네가 따라다녀 늘 어깨가 아팠다. 게다가 일월산 굿당에서 본 무당은 그 하는 말투며 몸짓, 나비야 청산 가자는 노래까지 영락없이 이모였다. 김용수는 실성한 이모를 딱 한 번 보았다. 연못가에 앉아 나비야 청산 가자는 노래를 부르던 이모가 김용수를 보자 노래를 멈추었다. 그리고는 들릴 듯 말 듯한 목소리로 중얼거렸다. 네가 모셔야 할 신은 금화에서 억울하게 죽은 평안도 관찰사라고.

꽁치 통조림

5중대장 김재동 대위가 드럼통 참호를 개발했다. 드럼통의 한쪽을 뚫어 총안을 만들고, 반대쪽을 뚫어 교통호에 연결했다. 드럼통 위쪽은 마대자루를 겹겹이 쌓아 유개화한 개인용 입사호였다. 온통 흙먼지뿐인 저격능선에 참호를 구축하는 한 가지 묘안이라는 게 김재동의 설명이었다. 대대장은 크게 감탄했다.

김재동이 개발한 드럼통 참호를 은석표 연대장이 보러 와서 치하했다. 그 이튿날은 정일권 사단장과 함께 왔다. 그들은 드럼통을 지휘봉으로 두드려 강도를 체감하면서 시범을 보이러 드럼통 안으로 들어간 병사에게 느낌을 물었다.

"어떤가?"

"철벽을 두른 듯 든든합니다."

그들이 다녀가고 나서 트럭들이 수백 개의 드럼통을 실어왔다. 며칠 동안 드럼통 구르는 소리로 진지가 시끄러웠다. 드럼통에 총을 쏘거나 수류탄을 폭발시켜 방탄 정도를 실험하였으며, 밑동을 잘라낸 드럼통에 병사를 들여보내 이동하는 모습을 지켜보았다. 드럼통과 함께 병사들이 번번이 언덕 아래로 굴러 내려가서 그때마다 폭소를 자아내기도 했다.

이상하게도 그 며칠 동안 중공군은 산발적으로만 공격을 해 왔다. 병력도 중대급에 불과했고, 그마저 없는 날은 남의 집 유리창에 돌멩이를 던지듯 소대급 정찰대가 몇 발의 총격을 가하고는 사라졌다. 중공군도 엔간히 지쳤으리라고 윤창열은 생각했으나, 보급품을 수령하러 연대에 다녀온 대대 인사계의 표정이 어두웠다. 저격능선처럼 미군의 전투지역을 국군이 인수해서 싸운 삼각고지 전투에서 사단의 31연대가 참패했다는 것이었다.

"미군도 패하고, 미군을 지원한 에티오피아군도 패하고, 우리 2사단 31연대도 패하고, 우리 사단을 지원한 9사단 30연대도 패했다네. 한마디로 사그리 참패했어."

연대에서 들은 얘기를 전하면서 인사계는 참패란 말에 힘을 주었다. 저격능선에서 17연대가 치열하게 공방전을 벌일 때인

꽁치 통조림

217

10월 25일, 제인러쎌고지, 598고지, 샌디능선의 삼각고지를 인수한 국군 31연대는 중공군을 방어하는 데 실패했다. 이후 포병부대와 미군 전폭기를 동원하여 대대적으로 탈환작전을 전개했으나 또 실패했다. 마지막으로 사창리에 주둔한 9사단 30연대를 투입했지만 그마저도 실패했다. 인해전술을 펼쳐오는 중공군과의 전투에서는 국군이 패하더라도 적군 시체가 많았는데, 삼각고지에서는 중공군보다 국군 시체가 산더미처럼 쌓였으니, 참패라는 표현도 부족하다는 것이 인사계의 전언이었다.

"젠킨스도 정일권도 손들었다네. 그런데 앞으로가 더 큰 문젤세. 삼각고지에서 승리한 떼놈들이 이 저격능선으로 밀려올 거란 정보야. 물론 지금껏 우리가 대적했던 병력보다 훨씬 더 많은 병력이지."

인사계의 얼굴이 어두운 까닭을 윤창열은 그제야 알았다. 그러고 보니 중공군 정찰대의 산발사격도 예사로운 조짐은 아니었다.

인사계와 헤어지고 나서 드럼통 참호 안에 들어가 보았다. 문득 미군에게서 얻어먹은 통조림이 생각났다. 불에 익힌 꽁치를 깡통에 넣어 밀폐시킨 음식이 통조림이었다. 인사계에게서 전해 들은 전황도 그렇고 어쩐지 불길한 기운이 사방에서 조여

오는 느낌이었다. 드럼통에 들어간 윤창열은 불에 익힌 꽁치와 자신에게 닥쳐올지 모를 황당하고도 비극적인 최후의 모습을 비교하지 않을 수 없었다.

옹진에서부터 지금까지 몇 구의 시신을 보았던가. 산더미처럼 쌓인 시체도 끔찍했지만 더 끔찍한 것은 시체가 사라지는 광경이었다. 어디서나 땅을 파서 시체를 묻었다. 땅을 깊게 파서 묻거나 야트막하게 파서 묻거나 매장은 매장이었다. 관이 들어갈 만한 깊이와 넓이로 시체를 묻는 일은 극히 드물었다. 땅을 깊고 넓게 팠을 때는 수백, 수천 구의 시체를 층층이 묻었다. 시체가 묻히는 구덩이는 남녀를 구분하지 않았다. 군인과 피란민이 한데 섞이고, 가족과 가족을 죽인 원수가 한데 포개졌다. 정통으로 포격 당한 시체는 머리와 팔다리, 몸의 각 기관이 사방에 흩어져 따로 묻을 수도 없었다. 어떤 시체는 땅을 파기 싫으니까 우물에 던져버렸다. 일월산 공비들처럼 땅굴이 함몰되면서 졸지에 지하에 묻히기도 했다. 여름에는 시체가 빨리 부패했지만 땅을 파기 쉬웠고, 겨울에는 부패가 더디지만 땅이 얼어서 삽날이 먹혀들지 않았다.

시체를 약으로 쓰려고 훔쳐가는 사람도 있었다. 일부 마을에서는 흉측한 속설이 돌았다. 시체를 고아 먹으면 꼽추의 등에 붙은 혹이 사라지고 앉은뱅이가 불기둥처럼 일어선다. 문둥병

환자가 많은 통고산 자락의 마을은 밤이 되면 시체를 찾으러 다니는 사람들로 붐볐다. 그들은 국군이든 인민군이든 가리지 않고 시체를 낫으로 찍고 잘라서 마대자루에 담았다. 시체도 시체거니와 시체의 몸에 붙은 것들을 요긴하게 쓰려고 돌아다니는 사람들도 있었다. 옷이나 신발을 벗겨서 입거나 신고 다녔다. 썩어 문드러진 어떤 군인의 발에서 신발을 벗기는데 발목이 뭉텅 뽑히더란 얘기는, 윤창열이 들은 목격담 중 가장 기막히게 끔찍했다.

드럼통 참호의 총안에서 저무는 북녘 하늘이 보였다. 어둠이 가장 먼저 하늘에 와서 산들을 하나씩 데려가는 곳이었다. 이윽고 가까운 오성산까지 어두워질 즈음이면 모든 사물이, 하다못해 풀 한포기와 돌멩이마저도 먹으로 지운 듯 캄캄했다. 달이 뜨거나 지니 그곳에 하늘이 있는 줄 알 뿐이었다.

멀리 사역장에서 돌아오는 소진호가 보였다. 중공군 진입로로 예상되는 지점에 철조망을 치러 나갔다가 돌아오는 모양이었다. 이등병 소진호가 멀리서도 용케 알아보고 경례를 올렸다. 열여섯 살 소진호의 어수룩한 모습에 윤창열은 실소를 머금었다. 열여섯이면 사춘기다. 목소리가 변하고 가끔 몽정을 한다. 몸의 부피가 거추장스러울 정도로 커지고 여자를 보면 공연히 떨린다. 성인이 돼가고 있지만 미래를 선택하기엔 아직

이른 나이이다. 그러나 윤창열은 그 비슷한 나이에 국방경비대 소속의 선로감시원을 만나 미래를 선택했다. 소진호를 볼 때마다 미성년으로 군대에 들어와 적응하려고 무던히도 애쓰던 때가 생각나 안쓰러웠다. 그가 다가오면 국방경비대 시절의 자신이 다가오는 느낌이었다. 그런데 아니었다. 가는 허리에 풍성한 둔부, 보폭이 좁은 소진호에게서 1952년 10월 27일 윤창열이 발견해낸 모습은 군인도 남자도 아닌, 오랫동안 가까이하지 못해서 그 체취마저 희미해진 여자의 모습이었다. 윤창열은 적이 당황했다. 그 때문에 윤창열의 입에서는 오히려 무뚝뚝한 소리가 나왔다.

"무슨 일이냐?"

"선임하사님께 부탁할 게 있어서요."

"뭘?"

"편지요."

"저번 것도 아직 부치지 못했다."

"이것도 저번 것과 함께 부쳐주십시오."

소진호가 호주머니에서 누런 봉투를 꺼냈다. 이등병이 아니고서야 전쟁터에서 편지를 쓰는 일은 드물었다. 신병의 8할이 호구지책으로 입대한 빈민층이거나 전쟁 중에 강제징집 당하다시피 한 소년병이었다. 애인이 고무신 거꾸로 신었다는 말을 듣기란 가물에 나는 콩보다도 드물었다. 고무신을 거꾸로 신을 애인이 있을 만한 여유가 그들에게는 없었다. 편지의 8할이 어머니에게 쓰는 안부편지였는데, 군대생활에 익숙해지면 질수록 무슨 말로 안부를 전해야 할지 점점 막막해졌다. 하사관이 되면 아예 편지를 끊었고, 외부에서 오는 편지도 끊겼다.

편지도 편지거니와 소대에 한글을 제대로 쓸 줄 아는 병사가 드물어, 글줄깨나 쓸 줄 아는 소대원의 글을 베껴 이름만 바꿔서 부치는 경우가 허다했다. 편지를 부치기 전 '어머님 전상서'로 시작되는, 똑같은 내용의 글을 글쓴이가 낭독하면 소대가 금세 흐느낌으로 출렁거렸다. 글의 내용은 같되, 소대원 각자가 다른 내용의 슬픔을 드러냈으며 울음소리도 달랐다. 슬픔도 울음소리도 다른데 죽을 때는 대부분 어머니를 외쳤다. 글을 쓸 줄 알거나 모르거나 죽을 때 외치는 소리는 어머니였다.

편지쓰기의 달인 소진호는 저격능선에 투입되기 직전 연대가 단행한 부대편성에 끼어온 신병이었다. 소진호는 글을 쓸 줄 알 뿐 아니라, 글쓰기를 밥 먹듯이 여기는 이등병이었다. 그는 편지뿐 아니라 틈나는 대로 일기를 썼고, 다 쓴 일기를 고치기도 했다. 일기를 쓰는 병사는 종종 봤지만 소진호처럼 일기를 고치는 병사는 군대밥 꽤나 축낸 윤창열도 처음 보았다. 총포가 날아오는 저격능선에서도 소진호는 일기와 편지를 썼다.

그러나 소진호의 편지를 부서에 전달할 만큼 전시행정이 여유롭지는 않았다. 게다가 중대와 대대를 오가며 편지를 전달했던 중대 연락병 김종열이 지난 유월 대성산 전투에서 전사했다. 부치지 못한 편지가 호주머니에 그대로 들어 있었지만 윤창열은 또 받았다.

"알았다. 부쳐 줄 테니까 그만 가라."

"언제쯤 편지가 어머니께 닿을까요?"

"……."

"어머니가 아프신데 군대 와서 늘 마음에 걸립니다."

"아느냐? 자식이 멀리 가 있는데 아프지 않을 어머니가 어디 있느냐. 지금은 모든 어머니가 아플 때다."

"답장이 없으시니……."

소진호가 눈을 내리깔았다. 사내가 눈썹이 길었다. 그 긴 눈썹이 어린 사내 특유의 불안감을 감추지 못하고 파르르 흔들렸다.

"네가 지금 군기 빠졌다고 나한테 보고하는 것이냐."

결국 윤창열은 면박을 주고 말았다. 눈물이 글썽하던 소진호가 그 한마디에 빳빳해졌다. 야단을 맞고 돌아가는 소진호의 뒷모습이 가여웠다. 사람의 뒷모습이 가여워 보이기도 참 오랜만이었다. 전쟁이 길어지면서 잃어버린 감정들이 많았다.

소진호를 위무해 주지 못한 것이 후회스러웠다. 소진호를 보내고 나자 드럼통 참호 안에 들어 있는 자신의 기이한 처지가 더욱 분명해졌다. 불에 익힌 꽁치가 떠올랐다. 음식을 오래 저장해서 먹으려는 욕구가 통조림을 발명했다. 필요에 따른 발명품이므로 사람들은 오래도록 통조림을 즐겨 먹을 것이다. 그렇다면 5중대장 김재동 대위가 개발한 드럼통 참호의 수명은 얼마일까. 전쟁이 끝나고서도 드럼통 참호의 효용성을 거론하게 될까. 아니, 드럼통 참호라는 발명품을 과연 몇 사람이나 기억할까. 드럼통의 한쪽에 구멍을 뚫어 총안을 만들고, 반대쪽을 뚫어 교통호에 연결해야 할 특별한 상황이 벌어지지 않는다면 드럼통 참호도, 드럼통 참호 안의 육군상사도 상상 바깥의 모습일 것이다.

어느새 달이 떠올랐다. 만월이었다. 오성산 위에 뜬 달이 뜸을 잘 들인 쌀밥처럼 기름졌다.

정칠성 아저씨

끼니때마다 지게[42]로 밥을 나르는 사람들이 있었다. 젊지도 늙지도 않은 그들을 부대에선 노무자라고 불렀다. 보국대라 부르고 지게부대라고도 불렀으나 웬일인지 노무단의 노무자라는 명칭이 편했다. 노무자라고 부르는 것은 그나마도 그들 전체를 싸잡아 부를 때이고 개개인에게는 아저씨, 라고 허물없는 사이인 양 불렀다.

밥을 나를 뿐 아니라 탄약을 나르고 부상병을 운반하거나 시체를 묻는 잡역을 아저씨들은 수행했다. 그들은 군번도 정해진 의복도 없었다. 여름에는 허름한 홑겹 옷에 고무신을 꿰고 다녔으며, 겨울에는 검은 물을 들인 미군 점퍼에 솜바지를 입고 다녔다. 어느 땐 적의 정규군 복장으로 불쑥 나타나서 주변을 깜짝 놀라게도 했다.

그들, 노무자들이 밥을 나르러 산기슭을 오르다 중공군 매복조에게 습격을 당해 이종옥은 소대원들을 무장시켜 즉시 현장에 투입했다. 현장에 도착하기도 전에 매운 화약연기가 아침바람에 실려 오는 것이 한바탕의 아비규환을 예고했다. 아니나 다를까, 노무자 시신 십여 구가 산산조각 난 지게와 함께 나뒹굴고 부상자들은 물을 달라고 호소했다. 수류탄을 맞은 흔적이 역력했다. 아침밥을 담은 나무상자에 핏물이 고여 흥건했다. 이종옥은 중대에 무전을 날려 즉시 보고하고 소대원들에게는 위생병이 올 때까지 부상자들을 응급치료하라고 지시했다. 부상자 가운데 낯익은 얼굴이 무릎걸음으로 다가왔다. 서울에 거주한 적이 있다는 이유로 평소 이런저런 친근감을 표시해온 정씨였다.

"이제 나도 후송 가는 겁니까?"

발목에 출혈이 심한지 붕대를 싸맸는데도 핏물이 계속해서 스며 나왔다.

"아저씬 복 받았지 뭐요. 나도 제발 후송 한번 갔으면 소원하는데 총알이 영 나를 알아보지 못하네요."

이종옥의 말에 정씨는 희미하게 웃으며 담배를 피워 물었다. 얼굴이 얽어 곰보 정씨로 불리기도 하는 그였다. 담배연기가 정씨의 얽은 얼굴 위에서 지난 세월을 불러왔다.

우리, 1·4 후퇴 직후 국민방위군이라 불린 우리는 수원역에서 석탄차에 올라탔다. 기차는 우리와 피란민으로 빼곡했다. 우리 가운데 많은 사람이 사복 차림이었고, 피란민 가운데 많은 사람이 군복 차림이어서 군인인지 피란민인지 우리인지 구별하기 어려웠다. 차량과 차량 사이 살얼음이 낀 이음매에 발을 디디며 누가 누군지 모를 사람들은 한 사람씩 겨우 올라탔다. 피란민도 어떤 의미에서는 우리와 다름없는 처지였다. 우리가 올라타고 나서도 또 다른 우리가 석탄을 실은 무개차에 끊임없이 기어올랐다.

화물칸이 온통 우리로 가득했다. 추위를 이기려고 서로 몸을 바짝 대어 앉았고, 우리 가운데 운 좋은 몇몇은 피란민이 꺼낸 솜이불 속에 들어앉았다. 기차는 전속력으로 달렸다. 우리 위로 찬바람도 씽씽 달려 머리부터 얼어붙더니, 잠시 후에는 석탄가루가 깔린 바닥에서 냉기가 올라와 발이 얼기 시작했다. 그 자세로 쩔쩔매는 수밖에 별도리가 없었다. 온몸이 추위로 얼어붙자 허기와 졸음이 함께 밀려왔다.

"자면 죽어, 이 공출병 새끼덜아."

방위군 인솔자가 몇몇의 따귀를 때렸다. 기차 옆으로 빠르게 풍경들이 달려갔지만 아무도 기차가 가는 곳을 알지 못했다.

천안역을 지나서인가, 트럭이며 야포를 가득 싣고 북행하는 기차들을 보았다. 대전역에서는 기차를 타려고 줄을 선 국군 정규군을 보았는데 그렇게 부러울 수 없었다.

대전을 지나면서부터는 추위를 훨씬 넘어서는 고통을 겪어야 했으니, 이따금 터널을 지날 때였다. 기차 화통이 뿜어내는 그을음을 온통 뒤집어써야 했다. 지독하게 매캐한 유연탄 냄새가 우리를 질식 직전까지 몰아넣었다.

대구역이라는 팻말이 선명하게 떠오르는 곳에서 우리는 내렸다. 무개차에 웅크려 앉은 채로 내리지 않는 자들도 있었다. 인솔자가 올라가 흔들어 깨워도 그들은 아무런 반응이 없었다. 그대로 꽁꽁 얼어 숨진 것이었다. 인솔자가 소리쳤다.

"개새끼덜, 그렇게 자지 말라고 했는데."

인솔자와 헌병이 호루라기를 불면서 우리를 4열 종대로 이끌었다. 기차에서와 마찬가지로 집결지가 어디인지 우리는 알 수 없었다. 동네 사람들이 거리로 나와 우리의 행진을 지켜보았다. 우리의 등장을 환영하는지 조롱하는지 분간하기 어려운 표정들이었다. 이제 배가 고픈 게 문제가 아니라 어지러워서 쓰러질 것 같았다. 인솔자는 거처를 정하지 못해 갈팡질팡했다. 몇 군데 신병교육대에서 정원 초과를 이유로 우리를 거절했다. 대구 북서쪽 경산읍에서 겨우 국민학교 하나를 찾아냈다.

교실로 들어선 우리는 종이쪽처럼 구겨졌다. 교실 하나에 이삼백 명씩 처넣으니 서로 몸을 부대낄 수밖에 없었다. 그렇게 포개져 있는데도 그해 겨울의 추위는 살을 저미는 듯했다. 입대했으니 당연히 군복을 지급받으리라 생각해서 겨울옷을 준비하지 않은 것이 잘못이었다. 추위를 막을 방도는 오로지 서로의 체온과 두 사람에 한 장씩 지급된 가마니뿐이었다. 이가 생기고, 이가 옮기는 발진티푸스가 창궐했다. 두통과 오한을 호소하다가 교실에서도 몇 사람이 죽어나갔다.

가장 심각한 문제는 먹을 것을 주지 않는 데 있었다. 식사 때가 돼도 가타부타 말이 없더니, 영외훈련이랍시고 인솔자도 붙이지 않고 마을로 내몰았다. 재주껏 빌어먹으라는 뜻이었다. 굶주린 우리는 수십 명씩 떼 지어 민가를 덮쳤다. 그러기를 며칠째, 우리만 보이면 마을 사람들은 대문을 걸어 잠갔다. 우리는 급기야 담장을 넘거나 대문을 때려 부수는 약탈자로 변했다. 집주인을 밀치고 부엌으로 들어가 닥치는 대로 꺼내먹었다. 음식인줄 알고 양잿물을 마셨다가 또 몇 명이 죽었다.

우리라 부르는 사람의 숫자가 무려 오십만 명이라고 들었다. 중공군의 인해전술에 또 다른 인해전술로 맞서 싸우기로 한 우리는 총 한 번 잡아보지도 못하고 매일 죽어갔다. 국가방위에 필요한 인적자원의 확보라는 허울 뒤에서 우리에게 지급해야 할 돈과 식량과 보급품을 방위군 고급장교 몇 사람이 횡령한 사실을 훨씬 후에야 알았다.

그해 4월, 거지떼처럼 취급받던 우리는 해체되었다. 막상 제대 아닌 제대를 하고 보니 갈 데가 없었다. 나, 정칠성은 돌아가고 싶어도 돌아갈 고향이 없는 월남민이었던 것이다. 방위군 교육대를 나서는데 살아갈 일이 막막했다. 노무단을 모집하는 벽보를 본 건 미군이 주둔한 부대를 무작정 찾아가는 길에서였다. 35세부터 45세까지의 남자면 누구나 노무단에 들어갈 수 있었다. 탄약과 식량을 지게로 지고 고지에 오르는 일이기에 기술도 훈련도 필요 없었다. 수고하고 짐 지는 일이라면 나, 정칠성처럼 맨주먹으로 남한에 정착해야 하는 사람에게 맡길지어다.

그해 8월 씨름선수 출신 방위군 사령관 김윤근이 총살당했다. 무려 5만명이 넘는 방위군이 사망했으니 총살형도 가벼운 것이었다. 그 소식을 들었을 때 나, 정칠성은 하루에도 두세 번씩 김일성 고지에 식량과 탄약을 운반하고 있었다.

"이 중사, 전쟁이 끝나면 서울에 가야지?"

정칠성 씨가 마치 이별할 시간이 가까워졌다는 투로 물었다. 이종옥은 어떻게 대답해야 할지 한참을 망설였다. 고향이 서울인 건 틀림없으나 그 역시 가야 할 곳을 아직 정하지 않았기 때문이었다. 태평양전쟁에 끌려가 몇 년째 소식 없는 아버지가 극적으로 살아 돌아올 확률은 희박했다. 어머니는 대관절 어디로 떠난 것일까. 가봐야 아무도 없다면 서울에 간들 무엇하리. 하다못해 배다른 형제 자매라도 있다면 모를까. 어디로든 갈 데가 마땅하지 않은 처지, 바로 그래서 생사를 넘나드는 전쟁터에 그토록 잘 적응해왔는지도 모른다는 생각에 이르자 이종옥은 씁쓸해졌다. 방위군 교육대를 나오자 갈 데가 막막했다는 정칠성 씨와 자신의 처지를 구분하기 어려웠다.

구급차가 왔다. 시동이 걸린 차에서 위생병이 내렸다.

"자, 이제 나는 가네."

들것에 실리면서 정칠성 아저씨가 손을 흔들었다. 이종옥은 그를 태운 구급차를 바라보지 않았다.

악몽

　오성산이 거느린 보름달이 화투짝에 그려 넣은 그림처럼 또렷했다. 며칠째 중공군이 오지 않았다. 중공군이 오지 않는 날 양지말 계곡에 아군 전차중대가 왔다. 하소리에는 도요타 트럭이 견인하는 야포와 81밀리 박격포가 왔다. 공병중대가 와서 중공군의 침투가 예상되는 곳에 철조망과 대인지뢰를 깔았다. 중공군이 오지 않는 날 드럼통 참호가 저격능선에 깔리면서 모든 진지를 유개화하였고, 유개화한 진지가 무너졌을 때를 대비하여 보조진지를 만들었다.

　그렇다고 중공군이 아예 오지 않는 건 아니었다. 중공군은 소규모 정찰대로 왔다. 전투가 벌어지지 않는 날 중공군 정찰대는 새벽에 왔다. 어김없이 여명과 함께 와서 저격능선 주변을 서성였다.

그 며칠 동안 김석근은 자주 중대관측소에 올랐다. 육군중사 김석근은 그 뒤숭숭한 평화가 무엇을 의미하는지 알고 있었다. 적은 항상 두 가지 상황에서 공격을 해왔다. 그들이 준비됐을 때와 아군이 준비되지 않았을 때. 김석근의 눈은 여명의 뒤쪽을 관측하고 있었다. 틀림없이, 중공군은 준비하고 있었다.

말로만 듣던 중공군을 처음 본 건 지난해 봄이었다. 봄볕이 잔설을 녹여 질편하게 땅을 주물러 놓을 때였다. 태백산맥에 은거한 공비들과 산발적으로 전투를 벌이던 17연대는 압록강을 넘어온 새로운 적과 싸우려 북쪽으로 이동했다. 미군과 국군이 대대적으로 공세를 펼쳐 서울을 점령한 중공군을 북쪽으로 몰아붙이고 있었다.

포천에 도착한 부대는 중공군이 출몰한다는 소식을 듣고 백운계곡을 더듬었다. 봄가뭄이라더니 백운계곡에 오기까지 거쳐 온 길의 개천과 우물들이 바싹 말라 있었다. 백운계곡에 이르러서야 흐르는 시냇물을 발견했다. 숨이 찰 정도로 물을 마시고 수통에 물을 채웠다.

다시 계곡을 더듬어 올라가는 김석근의 눈에 얼핏 사람 손이 보였다. 그것은 시냇물이 급히 휘어져 흐르는 바위 뒤쪽에서 뻗어 나와 있었다. 그쪽으로 몇 발짝 걸음을 옮기다가 김석근은 경악하지 않을 수 없었다. 계곡에 국군 시체가 빼곡했다. 퇴로를 잃고 갑자기 떼죽음을 당한 형상이었다. 물에 떠다니는 송장들을 보고 누군가 토하기 시작했는데, 소총소대에 근무하는 이종옥이었다.

"송장물 먹은 거야, 송장물."

조금 전에 퍼마신 시냇물을 음식물과 함께 게워냈다. 그와 때를 맞추어 여러 명이 금세라도 토할 것처럼 꺽꺽댔다.

기이하게도 시체들 대부분의 머리가 남쪽을 향해 있었다. 머리뿐 아니라 소총의 총구도 박격포의 포신도 남쪽을 갈망하는 자세였다. 국군을 몰살시킨 적은 중공군이었다. 시냇가에서 발견한 탄피가 모두 중화인민공화국제였다. 게다가 국군 시체들 사이에 중공군 시체도 끼어 있었다. 김석근은 시냇가에 엎드려 죽은 중공군을 군홧발로 뒤집어 보았다. 검은 머리카락과 누런 낯빛, 한국인과 다름없는 이목구비면서도 어딘지 이질감이 느껴지는 얼굴이었다. 그들은 한겨울에 쓰는 모직 방한모에 솜을 넣어 누빈 국방색 동복을 입고, 그 위에다 광목으로 만든 망토를 착용했다. 망토는 겉은 흰색이고 안은 초록색이었다. 숲과 눈 위에서 공습을 피해보려는 위장색임이 틀림없었다. 허리춤에 방망이수류탄을 두 발씩 차고 탄약대와 전대를 양쪽 어깨에 멨다. 대검으로 전대를 찢으니 미숫가루와 옥수수 알갱이가 쏟아져 나왔다. 헤아려보니 중공군 시체도 적지 않았는데, 그들의 머리는 한결같이 북쪽을 향했다. 계곡을 수색하며 이종옥과 현상염이 주고받았다.

"오래된 송장은 아니지요?"

"물맛으로 보니 하루나 이틀밖에 안 됐겠어."

"그래요. 시체가 오래될수록 물맛이 별로일 테지요."

"물맛도 별로고 떼놈들 행색을 보니 그리 돈 있어 보이지도 않는다."

중공군이 오지 않은 날은 김석근의 꿈속으로 중공군이 왔다. 중공군이 소리 없이 다가와서 김석근의 목덜미를 잡았다. 김석근이 뿌리치자 중공군의 손이 몸에서 쑥 빠졌다. 손을 잃은 몸체가 힘없이 뒤로 나둥그러졌다. 그러나 목을 움켜잡은 손은 떨어질 줄 몰랐다. 떨어지기는커녕 점점 더 목을 옥죄어 숨쉬기조차 어려웠다. 건반에 붙은 손이 저 홀로 아코디언의 주름상자를 접었다가 펼쳤다가 했다. 김석근은 소리를 내지르면서 잠에서 깨어났다. 목을 움켜쥐는 손, 그것은 김석근의 꿈에 자주 나타나는 장면이었다.

그 악몽이 생긴 건 1952년 1월이었다. 금화지역 785고지에서 전화선을 가설하는데 무기도 들지 않은 중공군 한 명이 달려들었다. 소총을 겨눌 겨를도 없었다. 엄청난 완력의 소유자에 목덜미를 붙들렸으나 김석근은 사력을 다해 벗어났다. 중공군과 몇 차례 교전했지만 모두 수류탄 투척거리 바깥이었다. 살아 있는 중공군을 숨소리가 들릴 정도로 가까이 대해보기는 그때가 처음이었다. 달아나는 김석근에게 욕설이라도 퍼붓는지 그 중공군은 뭐라 빠르게 소리쳤다.

윤창열도 자주 악몽에 시달린다고 했다. 윤창열의 악몽은 일월산 공비토벌 때 생겼다. 눈앞에 총구가 어른거리는데 총을 겨누는 적이 보이지 않았다. 총소리 대신 무당이 흔드는 요령 소리가 났다. 악몽에서 깨어날 때마다 식은땀에 등이 젖는다면서 윤창열은 한숨을 쉬었다.

이종옥은 흐느껴 울면서 잠에서 깨어나곤 했다. 왜 우느냐고 묻는 말에 그는 입술을 다물고 고개를 흔들 뿐이었다.

김용수에게는 자다가 벌떡 일어나 앉으면서 허공을 뚫어지게 응시하는 버릇이 있었다.

김석근이 악몽에서 깨어난 날 저격능선을 32연대에 인계하라는 사단작전명령이 내려왔다. 저격능선이 술렁였다. 결전을 다짐하면서 상대방을 노려보는데 갑자기 구경꾼이 끼어들어 대신 싸우겠다고 큰소리치는 기분이었다. 중공군에게 번번이 저격능선을 빼앗기는 32연대라는 부대를 믿을 수 없었다. 믿을 수 없었지만 작전명령이니까 순순히 따라야 했다.

야전병원

    달의 오른쪽을 어둠이 잠식했다. 지난번과 달리 작전지역 교체는 추운 밤에 이루어졌다. 32연대는 어둠을 뚫고 돌바위고지 남쪽 계곡을 더듬어 올라왔다. 비밀스런 상거래처럼 진지를 인수인계했다. 32연대 병력이 하나씩 드럼통 참호 안으로 들어가고, 드럼통 참호에 있던 17연대 병력이 교통호로 나왔다. 드럼통 참호에 32연대 병력이 하나씩 저장됐다.

    교통호를 빠져나와 계곡으로 들어서자 어둠이 깊어졌다. 달빛이 밝아 저격능선으로 이동하는 국군을 감제했을 수도 있었으나 중공군은 아무런 기척이 없었다. 윤창열은 먹구름처럼 계곡 어딘가에 몰려 있을지 모를 중공군을 잠시 상상했다. 거대한 적은 쉽사리 보이지 않았다. 거대한 적은 가까이 다가올 때도 오리무중이었다. 32연대가 지키는 저격능선 쪽으로 전에 없이 거대한 적이 몰려가고 있다. 어둠을 더듬어 계곡으로 내려서는 동안 이등상사 윤창열은 불온한 조짐을 몸으로 느꼈다.

육군상사의 느낌은 적중했다. 하소리 숙영지에 이르기도 전에 포격소리가 진동했다. 저격능선 위로 조명탄이 오르고 탐조등 불빛이 능선과 계곡을 훑었다. 야포소리는 이제껏 들어본 적 없이 크고, 길고, 집요했다.

윤창열은 야포소리를 들으며 잠들었고 수류탄 터지는 소리를 들으며 잠에서 깨어났다. 눈을 감고도 눈을 뜨고, 눈을 뜨고도 눈을 감은 것 같았다. 밤새 검은 잎들이 머리맡을 돌아다녔다.

아침부터 비가 내렸다. 빗줄기가 차서 몸이 저렸다. 사방이 빗소리로 자욱한데도 저격능선에서는 총포소리가 그치지 않았다. 국군이건 중공군이건 수목처럼 비에 젖어 있을 터였다. 가끔 쌀알만 한 우박이 빗줄기에 섞여 내리는 변덕스런 날씨였다.

"비가 개떡같이도 내리는군. 날씨만 중립이라면 정전협정을 맺을 수도 있을 텐데……."

중대장이 하늘에 대고 의미심장하게 투덜거렸다. 노무자들이 아침 배식을 한다고 소리쳤다. 졸병이 주먹밥과 국물을 천막 안으로 날라 왔다. 빗물이 천막을 친 땅에 괴어 올라 윤창열은 철모를 깔고 앉아 아침을 먹었다. 국물은 시래기를 넣어 끓인 된장국이었다. 시래기를 말렸을 담장이나 지붕이 떠오르고 고향 생각이 나서 잠시 목이 메었다.

비가 계속 내려 천막 안이 질척거렸다. 비 오는 날이면 아무리 천막 주변에 배수로를 깊게 파도 습기가 배어났다. 천막을 살짝 걷어 밖을 내다보니 물로 목책을 두른 듯 공기가 희뿜하고, 그 너머에서 벌어지는 전투가 아득히 먼 세상에서 벌어지는 일인 양 현실감이 없었다. 현실은 외려 윤창열이 머문 숙영지 쪽에 있었다. 저격능선에서 처음 전투를 벌일 때 부상당한 기관총 사수 장현순이 돌아온 것이었다. 그리고 보니 장현순이 인민군에 생포됐다가 돌아온 날에도 비가 내렸었다.

"어찌 된 일이야. 후송 가서 천국에 누워 있을 줄 알았는데?"

"그러게 말예요. 이상하게 상처가 빨리 아무네요. 전쟁이 끝날 때까지 천국에 가서 살 줄 알았지요. 사실은 천국 근처까지만 가서 살았고요."

얼굴에 살이 오르고 기름기가 붙어 나타난 장현순이 경례를 올려붙이고는 천막 안으로 들어왔다.

"천국도 아니고 천국 근처에?"

윤창열이 의아해하자 장현순은 한숨부터 크게 한번 내쉬었다.

부상병을 실은 구급차는 의무지대로 향했다. 산길이 구불구불하고 돌이 많아선지 차체가 흔들리고 팔에 꼽은 링거병도 몹시 흔들렸다. 그렇지만 그토록 소망했던 구급차에 실려 가니 아픈 줄도 몰랐다. 곡사포 파편에 맞은 어깨에 통증이 심했지만 죽음은 당장 면했다는 안도감에 휘파람이라도 불고 싶었다.

　구급차가 멈춰선 곳은 널찍한 농가 앞이었다. 그곳이 대대 의무실이었다. 방이 일곱 칸인데 방마다 신음이 넘쳤다. 비집고 들어갈 방이 없어 장현순은 겨우 툇마루 쪼가리에 누웠다. 그곳에서 위생병이 어깨에 박힌 파편을 적출해냈다. 진통제를 먹고 나니 졸음이 왔다. 잠이 들었으나 한 시간도 못 돼 눈을 떴다. 어디 가서 진통제를 구해 오라며 위생병에게 심한 욕설을 퍼붓는 중위 계급의 군의관 때문이었다. 구급차가 수시로 사립문 앞에 섰다가 출발했고, 그때마다 부상병들이 내리거나 올라탔다. 페니실린도 떨어져 가고 주사기도 몇 개 남지 않았다고 위생병이 투덜댔다.

　다음날 아침 군의관이 마당에 서서 연대의 의무중대로 호송될 명단을 불렀다. 장현순도 거기 끼었다. 툇마루에 앉아 햇볕을 쬐면서 구급차가 오기를 기다리는데 농가 뒤쪽의 언덕에 배치됐던 보초병이 숨을 헐떡이며 마당으로 들어왔다. 이상한 복장의 사람들이 마을로 들어온다고 군의관에게 보고했다. 사립문 밖으로 나가 그 정황을 확인할 필요도 없었다. 망토를 걸쳐 입고 앞에 총 자세로 진격해오는 중공군 일개 분대가 울타리 너머로 빤히 보였다.

군의관이 덜덜 떨었다. 진통제가 없다고 의무병을 심하게 다그칠 때와는 사뭇 달랐다. 보초병이 들고 있던 M1을 낚아챈 그는 무슨 심산인지 다짜고짜 허공에 대고 공포를 쐈다. 적들이 놀라서 길가에 산개하더니 이내 총알이 날아오기 시작했다. 총한 자루 없는 국군 부상병들은 꼼짝없이 죽을 판이었다. 군의관은 보초병에게 총을 던져주고는 자기의 숙소로 뛰어들어 갔다. 모두 그가 완전무장하고 다시 나타나리라 기대했지만, 마당에는 어찌할 바 몰라 덜덜 떠는 보초병 하나만 남았다. 부상병 가운데 중사 한 명이 어디서 났는지 권총을 빼들고 마당으로 내려섰다. 그가 보초병에게 명령했다.

"군의관 새끼 달아났다. 너는 저 장독대 옆에서 쏴."

중사는 다리를 절룩거리며 울타리 근처 감나무에 기대 전투 태세를 갖췄다.

중사와 보초병이 응사하면서 농가는 아수라장으로 변했다. 총알이 울타리를 넘어와서 대들보며 문설주에 팍팍 박혔다. 약품상자가 와르르 무너지고 링거병 깨지는 소리가 났다. 국군 부상병들은 다만 어머니를 부를 따름이었다. 장독대에 숨어서 총을 쏘던 보초병이 동작을 멈추었다. 한동안 웅크리고 있다가 힘없이 모로 쓰러졌다.

"후송 가서 야전침대에 누워 있는 게 꿈이었는데 니들 때문에 다 망쳤다. 나 이제 죽을란다. 어서 쏴라."

중사가 나무에서 뛰쳐나와 중공군에게 마구 총을 쐈다. 권총이 더 이상 격발되지 않자 그에게 총알이 날아와 박혔다. 중공군에 저항하던 두 명이 죽자 의무지대는 금세 정적에 싸였다. 중공군이 농가를 포위하고 뭐라 뭐라 떠들었다. 무기를 소지한 병력이 있는 줄 알고 항복하란 소리 같았다. 잠시 후 중공군 하나가 앞에 총 자세로 조심스레 마당으로 들어왔다. 장독대 옆에 쓰러진 아군 보초병은 아직도 숨이 붙어서 가슴이 오르내렸다. 중공군이 다가가 그의 목을 발로 눌렀다. 그리고는 빗장뼈 안쪽의 움푹 꺼진 데다 총구를 대고 두어 번 쿡쿡 찔렀다. 중공군은 웃는 얼굴이었고, 아군 보초병은 다친 사슴처럼 중공군을 올려다보았다. 총소리가 울렸다. 보초병의 상체가 몹시 흔들렸다. 심장의 피가 폐부로 들어가는지 끄르륵거리는 소리가 났다. 방안의 부상자들은 비명조차 지르지 못하고 그 모습을 지켜봐야 했다.

중공군 모두가 집으로 들어왔다. 그들은 방안의 부상자들을 한번 휘둘러보더니 저들끼리 뭐라 쑤왈댔다. 모두가 비무장임을 눈치챈 모양이었다. 방한모에 누비옷을 입은 그들 중 하나가 하필이면 장현순에게 다가와 총검을 겨누었다. 발로 툭툭 차며 무엇을 달라고 손짓했다. 장현순은 재빨리 알아채고 담배를 꺼내주었다. 담배 한 모금을 빨아 연기를 내뿜으며 중공군은 환하게 웃었다. 나머지들은 무엇을 찾는 기색이더니 가마솥을 열어 밥을 퍼먹었다.

필요한 것을 성취하고 나서 그들은 마당에 모여 무언가 의논했다. 한 명이 허리춤에 찬 수류탄을 빼내려 하자 나이 들어 보이는 다른 한 명이 만류했다. 만류한 자가 분대장인 듯싶었다. 그들이 문밖으로 나가기 시작했다. 큰길께로 내려서기 전 그들 중 하나가 돌아서서 공포 한 발을 쏘았다. 살려주고 가니 허튼 짓 말라는 표시였다.

연대 의무중대에서 구급차가 온 건 그 뒤 불과 십여 분 후였다. 들것을 들고 마당에 발을 내디딘 위생병들이 피를 낭자하게 쏟으며 죽은 보초병을 보고 기겁했다.

"살려줘, 살려줘."

어디선가 군의관이 뛰쳐나왔다. 눈알이 하얗게 까뒤집어진 것이 영락없이 실성한 사람이었다. 그는 위생병들을 붙들고 애걸하듯 계속 소리 질렀다.

"살려줘, 살려줘."

그는 부상병보다 먼저 연대로 가는 구급차에 실렸다. 장현순이 구급차에 올라섰을 때도 그는 연방 살려달라고 게거품을 물었다.

파편을 **빼낸** 어깨의 상처는 뜻밖에 깊지 않았다. 장현순은 갖은 엄살을 피워 후방으로 이송되려고 노력했지만 이상하게도 그럴수록 상처가 빨리 아물었다. 의무중대 군의관은 신의 권능을 부여받은 판관이었다. 그의 후송자 명단에 오르려고 다들 안달이었다. 장현순은 엄살 외에 어떤 대안도 없었다. 결국 그에게 내려진 판결은 원대복귀였다.

"씨바, 왜 그렇게 상처가 빨리 아무는지 모르겠어요. 아파야 하는데 아프지 않을 때처럼 고역은 없더라구요. 죽고 싶은데 죽어지지 않을 때도 고역이겠지만요."

천국에 가지 못하고 그 근처에서 맴돈 얘기를 털어놓고 나서 장현순은 아프지 않아서 유감이라고 했다. 아파야 사는데, 아프지 않으니 죽을 수밖에 없지 않느냐고 횡설수설했다. 마지막으로 그는 다시는 천국에도, 천국 근처에도 가지 않으리라 다짐했다.

"천국 좋은 건 알지만 의무중대 군의관 새끼들 더러워 어디 갈 수가 있어야지요. 이 저격능선에서 죽을 팔짠가봅니다."

대대본부에서 격전 중인 저격능선의 상황을 알려왔다. 진지를 뺏기고 후퇴하는 긴박한 전황이었다. 그러나 비는 끈질기게 내리고 빗줄기 너머에서 들려오는 총포소리는 멀리서 듣는 눈사태 소리처럼 은은했다. 바깥에는 천둥이 치는데 두꺼운 시멘트벽 안에서 적막을 느끼는 기분이기도 했다. 윤창열은 오른쪽 귀에 손을 댔다. 옹진전투에서 먹은 한쪽 귀가 환청으로 웅웅거렸다. 대대본부에서 통신이 날아왔다. 모든 상황이 불리하지만 전열을 재정비한 32연대가 반격을 준비 중이라고 했다. 중대장 김상봉이 하늘에다 대고 또 투덜거렸다.

"어디 날씨만 중립이 아닌가. 지뢰도 중립이 아니지. 잘 못해서 똥 밟는 날엔 그걸로 끝장이야. 저격능선으로 올라갈 때 우리가 심어 둔 지뢰 조심해야 해."

묵정동

전답 좋은 것은 철로鐵路로 가고 계집애 고운 것은 갈보로 간다. 경부선을 개통하던 해 떠돌던 속요를 김석근은 뇌까렸다. 남대천을 끼고 뻗은 기찻길을 길게 자란 수풀이 군데군데 끊어 놓았다. 금강산선 철길을 볼 때마다 어디론가 가고 싶은 마음뿐이었다. 언제 죽을지 모르는 상황이었지만 김석근의 머릿속은 늘 제대 후를 상상했다. 사회에서 벌어질 일이 줄거리로 엮어지지 못하고 예고편처럼 토막토막 장면으로 떠올랐다. 어느 무대의 화려한 조명 아래서 열연 중이다. 무대 아래서 남인수 씨가 몹시 지친 표정으로 위스키를 홀짝거린다. 공연을 성공리에 마친 아코디언 주자가 텅 빈 밤거리를 걷는다. 어디에서나 여자들이 둘러싼다. 둘러쌀 뿐 아니라 서로 먼저 차지하려고 난투극을 벌인다. 전당포로 오르는 어두운 계단을 밟는다. 검은 승용차에서 문이 열리고 꿩깃을 모자에 단 귀부인이 내려선다.

아직 겪어보지 못한 미래만 모호한 게 아니었다. 1952년의 봄과 여름 사이도 모호했다. 비가 오지 않았고 바람이 잠든 날이 많았다. 봄꽃은 지지 않았고 여름꽃은 피지 않았다. 가끔 전세에 영향을 미치지 못하는 국지전이 벌어지곤 했다. 판문점에서의 휴전회담은 지리멸렬했다.

그 시기 일등중사 김석근은 중대 인사계를 잠시 맡았다. 인사계 상사가 맹장염에 걸려 후송병원에 간 며칠 동안이었다. 김석근은 대대로 가는 일이 잦았고, 대대 인사계를 따라 연대에 가서 군수품 챙기는 일을 도왔다. 보병 중대에서 박격포만 다루다 상급부대를 접하니 세상이 넓어 보였다. 무엇보다 연대 보급창고에 산더미처럼 쌓인 씨레이션을 보고 놀랐다. 미군이 지원한 전투식량으로, 한 상자에 열두 통이 들어 있었다. 그 밖에도 껌, 치즈, 과자, 한 갑에 네 개비들이 담배가 장병들에게 팔려갈 준비를 하고 있었다. 연대 보급창고에 넘치는 보급품들이 소대에는 왜 하나도 없어서 말단 보병들이 궁상을 떨어야 하는지 이해할 수 없었다.

김석근과 운전병이 씨레이션을 트럭에 싣는 동안 대대 인사계와 연대 보급관이 뭐라 얘기를 주고받았다. 무슨 사연인지 트럭에 올라타려는 대대 인사계를 연대 보급관이 만류했다. 인사계는 한사코 손사래를 쳐서 트럭을 출발시켰다.

"어 그래, 잘 먹고 잘 살아."

뒤에 남은 보급관이 크게 웃으면서 손을 흔들었다. 웬일인지 트럭의 보닛이 대대 가는 길로 향해 있지 않았다.

"어이 김 중사, 오입질하고 싶지 않아? 김 중사도 군대생활 꽤나 했잖아."

인사계의 느닷없는 제안에 김석근은 어리둥절했다. 인사계가 김석근의 어깨를 툭 쳤다.

"아따, 이 사람 순진하기는. 서울에 가서 재미 좀 보고 오잔 거야. 자네 같은 보병 하사관은 이 전쟁통에 월급 받은 거 쓸 데도 없잖아."

그건 맞는 말이었다. 전쟁을 빌미로 휴가를 없앴으니 돈을 쓸 데라곤 소대원들끼리 화투치기할 때밖에 없었다. 그것이 김석근의 동의를 구하지도 않고 트럭이 서울로 향하는 이유였다. 대대 인사계는 그런 일을 한두 번 해보는 솜씨가 아니었다.

얼결에 서울로 가게 되었으나 기분이 나쁘지는 않았다. 성정이 낙천적인 김석근은 당면한 상황에 빨리 적응했다.

"제가 좀 오래합니다. 그래도 되겠습니까."

"일박이일하면 따로 외출증을 끊어올게."

인사계는 호탕하게 웃으면서 김석근의 어깨를 연신 손바닥으로 쳤다. 운전병이 옆에서 킥킥댔다.

트럭이 어느새 서울로 접어들었다. 2년 사이 주인이 네 번이나 바뀐 서울은 길이 잘 들은 연장 같아 보였다. 불타버린 집들이 자주 눈에 띄지만 도로는 잘 뚫려 있었다. 미아리 고개를 넘어 보병소대 이종옥이 살았다는 돈암동에 이르자 시커먼 기름종이로 지붕을 덮은 루핑집과 임시로 지은 천막집이 무너진 기와집들과 함께 보였다. 새로 공사 중이거나 수리 중인 집들이 꽤 많았다. 피란민이나 피란 갔다 되돌아온 원주민이나 나름으로 전란을 극복하려 애쓰는 모습이었다. 거리는 뜻밖에도 활기찼다. 혜화동에 이르러 김석근은 감격하지 않을 수 없었다. 로터리 부근 어느 낮은 건물에서 남인수의 공전의 히트곡 '감격시대'가 흘러나왔던 것이다. 김석근이 차 안에서 따라 부르자 인사계와 운전병도 따라 불렀다.

트럭이 멈춰 선 곳은 남대문 시장이었다. 인사계가 트럭 화물칸에 실은 씨레이션 상자를 내리라고 했다. 운전병이 익숙한 동작으로 화물칸에 올랐다. 운전병이 내리는 씨레이션 상자를 김석근이 어깨에 멨다. 씨레이션 상자를 여러 차례 옮긴 곳은 시장 안의 반지하였다. 반지하에 거주하는 상인을 만나기 전 인사계가 힐끗 김석근 쪽으로 돌아서더니 트럭에 가서 대기하라고 했다.

"가자, 묵정동으로."

엔진이 걸려 있는 트럭에 올라타면서 인사계가 말했다. 기분이 한껏 고조된 목소리였다. 이름만 들었지 김석근은 묵정동에 가본 적은 없었다. 인사계가 묵정동에 대해 자세히 설명했다. 묵정동은 일제 때 공창公娼이 있던 곳이다. 해방 전만 해도 문전성시를 이루었던 묵정동이 된서리를 맞은 것은 미군정이 들어서고부터였다. 1946년 미군정은 공창제폐지법을 제정하여 공기公妓들을 수용소나 갱생원으로 보냈다. 그러나 그 몇 년 후 묵정동은 다시 살아났다. 성매매를 단속하는 경찰의 비호 아래 암암리에 성매매가 늘어나 전성기에 버금가는 호황을 누렸다. 묵정동은 이제 사창私娼으로 변해버렸다.

묵정동은 일본식 다다미집이 다닥다닥 잇대어 길을 낸 동네였다. 김석근과 인사계, 운전병이 초입에 들어서자 검은 입에 담배를 문 노파가 구부정하게 다가왔다.

"색시 찾아?"

흥정을 마치고서 셋은 노파를 따라 좁은 계단과 복도를 따라갔다. 정액 냄새와 빨래 찌든 냄새가 확확 풍겼다. 복도에서 노파가 김석근의 옆구리를 찔렀다.

"아재한테 참한 애 붙여줄게. 잘 해봐."

김석근은 다다미방을 배정받고 창문 아래 누웠다. 건너편 벽에 가려 하늘 한조각 보이지 않는 더러운 창문이었다. 잠시 후 얼굴이 수척하고 눈자위가 검은 여자가 방문을 열고 들어왔다. 여자가 옷을 벗었다. 수수깡처럼 마른 여자였다. 넓적다리와 팔뚝에 담뱃불에 덴 흉터가 있었다. 여자가 방바닥에 누웠다. 김석근은 한 움큼의 여자를 끌어안고 자신의 몸을 밀어 넣었다. 아궁이의 재에 부지깽이를 쑤셔 넣은 느낌이었으나 워낙 굶주린 몸이었다. 여자가 갑자기 흐느꼈다. 여자가 흐느낄 때 웬일인지 여자의 몸에서 탄내가 났다. 그 때문인지 생각처럼 쾌감은 크지 않았다.

"왜 울어?"

김석근은 약간 골이 나서 머리맡에 있는 담뱃갑을 뒤졌다. 여자가 수건으로 정액을 닦아냈다.

"아저씨를 보니 지난날이 생각나서리…… 이 전쟁, 누가 이기고 있디요?"

말투로 보아 여자는 이북 출신이었다.

"누구도 이기고 있지 않아."

"국군이 압록강까지 갔다기에 다 이긴 줄 알았디요."

"전쟁 얘기라면 서울이 더 잘 들리지 않는가?"

"바깥 얘기 들은 거이 달포도 넘은 거 같아요."

여자가 김석근의 담뱃갑을 뒤져 한 개비 빼어 물고 불을 붙였다.

여자의 내력은 복잡했다. 이북에 살던 아버지는 대지주로 낙인 찍혀 토지를 몰수당했다. 아버지는 홧김에 대동강 부벽루에 목을 매달았다. 어머니는 미군의 폭격으로 죽었는데 시신조차 찾지 못했다. 오빠는 인민의용군으로 끌려갔는데 낙동강 전투에서 전사했다. 그 후 남동생과 1·4후퇴 때 국군을 따라 월남했다가 서울역 부근에서 길을 잃고 이별하였다. 남동생을 찾아 무작정 추운 거리를 쏘다녔다. 배고프고 다리 아프고 정신이 혼미했다. 어느 골목에선가 춘장 볶는 냄새가 났다. 검은 군복을 입은 삼십 대 남자가 다가와서 중국음식집으로 데려갔다. 자장면 두 그릇을 순식간에 먹어치우자 피로가 몰려왔다. 식탁 건너편에 말없이 앉아 있던 남자가 뭐라 말을 건넸지만 제대로 알아들을 수 없었다. 깨어보니 중국집이 아니라 이곳, 묵정동이었다.

"여기서 돈을 벌어서리 기어이 남동생을 찾을 꺼야요."

여자의 울음 섞인 이야기에는 정작 하고 싶은 말들이 생략되어 있었다. 김석근은 그녀의 넓적다리와 팔뚝에 난 상처에 대해 묻지 않았다. 잠시 그녀의 삶 속으로 끼어들고 싶은 충동이 생겼지만 곧 고개를 저었다. 그럴 수만 있다면 그녀에게 자장면을 사줬다는 녀석을 찾아내어 요절을 내고 여자를 묵정동에서 구원해 주고 싶었다. 복도에서 벌써 방문을 두드리는 소리가 났다.

"너 정말 일박이일 할 작정이냐. 외출증 끊어서 다시 올까."

인사계의 목소리였다.

"그래 동생을 찾기 바란다. 언젠간 이 전쟁이 끝나지 않겠니."

방을 나오면서 김석근은 이승만 박사가 그려진 지폐를 하나 건넸다. 지폐를 두 손으로 부여잡은 채 올려다보는 검은 눈에 눈물이 글썽거렸다. 김석근이 지폐 하나를 더 건넸다. 여자가 손등으로 눈물을 씻어내고 나서 잠시 희미하게 웃었다.

셋은 거리로 나왔다. 구름이 낮아서 이마에 부딪힐 것 같은데 해는 보이지 않았다. 봄인지 여름인지 계절을 알 수 없었다. 골목에 내놓은 화분에 이름 모를 꽃이 만개했다. 손님을 유혹하는 노파들이 부지런히 거리를 가로질렀다. 행인 하나가 노파에 붙들려 어두운 골목으로 끌려가며 가식적으로 화를 내었다. 전쟁은 교착상태이고 휴전회담은 지리멸렬했다. 묵정동만 그 사실을 모르는 듯싶었다.

잃어버린 본부

"빵구 부대 애들 기어이 뚫리고 말았네. 걔들은 처음부터 믿을 수 없었다니까. 아, 지겹다. 도대체 이 전쟁은 누가 이기는 거야. 마음대로 이기지도 못하고 그렇다고 질 수도 없으니 말야."

32연대가 끝내 저격능선을 뺏겼다는 소식에 현상염이 투덜 댔다. 하사 정흥재는 애국가를 불렀다. 군인이 애국가를 부르는 것이 무슨 문제일까만 정흥재의 노래는 자조의 뜻이 강해서 듣기에 심란했다. 도무지 승부가 나지 않을 전투라는 것을 알면서도 목숨을 걸고 싸우러 가는 이유를 애국심으로만 치부하기엔 무리였다.

그러나 명령이 떨어지면 철모와 탄띠를 착용하고 개인화기를 들어야 하는 것이 보병의 임무였다. 이종옥은 매봉 공격대 기선에 소대를 펼쳐 놓았다. 불 꺼진 창문처럼 저격능선이 조용했다. 한 달 전과 똑같은 상황이었다. 해가 뜨면 공격을 개시하기로 한 것도 한 달 전과 같았다.

일등중사 이종옥은 전쟁이 어떻게 돌아가는지 알 수 없었다. 그걸 물어볼 마땅한 사람도 없었다. 소대장에게 물으려 해도 그들은 계속해서 죽었으며, 중대장은 그저 시키는대로 하는 것이 군대라고 했다. 대대장과 연대장은 각자의 본부에 깊숙이 들어 앉아 도대체 무슨 일을 하는지 알 수 없었다. 어쩌면 그들조차도 전쟁이 돌아가는 이치에 캄캄한지 몰랐다. 정일권 사단장이나 젠킨스 군단장, 밴플리트 사령관이나 이승만 대통령, 괴뢰군의 수괴 펑더화이나 김일성, 그 모든 인물이 소용돌이치며 수챗구멍으로 쏠려가는 물처럼 전쟁의 본질 주변을 빙글빙글 도는 것 같았다. 본질이 무엇인지 알 수 없으나 물은 어떻게든 낮은 데로 흘러가게 마련이다. 그리고 그때까지 그저 피아가 휩쓸리는 것이 전쟁 아닌지, 이종옥은 의심스러웠다. 의심스럽기는 해도 불평을 늘어놓아서는 안 되는 것이 군인이었다. 설령 절망밖에 남은 것이 없더라도 절대로 삶을 포기해선 안 된다. 정홍재의 애국가는 어찌 생각하면 더 이상 절망할 수 없을 때조차 절망하지 말라는 얘기였다. 도리 없이 죽음을 맞이해야 하는 순간에도 살고 싶은 것, 삶이란 언제나 그것이었다. 일등중사 이종옥 역시 이기지도 지지도 못하는 전쟁이 지겨웠고, 저격능선을 두고 끈질기게 공방전을 펼쳐야 하는 중공군이 지겨웠지만, 내가 살기 위해선 남을 죽여야 하는 것, 그 외에 무엇이 더 필요한지 알 수 없었다.

그 끈질긴 중공군과 본격적으로 전투를 벌인 것은 1952년 6월 14일부터였다. 그 이전까지는 소규모 교전으로만 서로를 탐색했다. 지난 6월에 이종옥은 대성산 기슭의 무명고지에 진지를 구축하고 중공군과 대치했다. 전투는 서쪽 하늘에서 노을이 사라지면서 갑자기 시작됐다. 말로만 듣던 피리소리가 들려온 건 포격소리가 잦아들 무렵이었다. 피리소리가 포격소리를 걷어내고 길게 독주로 이어졌다. 아군도 조명탄을 올리고 사격을 개시했다. 중공군은 그들 뒤쪽의 엄호사격에 의존한 채 무작정 기어 올라왔다. 나무와 수풀 사이로, 돌 틈으로 중공군은 사격자세랄 것도 없이 허리를 구부리고 다가왔다. 일 파가 무너지면 이 파가 앞으로 내달리고 삼 파, 사 파가 파도처럼 밀려왔다. 피리소리가 빨라졌다. 어디선가 자진모리로 두드려대는 꽹과리 소리도 가세했다. 그제야 적의 총탄이 무더기로 날아왔고, 아군 사상자가 무더기로 생겼다. 중공군이 던진 방망이수류탄이 여기저기 작렬하는 가운데 대대본부에서 급히 후퇴명령이 떨어졌다.

이종옥은 후사면으로 서둘러 달아나는 중대병력 틈에 끼었다. 조금 전까지도 아군이 배치됐던 진지에서 총알이 날아왔다. 적이 벌써 여러 진지를 점령한 모양이었다. 계곡 쪽에서 중국말이 들렸다. 적의 대병력이 계곡에서 국도로 빠지는 길목을 차단했다는 증거였다. 사방이 포위된 느낌이었다. 다른 중대의 패잔병들과 칠부능선에서 합류했다. 철모도 없이 머리에 수건을 동여맨 대대장이 거기 보였다. 대대장 곁에 통신병이 보였지만 무전기도 없는 빈 몸이었다. 위로 올라갈 수도, 아래로 내려갈 수도 없어 산허리를 돌아 퇴로를 찾는데 어디쯤일까, 노무자들의 시체가 지게와 함께 나뒹굴고 있었다. 지게에 얹힌 가마니를 열어보니 주먹밥이 가득했다. 병력이 줄어 한 사람 앞에 주먹밥을 두 개씩 돌려도 남았다. 패잔병들은 순식간에 주먹밥을 다 삼켰으나, 위장이 운동하는 동안 얼굴이 어두워졌다. 가까이 있어야 할 전우들이 눈에 보이지 않는 것을 알아차렸기 때문이었다.

식사가 끝나자 대대장이 힘겹게 몸을 일으켰다. 참모들과 중대장들도 그를 따라 일어섰다. 패잔병 백여 명이 모두 일어나 그저 말없이 대대장을 따랐지만 정작 그가 어디로 가는지 아무도 묻지 않았다. 대대장으로부터 무슨 지시나 명령도 없었다. 밤길이 어두워 더디게 발을 옮기다가 다른 산으로 이어지는 길을 발견했을 때였다. 앞산 꼭대기에서 느닷없이 피리소리가 들려왔다. 모두 혼비백산해서 사격태세를 갖추는데 피리소리가 들려온 곳과 반대방향에서 총성이 울렸다. 총소리가 이 봉우리 저 봉우리 옮겨 다니면서 메아리쳤다. 그 직후였다. 누가 먼저랄 것도 없이 패잔병 백여 명이 와르르 산비탈 아래로 뛰어내렸다. 어두운 산비탈이 뽀얗게 피어오르는 먼지로 하얘지고, 어디서 쏘는지 방향도 모를 총소리가 계속 들려왔다.

이종옥이 정신을 차리고 주변을 돌아봤을 때는 어느 밭고랑이었다. 날이 희붐하게 밝아오고 있었다. 대대장은 오간 데 없었다. 대략 이십여 명이 전의를 상실한 몰골로 논과 밭에, 그 사이에, 혹은 산과 밭 사이의 구부러진 길에 서 있거나 앉아 있었다. 개전 때부터 함께해 온 윤창열과 김석근이 포연에 그을린 옷차림으로 밭고랑 위를 서성거렸다. 이종옥은 김용수를 찾아 두리번거렸다.

"우리만 살았나?"

한참만에야 윤창열이 망연자실한 목소리로 물었다.

"여기 있지 말고 대대CP를 찾아갑시다. 살아있는 전우들이 그리 오지 않겠어요."

김석근이 말했다. 그제야 살아남은 병력이 정신을 차리기 시작했다. 무기를 잃어버려 빈손인 자가 절반이었다. 한시라도 빨리 자리를 뜨지 않으면 중공군에 발각 날 위험이 컸다. 산자락 끝에 바싹 붙어서 조심스레 발을 옮겨가다 야산중턱에 이르렀을 때였다. 수풀 너머에서 철모 몇이 반짝였다.

"움직이면 쏜다!"

앞서 갔던 이종옥이 노리쇠를 후퇴전진했다.

"접니다, 용수."

손을 들고 나타난 건 죽은 줄만 알았던 김용수였다. 그 뒤로 정홍재와 중대 연락병 김종열이 보였다. 수풀 뒤에서 나타난 아군 병력은 모두 십여 명이었다. 두 무리가 합류하여 다시 대대본부를 찾아 나섰다. 하룻밤을 꼬박 새워 걷고 달려서 배가 등짝에 바싹 붙어버렸다.

"물이라도 실컷 마셨으면……."

누군가 간절한 목소리로 중얼거리는데 거짓말처럼 눈앞에 시냇물이 나타났다. 그런데 더 거짓말 같기는 죽은 줄 알았던 현상염이 소를 몰고 시냇가에 나타난 것이었다.

"어떻게 된 거요? 그 소는?"

이종옥이 너무 놀라서 물었다. 간밤에 대대 전체가 전멸하다시피 한 일을 까맣게 잊은 듯 현상염은 태연했다.

"물을 것 없어. 너희들 배고프지?"

고삐를 당겨 소를 나무에 묶었다.

"하여간 넌 재주도 좋다. 한데 이걸 어떻게 잡지?"

윤창열이 소를 물끄러미 바라보았다.

"그거야 뭐 총을 쏘면 되지요."

김석근이 말했다.

"총소리를 떼놈들이 들을까 봐 그렇지."

"그럼 대검을 쓰지요 뭐."

"대검으로 될까?"

"대검으로 목을 찌르면 죽지 않을까요?"

"좋아. 까짓것 한 번 해보자. 누가 찌를래?"

"제가 하지요."

이종옥이 착검을 했다. 그렇게 앞장서 놓고는 그 일에 나선 까닭을 그 자신도 이해할 수 없었다. 윤창열이 소의 머리를 잡았다. 이종옥이 뒤로 물러섰다가 앞으로 내달으며 소의 목을 대검으로 찔렀다. 피가 공중에 솟구쳐 이종옥의 옷에 튀었다. 대검에 목이 뚫린 소가 우억 우억, 소리 지르면서 심하게 온몸을 도리질 쳤다. 이종옥은 그때 문득 상주 외곽 화령장에서 인민군 패잔병을 대검으로 살해했던 일이 생각났다.

"안 되겠다. 등이고 배때기고 대검으로 마구 찔러."

윤창열이 다급하게 소리쳤다. 여럿이 착검을 해서 달려들었다. 대검을 여러 개 받은 소가 앞다리를 꺾었고 그 상태에서 또 대검을 받으면서 옆으로 쓰러졌다. 옆으로 누운 채 허공을 바라보는 소의 눈이 컸다. 그 커다란 눈으로 무언가 말하고 싶어 했다. 그러나 눈 밖으로 나오지 못한 말이 그렁그렁 눈물로 맺혔다.

현상염이 싸리나무를 주워 와서 불을 땠다. 싸리나무는 불에 탈 때 연기가 거의 나지 않는다는 걸 그는 알았다. 싸리나무 위에 올려놓은 반합에서 물이 끓는 동안 정흥재가 소의 배를 갈라 간을 건져 올렸다.

"이런 소금이 없잖아."

간을 잘라 먹으려다 말고 윤창열이 투덜댔다.

"물에 삶아 먹으면 괜찮을 꺼야."

현상염이 각을 뜬 소고기 덩어리를 반합에 넣었다. 생간과 생고기를 씹던 몇이 얼굴을 잔뜩 찌푸렸다. 입술과 얼굴에 소피가 번져 불그레했다.

"이거 참 난감하네. 삶은 고기도 소금이 없으니 못 먹겠군."

현상염이 삶은 소고기를 입 안에 넣고 질겅질겅 씹다가 뱉어냈다. 삶은 고기를 억지로 삼키는 얼굴들이 울상에 가까웠다. 중대 연락병 김종열만 표정이 없었다. 삶은 고기 한 점을 입에 물고 꾸벅꾸벅 조는 중이었다.

"저 녀석은 먹으면서도 조네. 너 언젠가 졸다 죽는다. 어라……"

김종열을 면박하던 윤창열의 얼굴이 문득 밝아졌다. 능선 위로 떠오르는 미군 전투기를 보았기 때문이었다. 그리고 일행 모두가 하늘을 향해 반갑다며 손을 흔들 때였다. 하늘에서 쏟아지는 두 줄기 기총소사가 시냇물을 건너와 불타는 싸리나무와 난도질당한 소와 꾸벅꾸벅 조는 김종열의 등짝을 훑고 지나갔다.

"야, 이 개새끼야! 늬들 사격술 정말 정확하구나!"

김석근이 미군 전투기가 사라진 능선을 향해 종주먹질을 해댔다.

"언젠가 졸다 죽을 꺼랬더니……."

윤창열이 혀를 찼다. 김종열이 시냇가에서 죽어갔으나 지체할 시간이 없었다. 총소리를 들은 중공군이 들이닥치면 꼼짝없이 몰살당할 처지였다.

"재주는 곰이 부리고, 돈은 왕서방이 가져간다더니 딱 그 꼴이구먼."

현상염은 중공군에게 소를 바친 꼴이라고 투덜댔다. 뜻밖의 횡재에 박장대소할 중공군이 떠올라선지 다들 씁쓰레한 얼굴이었다.

　대낮인데도 이상하게 길이 어두웠다. 가도가도 그 길이 그 길이었다. 대대본부를 찾아간다기보다 늪지대에 발을 푹푹 빠뜨리는 느낌이었다. 이종옥은 문득 왜 기를 쓰고 대대본부를 찾아가야 하는지 의아스러웠다. 누가 오라고 명령을 내린 것도 아니지 않은가. 명령을 내리는 지휘관이 거기 있는지조차 알 수 없는 상황이었다. 그러나 이종옥도, 그 누구도 대대본부가 아닌 곳으로 가잔 말을 입 밖에 내지 못하였다.

　"배고파서 더 못 걷겠네. 차라리 죽는 편이 낫겠어."

　김석근이 주저앉은 곳은 나무 몇 그루 없는 개활지였다. 나머지들도 참았던 용변을 보듯이 나무 그늘을 찾아 쓰러졌고, 쓰러지자마자 곤히 잠이 들었다. 잠을 깨우러 오는 사람 손에 모두의 생사가 달린 상태였다. 다행히도 미 25사단 수색대가 와서 그들을 흔들어 깨웠다.

문학청년

   1952년 11월 12일, 달이 꺼질 듯 야위어가고 어둠의 농도가 묽어질 때였다. 윤창열은 소대원을 전투위치로 배치했다. 장현순이 묵묵히 중기관총 진지로 들어가 탄약벨트를 채웠다. 병원에서 돌아온 후로 그는 비로소 군인으로 변모한 모습이었다. 이등병 소진호의 얼굴은 긴장해서 팽팽히 조여졌다. 소진호의 앳된 눈동자가 그가 부쳐 달라던 두 통의 편지 위에 깜빡거렸다. 그날따라 소진호가 더 불안해 보였다. 이빨이 모조리 빠지는 불길한 꿈을 꾸었기 때문일지도 몰랐다. 틀림없이 무슨 일을 저지를 것 같았다.

   동쪽 하늘에 여명이 비쳤다. 그 풍경이 말고기를 뜨거운 물에 삶을 때 번지던 핏물 같았다.

소진호가 발작을 일으킨 것은 아군 포병부대가 저격능선을 강타하기 직전이었다. 누군가 부주의로 수통을 떨어뜨렸는데, 소진호는 그 소리에 부들부들 떨면서 여러 번 어머니를 부르짖었다. 윤창열이 제지하는 순간 포탄들이 머리 위를 지나 새카맣게 저격능선으로 날아갔다. 저격능선에서 피어오르는 연기가 단번에 그믐달을 지워버렸다.

야포소리가 멎으면 공격명령이 떨어질 것이었다. 각 소대마다 공격준비로 술렁거리는 가운데 현상엽의 목소리가 크고 분명하게 들려왔다.

"어째서 오늘은 이리도 오래 포를 쏴대는 거야. 씨바, 나는 죽더라도 어서 빨리 저 화염 속으로 뛰어들고 싶어. 기다리는 건 정말 질색이거든."

그의 소망대로 포격소리가 멈추었다. 공격명령이 떨어지고 소총수들이 일제히 참호를 빠져나와 전방으로 내달았다. 어느새 날이 밝아서 연막탄으로 차장하지 않으면 아군이 적잖이 피해를 당할 처지였다. 마침 연막탄 수십 발이 날아올라 저격능선으로 오르는 산등성이를 자욱이 연기로 덮었다. 어떤 것은 공격하는 아군 소총수 위로 떨어져 아아아아, 비명이 터져 나왔다. 연막 속으로 박격포와 총탄의 진눈깨비가 쏟아졌다. 신병들의 울음이 벼랑 아래로 줄지어 추락하는 염소들의 환영을 불러왔다.

윤창열은 엄호사격을 명령했다. 장현순이 중기관총의 손잡이를 거머쥐고 파열음을 토해냈다. 장현순의 몸이 파열음을 타고 흔들렸다. 탄피가 노리쇠 위로 분수처럼 솟구쳐 올랐다. 매운 화약냄새가 윤창열이 있는 참호까지 훅훅 끼쳐왔다. 윤창열의 머릿속이 장현순이 누웠을 철침대와 그 위를 덮은 하얀 홑청을 더듬었다. 팔뚝에 꼽힌 주삿바늘과 침대 위에 매달린 링거병도 만져본다. 논에 논물이 스미듯 정맥을 따라 몸에 퍼지는 링거액을 상상하자 놀빛에 물든 고향의 저녁답이 떠오른다. 나도 병원이란 델 한 번 가봤으면……. 그러자 그 무슨 불온한 상상이냐면서 박격포 하나가 연막의 숲을 넘어왔다. 윤창열은 참호 속에 웅크렸다. 참호 벽이 무너질 듯 크게 흔들렸다. 그것을 시작으로 단속적으로 폭발음이 들렸다. 머리 위에서 흙더미가 와르르 쏟아졌다.

"어머니 날 부르시네. 찾아도 소식도 없으시더니 이제야 날 부르시네."

소진호가 돌연 노래를 부르면서 일어났다.

"뭐야 이놈아!"

윤창열이 소리 질렀다. 소진호는 들은 체도 않고 앞으로 걸어나갔다.

"더 늦기 전에 가야 해요."

"돌아와!"

"아니 난 가야 해요. 너무 늦었어요."

부상자를 업고 연막의 숲을 빠져나오던 하사 한 명이 소진호를 보고 잠시 멈추었다. 그가 뭐라 말을 건네는 것 같았으나 잇따른 폭발음 때문에 들리지 않았다. 소진호의 머리 위에서 종류를 알 수 없는 폭탄이 터진 건 하사가 급히 자리를 뜬 뒤였다. 불길과 함께 솟구친 잿빛 연기 속을 머리도 없이 몸뚱이만 걸어 나갔다.

잡음이 들끓던 무전기에서 휘파람 소리가 났다. 중공군 진지를 점령했다는 소리가 메아리처럼 공허했다. 연막탄이 걷히면서 아군 시체들이 드러났다. 폐사된 가축떼처럼 소총수들이 산기슭을 가득 메웠다. 들것이 모자랐고, 들것을 나를 병력과 노무자가 모자랐다. 판초우의에 시체를 둘둘 말아 질질 끌고 와도 누가 뭐라 하지 않았다. 윤창열은 머리가 달아난 소진호의 시체를 쉬이 찾을 수 없었다. 배식차가 왔다. 화약 냄새와 시체 타는 냄새로 속이 거북한데 노무자들이 소리 높여 배식을 알렸다.

시체들 사이를 거닐다 겨우 소진호의 명찰을 찾아냈다. 흰 광목천에 검은 실로 이름과 테두리를 꿰맨 이름표였다. 머리와 왼쪽 팔이 없는 그의 시체는 처참해서 오래 내려다볼 수 없었다. 목에 걸려 있었을 군번줄은 잘려나간 머리와 함께 보이지 않았다. 윤창열은 문득 소진호의 편지를 호주머니에서 꺼냈다. 그리고는 잠시 망설이다 봉투를 뜯었다.

어머니, 이곳 사람들은 자주 신을 부릅니다. 이곳에서 어머니는 신의 다른 이름이지요. 동시에, 제가 태어난 시대의 어머니는 아버지의 다른 이름이기도 합니다. 저는 여전히 아버지가 정확히 어떤 일을 하셨는지 알지 못합니다. 제가 아버지 직업을 단도직입적으로 물었을 때 어머니께선 몹시 대답하기 어려워하셨지요. 아버지가 마을에서 드물게 중학교를 졸업하셨다고 둘러대셨지만 제가 궁금했던 건 학력이 아니지요. 아버지가 전념한 일이 워낙 거대해서 어머니로선 무어라 요약해서 말해줄 수 없었나요. 그 일의 공통점은 형이상학적이란 것이지요. 아버지는 무직자가 아니라 눈에 잘 뜨이지 않는 직업을 가지셨던 겁니다. 우리 시대엔 그런 아버지가 유독 많았지요. 그 때문에 우리는 아버지 부재의 빈자리에서 방황해야 했습니다. 저의 경우는 성인이 돼서도 어떻게 해야 남자로, 가장으로 살아야 하는지 알 수 없었거든요. 제가 군대에 들어온 것도 그렇듯 막막하게만 느껴지는 제 미래에 어떤 구체성을 부여하려는 의도였지요. 아버지도 젊었을 때 저처럼 선택의 시기가 있었을 겁니다. 짧지만 아버지 일생에 영향을 미쳤던 시기였겠지요. 아버지가 세상살이를 접고 끝내 형이상학의 산으로 떠날 수밖에 없었던 것도 그때의 선택 때문이었겠지요. 그 산이 지리산, 덕유산 같은 구체적인 지명을 띠고서도 말입니다. 어머니는 언제나 아버지 삶의 반대편에 있었습니다. 어머니는 어두운 새벽부터 어두운 저녁까지 일했지요. 집에서도 일했고 바깥에서도 일했습니다. 어머니의 옹이 진 손은 제 삶의 현실이었지요. 저는 밀가루 반죽처럼 윗목에 뭉쳐 있거나 수제비 국물처럼 조용히 부엌에서 끓고 있어야 했지요. 어머니를 생각하면 늘 깨진 유리창에서 발걸음 소리가 납니다. 어머니, 참호 안에서는 누구나 신을 부르고, 부를 신이 없을 때는 어머니를 부릅니다. 신도, 어머니도 부를 수 없을 때가 두렵지만 그 적막한 순간을 뜬 눈으로 바라봐야 하는 현실은 차라리 악몽과 같습니다. 그 감당하기 벅찬 악몽에서 깨어날 때 저는 이미 죽어 있겠지요.

　

　윤창열은 겨우 편지를 읽었다. 소진호의 편지는 윤창열이 흔히 접한 편지와 확연히 달랐다. 편지는 무슨 뜻인지 알아차리기 어려운 내용으로 가득했다. 편지의 수신자인 어머니를 의식하고 쓴 글인지 의심스러웠다. 안부를 묻거나 전달하는 편지라

기보다 독백체의 일기에 가까웠다. 그러한 문체는 두 통의 편지 가운데 나머지 한 장에서 더욱 두드러졌다. 그것은 차라리 시라고 해야 할, 단 두 줄의 짧은 문장이었다. 윤창열은 두 통의 편지들을 한데 접어 소진호의 명찰 아래 붙은 호주머니에 넣었다. 소진호의 전사통지서를 따라가서 외부세계에 알려질지도 모를 편지였다. 외부에 알려진다 해도 감수성이 풍부한 한 청춘의 절박하지만 서정적인 죽음의 노래를 쉽사리 이해할 수 있는 사람이 몇이나 될까. 중대OP로 걸음을 옮기면서 윤창열은 소진호의 두 번째 편지를 읊조렸다.

낙엽처럼 폭탄이 떨어지네
아무도 달아나지 못하는 나무 아래로

내림굿

교통호 군데군데 피와 먼지가 섞여 질척거렸다. 김용수는 교통호를 지나다가 몇 번인가 죽은 중공군을 밟았다. 배를 밟으면 입으로 피를 토하거나 항문으로 방귀를 뀌었다. 시체를 치우러 다니는 노무자들이 참호 안에 똥을 싸고 죽은 중공군에게 거친 욕설을 퍼부었다. 이제 이 더러운 죽음의 모습들이 김용수에게는 놀랍거나 생소하지 않았다. 그는 저격능선에 와서야 군인으로 사는 것이 무엇인지 알 것 같았다. 노무자들이 주먹밥을 짊어지고 올라왔다. 노무자들은 시체들 곁에서 배식을 했고, 군인들은 전우들의 시체 곁에서 주먹밥을 먹었다. 살인이 반복되는 일과임을 깨닫자 피가 식고 머리가 차가워졌다. 개인화기에 탄창을 삽입하듯 군인들은 각자의 삶과 죽음을 각자가 챙길 뿐이었다. 김용수는 사람의 죽음을 대신해서 십자가에 못 박혀 죽은 예루살렘의 신에 대해 의구심을 품기 시작했다. 김용수의 입에 어느새 주기도문이 메말라 있었다. 성경책을 열어본 지도 꽤 오래되었다. 도무지 신명이 나지 않는 예루살렘의 신과의 결별은 당연한 수순이었다. 결심이 굳어지자 거추장스러운 외투를 벗어버린 것처럼 이상하게 기분이 홀가분했다. 오죽하면 이종옥이 다가와 얼굴을 살필 정도였다.

"무슨 좋은 일이라도 생겼느냐. 네 얼굴이 편안해 보이는구나."

빼앗겼으니 뺏으러 올 차례였다. 그러나 요란사격으로 저물녘의 진지를 한바탕 흔들었을 뿐 중공군은 이동하지 않았다. 밤이 되자 김용수는 꿈길을 걸어 이모에게로 갔다. 대문 앞에 이르자 축축한 물이 신발에 닿았다. 연못물이 넘치는 마당은 한낮에도 어두웠다. 마당의 한 귀퉁이에서 어두운 꽃밭을 바라보다가 이모가 앉은걸음으로 다가왔다. 이모는 음부가 아파서 바로 설 수 없다고 하소연했다. 김용수를 올려다보며 슬픈 음색으로 말한다. 기어이 오시겠다는데 받아야지. 결국 네가 받고야 말 것이지만 너무 외롭구나. 김용수는 고개를 주억거렸다. 그러자 자꾸만 산으로 가자던 할아버지가 열린 대문 너머로 들어왔다. 왼손과 오른손에 구구방울과 부채를 든 채였다. 일월산 굿당의 벽에 붙어 있던 신장들이 김용수와 할아버지를 시립했다. 어느 벽에 붙어 있던 장고잽이가 장구를 치자 종이꽃이 피어났다. 누군가의 손에서 징소리가 나자 옷고름을 감아쥐며 춤추는 할아버지 무당의 발뒤꿈치가 금세라도 허공으로 오를 듯 가벼웠다. 어디선가 피리소리가 흘러나왔다. 피리소리를 시작으로 난데없이 포성이 울렸지만 중중모리로 빨라진 장단은 그칠 줄 몰랐다.

어둠을 찢으며 포탄이 날아왔다. 포탄이 진지를 난타했다. 포탄이 두 시간이 넘게 날아오기는 그때가 처음이었다. 누군가 카츄샤포[43]가 날아온다고 소리쳤다. 무전기는 대책 없이 진지 사수만을 외쳤다. 열 시 무렵에는 포격의 밀도가 격증하여 포성이 아니라 벽력을 동반한 뇌성이 천지간을 덮어버렸다. 번개가 떨어질 때마다 검은 말을 타고 깃발을 등에 꽂은 기병들이 청룡도를 휘두르며 능선을 넘어갔다. 할아버지가 김용수의 어깨를 치며 나쁜 신이 물러가니 좋은 신을 맞으라고 했다. 김용수는 시키는 대로 방울 달린 막대를 흔들어 흥을 냈다.

"오늘은 살아남기 어렵겠다, 어렵겠어!"

흔들리는 드럼통 참호 안에서 이종옥이 외치는 소리가 저승에서 들려오는 것처럼 아득했다. 중중모리가 자진모리로 바뀌고 덩덕궁이가 휘몰아쳤다. 드럼통 위에 켜켜이 쌓은 쌀섬과 상ᴹ들이 흔들리고, 그 위의 물동이, 그 위의 작두가 쏟아질 듯 흔들렸다. 할아버지가 소리쳤다. 신령님께서 너를 잡아줄 것이니 맘껏 흔들어라.

"하나님, 내 하나님의 역사하심을 믿사옵니다!"

누군가 하나님을 부르는 소리를 내었다. 놀랍게도 그는 정흥재였다.

포성이 잦아들면서 중공군이 밀려오기 시작했다. 중대 단위의 종대 대형이었다. 왼쪽과 오른쪽으로 번갈아 내달아오면서 엎드려 쏘는데 그 대형이 춤사위 같았다. 아군 중기관총의 강력한 대응에 선두대형이 무너지자 후미가 재빨리 그 공백을 메웠다. 제단 위에서 마지와 명두와 오색 종이꽃이 펄럭인다. 할아버지 무당이 안심하라고 소리쳤다. 김용수가 입술을 씰룩였다. 온몸으로 떨림이 왔고 입술도 떨렸다.

들불처럼 번져오던 중공군이 철조망에 가로막혀 쩔쩔맸다. 절단기를 든 중공군 여러 명이 앞으로 나섰고, 일부는 낮은 포복으로 철조망 아래를 통과했다. 아군이 철조망에 화력을 집중했다. 철조망 한쪽이 끊어지면서 길이 생겼다. 중공군이 물꼬가 트인 쪽으로 우르르 몰렸다. 거기에 기관총을 퍼부었으나 총알보다 중공군이 더 많았다. 철조망 위에 엎어진 시체를 밟고 넘어오는 중공군도 있었다. 김용수의 입에서 헛구역질이 나오고 머리가 지근거렸다. 김용수가 머리를 흔들자 할아버지도 머리를 흔들었다. 너는 아직 아니라는 것이었다. 믿음은 눈으로 보지 않고 마음으로 찾는 것이야. 아직 신에 대한 간절함과 절박함이 부족하다며 호통을 쳤다.

중공군이 얼굴이 보일 정도로 가까이 접근했다. 하나같이 살기등등한 얼굴이었다. 아군의 수류탄 투척거리가 그들의 수류탄 투척거리였다. 방망이수류탄이 파란 불꽃을 꼬리에 달고 날아왔다. 굿청에 매단 다래들이 어두운 하늘을 배경으로 바람에 나부꼈다. 오른쪽에서 폭음이 진동했다. 드럼통 참호가 갈기갈기 찢어지고 경기관총 사수가 비명을 질렀다. 그러나 김용수는 벙어리처럼 입안이 괴롭기만 했다. 중공군이 진지를 넘어올 기세였다. 기관총과 수류탄을 휘둘러서 겨우 그들을 물리쳤으나 또 넘어온다. 쇄도하는 중공군이 얼굴은 물론 눈의 흰자위까지 보일 정도였다. 화약연기 속에서 쓰러져가는 아군의 모습이 얼핏 수숫대나 짚인형처럼 보였다. 자정 무렵, 좌우 측의 소대가 돌파당했다. 중대장이 허공에 권총을 쏘아 철수명령을 내렸으나 알아들은 자가 극히 드물었다. 중공군이 교통호를 따라 돌격해오자 아군도 참호 바깥으로 나왔다. 탄약이 떨어져 착검한 총으로 중공군을 맞을 수밖에 없었다.

"용수야, 뭘 꾸물거리니 빨리 후퇴하자."

화약연기 너머로 이종옥의 목소리가 들려왔다. 그 순간 김용수의 입에서 말문이 터졌다.

"오너라. 신을 불러 신반에 담고 넋을 불러 넋반에 담고 맞으러 가니 신이로다!"

김용수는 무전기를 버리고 총검을 앞세워 중공군의 돌격대열에 뛰어들었다. 적의 칼끝이 가슴에 와 닿은 느낌이었다. 흉곽뼈에 닿아서 잠시 멈칫했던 칼이 폐부 아래로 쑤욱 들어왔다. 이내 칼이 빠져나가자 가슴과 등 사이에 구멍이 뚫려 빛이 새어 들어왔다. 태어나서 지금까지 몸의 깊은 곳에 괴어 있던 오래된 어둠에 빛이 닿았다. 빛이 어둠을 걷어내자 지금껏 누려보지 못한 평온함에 온몸이 환해졌다. 김용수는 누운 채 하늘을 보았다. 삭망으로 변해가는 그믐달 바로 아래 금방이라도 피가 밸 듯 작두가 걸렸다. 누군가 훌쩍 작두 위로 뛰어올랐다. 그가 자신, 박수무당 김용수라는 걸 금세 알아차렸다. 칼날 위에 맨발로 서서 의기양양하게 신탁神託을 내렸다. 이윽고 그가 모시는 신이 백마를 타고 하늘에서 내려왔다. 꿈에서 미리 본 대로 눈자위가 검고 눈꼬리와 입매가 아래로 축 처진 얼굴이었다. 김용수는 장군이 내미는 손을 잡고 훌쩍 말안장 위에 올라탔다. 그러자 발아래에서 벌어지는 참호전이 지옥도地獄圖의 한 장면처럼 보였다. 사람인지 요괴인지 모를 생명체들이 검은 땅을 파헤쳐 구멍을 내고 길을 낸 곳에서 서로 엉겨 붙어 처절하게 싸우고 있었다. 거기서 아군과 적군을 구분하는 것은 무의미했다.

돈폭탄

　아무리 김용수를 불러도 무전기는 잡음뿐이었다. 송수화기 키를 누른 채 전사했는지 무전기에서 중공군의 말소리가 들렸다. 이종옥은 대동강 부교에서 처음 보았던 김용수를 잠시 기억해보았다. 따지고 보니 동갑내기인 김용수가 그때는 왜 그리 어려보였는지 알 수 없었다. 눈동자가 꿈꾸는 듯 흐리고 가끔 영문 모를 헛소리를 내기도 했던, 평양 출신 김용수가 세상에, 곁에 없다는 사실을 깨닫는 순간 후두둑 빗방울이 들었다.

　예비중대 신병들이 속속 공격대기선에 도착했다. 현상염이 우는 신병들에게 노래를 부르라고 윽박질렀다. 그들의 입에서 군가가 나오자 재빨리 중단시키고 유행가를 부르라고 했다. 신 카나리아의 '나는 열일곱 살이에요' 가 비와 눈물에 흥건히 젖었다.

빗줄기가 굵어진 어두운 새벽에 역습을 감행했다. 이종옥은 수류탄 투척거리를 겨우 벗어난 지역에 참호를 파고 들어앉아 저격능선으로 날아가는 포탄들을 구경했다. 아군 참호에 떨어지는 포탄들도 많았다. 살고 죽는 것이 포병들의 눈과 손에 달렸다. 포병대대와 박격포중대가 밤새 퍼부었다. 저격능선뿐이 아니었다. 전차중대가 양지말에 진출하여 적진의 배후를 포격했다. 비안개가 실어 나르는 화약 냄새에 눈이 매웠다. 비에 젖은 신병들의 울음이 그치지 않았다. 현상염이 신병들을 마구 걷어찼다.

"계집애들아, 재수 없다. 그만 울어라."

날이 밝자 빗줄기 너머로 A고지와 돌바위고지가 희미하게 보였다. 하룻밤 사이 능선이 한 마장은 무너져 내린 것 같았다. 비에 젖어서 피어오르는 연기가 검고 무거웠다.

"저런 더러운 새끼들은 처음 보겄네."

정흥재가 혀를 찼다. 중공군이 아군 시체를 포개서 산병호를 보강하기 때문이었다. 공격명령이 떨어졌다. 소총수들이 참호 밖으로 나와 대오를 갖췄다. 중기관총과 경기관총 두 정이 교차로 산등성이를 쓸고 올라갔다. 소총수들의 머리 위로 날아간 총탄이 중공군 진지의 아군 시체에 박혔다. 찌개 그릇이 내동

댕이쳐지듯 피와 살점이 튀었다.

"공격해. 공격하란 말야."

현상염이 젖은 담배를 입에 문 채 신병들을 독전하였다. 신병들이 염소처럼 버티고 서서 징징댔다. 현상염이 한 신병을 꿇어 앉혀 총을 쏘았다. 총알이 신병의 귀를 찢고 땅에 박혔다. 그제야 신병들은 저격능선을 향해 우르르 몰려나갔다. 산등성이 곳곳에 깔린 안개가 연막탄보다 짙었다. 안개와 연막탄이 뒤섞여 한 치 앞도 보이지 않았다. 신병들의 비명소리만 염소떼 울음처럼 들끓었다.

밤새 쏟아 부은 포격 때문인지, 아니면 새벽 찬비에 주눅이 들어선지 뜻밖에도 중공군의 저항이 약세였다. 수류탄 몇 발 던지지 않았는데 그들은 쉬이 자리를 내주고는 상감령 방향으로 도망쳤다. 어제저녁 사생결단하듯 덤벼들던 모습은 오간 데 없었다. 전쟁터가 아니라 방금 딴 판돈을 스스럼없이 내어주는 도박판 같았다.

반나절도 걸리지 않아 포성이 울렸다. 반나절 전에 뭉개진 진지를 보수하기도 전이었다. 어제처럼 포격이 맹렬했다. 포탄이 진지에 박힐 때마다 유개호 천장에서 흙이 쏟아져 내렸다. 신병들이 화염 속에서 울고, 정홍재의 입에서 또다시 하나님을 찾는 소리가 나왔다.

밤이 되자 아군 포병부대가 조명탄을 쏘아 올렸다. 중공군이 조명탄 불빛 아래 모습을 드러냈다. 진지를 내버리고 도망친 아침 나절과 달리 그들의 움직임은 결의에 차 있었다. 그들은 갈고리로 땅을 훑어 지뢰를 제거했고, 가마니를 철조망 위에 씌워 이동로를 확보했다. 죽처럼 흘러내리는 진 땅에 미끄러지며 그들은 끈질기게 고지를 향해 올라왔다. 그들의 적의가 어디에서, 무엇 때문에 생겨난 것인지 이종옥은 알 수 없었다. 그들이 열광하는 공산주의의 힘이거나 등 뒤에서 총검을 휘두르는 독전의 힘일 것이었다. 아니, 그 둘의 힘이 아닌 다른 힘일 수도 있었다. 배갈과 마약의 힘으로 공격을 감행한다는 소문도 들렸다. 도무지 종잡을 수 없는 군대가 중공군이었다.

총탄이 탕탕 드럼통 참호를 쳤다. 중공군이 얼굴을 보일 정도로 가까이 왔다. 방망이수류탄이 새까맣게 날아왔다. 정홍재가 있는 오른쪽 드럼통 참호가 총구를 전방에 내민 채 맹렬하게 불을 뿜었다. 왼쪽은 조용했다. 얼핏 보니 갈기갈기 찢어진 드럼통에서 신병 하나가 겨우 빠져나왔다. 비명조차 지르지 못하고 배 밖으로 나온 창자를 움켜쥐고 있었다.

"수류탄 남은 거 있어?"

교통호를 헐레벌떡 오가던 현상염이 호 안에 머리를 내밀었다. 그때 중공군이 얕은 담을 넘듯 훌쩍훌쩍 진지를 넘어왔다.

저격능선에서 전투를 시작한 이래 가장 일찍 진지가 돌파되는 순간이었다. 일찌감치 전화기가 끊겨 후퇴를 요청할 수도 없었다. 전투는 순식간에 진내전으로 바뀌었다. 총성이 등 뒤에서도 났다. 중공군이 아군 보조진지까지 몰려왔다. 현상염이 쫓기듯 유개호 안으로 들어왔다. 무기도 없는 맨몸이었다.

"이 중사, 사방에 떼놈들이다."

유개호 출입구 너머로 얼핏 중공군 전투모며 군복 자락이 보였다. 교통호를 중공군이 장악한 모양이었다.

"어떻게 된 거요? 퇴로마저 차단당했소?"

"당최 모르겠어. 떼놈들이 갑자기 교통호에서 솟아났으니."

교통호에서 후레쉬 불빛이 번쩍거렸다. 불빛이 흔들리면서 다가오다가 딱 멈췄다.

"씨바, 여기서 끝나네. 고향에 가서 연탄불에 오징어 구워서 소주 한잔하는 게 소원이었는데……. 아무래도 오늘이 나 죽는 날인가 봐. 그런데 이 중사, 오늘이 대체 몇 월 며칠이야?"

현상염은 최후의 날을 알고 싶어 했다. 그러나 이종옥은 물음에 답해줄 수 없었다. 달이 뜨고 해가 뜨니 밤낮이 오가는 줄만 알았지, 저격능선에 온 뒤로 한 번도 날짜를 따져본 적 없었다. 문득 누구에게서 들은 말이 생각났다.

"목요일일 거요. 어제가 수요일이라고 누가 그럽디다……."

"아니 요일이 궁금한 게 아니고 오늘이 무슨 날짜냔 거야."

출입구 쪽으로 뭔가 데굴데굴 굴러왔다. 방망이수류탄이었다. 현상염이 재빨리 수류탄을 주워 후레쉬 불빛 쪽으로 던졌다. 폭발음과 동시에 비명이 터져 나왔다. 중공군의 발걸음 소리가 떼로 몰려왔다. 현상염이 무언가 비장의 무기를 꺼내려는 듯 품 안에 손을 넣었다.

"나 오늘 죽는다. 너희들도 언젠간 죽을 것이다. 그래, 나나 너희들이나 저승 갈 노잣돈이 필요하지."

현상염이 소리치며 교통호로 뛰쳐나갔다. 중공군이 수류탄을 던졌다. 그리고 폭발음이 들리기 직전이었다. 현상염이 유개호로 달려오는 중공군을 향해 돈다발을 홱 뿌렸다. 돈다발이 수류탄 파편과 함께 산산이 흩어졌다. 4개국 지폐를 수집한 대한민국 보병 상사 현상염은 그렇게 생을 마쳤다.

이종옥은 눈앞이 캄캄했다. 수류탄이 폭발하면서 총안과 출입구가 무너져 내린 탓이었다. 조용히 호 바깥의 상황에 귀를 기울이는 수밖에 없었다. 중공군 여럿이 떠들더니 이내 한 명이 소리쳤다.

"추라이, 추라이."

그것이 항복하지 않으면 수류탄으로 호를 폭파시키겠다는 신호임을 이종옥은 너무나 잘 알고 있었다. 평소에 다짐했듯이 항복할 생각은 없었다. 길고 지루했던 여행이 끝나는 느낌이었다. 이종옥은 눈을 감고 나지막이 어머니를 불렀다. 어머니가 전차에서 내리더니 우체국 담벼락에 등을 기댄 이종옥에게 다가온다. 얼굴선이 흐리고 눈썹도 눈동자도 흐려 늘 외로워 보이는 어머니. 이종옥은 과묵하다는 소리를 자주 들었다. 어머니의 외로움을 고스란히 물려받았기 때문일 것이라는 게 이종옥의 생각이었다.

"이, 얼……"

중공군이 숫자를 세는 것 같았다. 하나 둘을 세었으니 셋싼에 목숨이 끝나게 마련인데 갑자기 진지를 뒤흔드는 굉음이 들렸다. 유개호 바깥에서 쌔액, 전투기가 하늘을 가르는 그 유명한 소리가 났다. 미군 전투기가 한밤중에 출동하기는 처음이었다. 수십 차례 땅이 흔들리고 유개호 천정에서 흙이 쏟아져 내렸다. 이제 미군 전투기가 발사하는 로켓포를 걱정해야 할 처지였다. 네이팜탄이 떨어졌는지 고무 타는 냄새가 축축하게 풍겨왔다.

포성이 멈춰 바깥으로 나가보니 먼동이 터오고 있었다. 교통호에 방금 죽은 중공군 시체가 즐비했다. 내딛는 발에 현상염이 뿌린 지폐가 밟혔다. 산발적으로 총성이 울렸다. 진지를 재탈환했는지 보조진지가 있는 곳에서 아군의 함성이 들려왔다.

잠시 후 정홍재가 허겁지겁 달려왔다.

"살았군요. 살았어."

그렇게 말하는 정홍재 분대장의 얼굴이 갑자기 낯설어 보였다. 햇볕에 그을리고 바람에 골이 팬 그의 얼굴에서 죽음을 두려워하지 않던, 젊고 날랜 육군하사의 모습을 찾기란 쉽지 않았다. 그도 전쟁도 지쳐가고 있었다.

돌아갈 고향이 없었다

　국방경비대 청주 훈련소 동기인 현상염의 시신이 들것에 실렸다. 수류탄 파편이 박혀 만신창이 됐을 얼굴은 모포에 덮여 있었다. 윤창열은 눈시울이 뜨거웠다. 현상염이 인민군을 찌른 대검으로 참외를 깎아 주던 일이 기억났다. 죽은 적병들의 호주머니를 뒤져 그가 얻어낸 것들은 제대로 쓰이지 못하거나 실속이 별로 없는 조악한 물건들이었다. 사실 현상염은 전쟁이 끝나도 돌아갈 고향도 없는 외로운 군인이었다. 고향을 물으면 어느 땐 인천이라 했고, 어느 땐 수원이나 덕적도라며 얼버무렸다.

　윤창열은 전쟁이 끝난 후를 생각했다. 미궁에 빠진 휴전회담이지만 언제 그랬느냐며 갑자기 전쟁이 끝날지도 몰랐다. 전쟁이 그렇듯이 휴전 또한 예측할 수 없을 것이었다. 전쟁이 끝나면 제대해야 한다. 그리고 제대해서 돌아갈 곳은 고향밖에 없다. 눈앞에 빤히 보이는 이 분명한 미래가 윤창열은 왠지 불안했다. 고향이 생각날 때마다 밤늦도록 담배 잎사귀를 따느라 밭고랑을 오가는 어머니 모습이 먼저 떠올랐다. 몰락한 양반의 자손인 아버지는 종일 서책을 끼고 살다시피 했다. 어머니가 담뱃잎의 독성을 못 이겨 쓰러졌을 때 마을 의원의 등 뒤에서 장죽을 빨며 서성이던 아버지를 윤창열은 공연히 미워했었다. 담배농사로 생계를 유지하는 마을이라선지 어디를 가나 담배농사꾼들의 담배 얘기뿐이었다. 윤창열의 젊은 눈에는 오로지 과거에 매달려 사는 사람들의 집단으로 보였다. 켜켜이 먼지가 쌓인 과거로 귀향해서 살아갈 일을 생각하면 숨이 탁 막히는 기분이었다. 돌아갈 고향이 마땅치 않기는 현상염과 마찬가지였다.

고지를 빼앗긴 지 이틀이 지나도록 중공군은 병력을 동원하지 않았다. 며칠 동안 정찰대를 보내 저격능선 주변을 기웃거릴 뿐이었다. 첫날은 상소리에서 Y고지 북동쪽 1시 방향에, 둘째 날은 양지말에서 돌바위 고지 사이의 북쪽 계곡에 그림자를 드리웠다가 사라졌다. 셋째 날부터 국군은 수면부족에 시달렸다. 중공군 정찰대가 한 시간 도리로 요란사격을 해댔기 때문이었다. 어느 땐 그들의 건국기념일인 쌍십절에 터뜨리는 폭죽을 사용했다.

혹한을 예고하는 추위가 바람 속에서 가파르게 울었다. 밤이면 기온이 영하로 떨어져 동복을 겹겹이 껴입어야 했다. 죽은 중공군의 군복을 안에 껴입은 병사도 있었다. 전투가 없는 밤에는 경계병을 제외하고 전 병력이 진지 보수에 매달렸는데 땅을 파헤치는 삽날에 살얼음이 찍혀 나왔다. 겨울을 저격능선에서 나리라는 걸 아무도 의심치 않았으므로 마대자루에 흙을 담는 병사들 표정이 묵묵했다. 장현순이 중기관총 냉각수통에 소주를 넣어 몰래 마셨다. 윤창열은 모른 체했다.

11월 20일, 17연대의 저격능선 전투를 이끌어온 연대장 은석표 대령이 이임했다. 그는 진지를 일일이 돌며 고별인사를 했다. 윤창열에게 와서 그는 희망을 얘기했다.

"윤 상사, 이 고생이 오래지 않을 거야. 곧 휴전이 성립될 기미일세. 그때까지 절대로 죽지 말게."

신임 연대장은 김필상 중령이었다. 은석표 연대장이 진지를 떠난 지 한 시간도 못 돼 그도 진지를 돌았다. 윤창열에게 와서 그 또한 희망을 전하고 갔다.

"부식이 형편없지? 조금만 참게. 우리의 우방인 미국은 쌀이 남아돌아 돼지한테도 먹인다는군. 전쟁이 끝나면 쌀밥을 배 터지게 먹을 수 있을 꺼야."

그러나 희망이 작동하는 시간은 언제나 미래였다. 현재는 늘 춥고 배고팠다. 저격능선에는 풀 한 포기 나지 않았고 군인들은 야윌 대로 야위어 해골과 눈알만 남았다. 넘치는 건 이불자락처럼 산 위로 흘러내리는 드넓은 하늘과 오성산에 득시글거리는 중공군뿐이었다.

공교롭게도 두 연대장이 희망을 차례로 전하고 간 날 밤 포성이 울렸다. 첫 포성부터가 며칠째 듣던 요란사격과 차원이 달랐다. 포탄에 땅이 흔들리고 무너지는 참호 속에서 신병들이 울었다. 박격포탄이 우박처럼 쏟아졌다. 소리 없이 날아오는 박격포탄이 가장 무서웠다. 그건 가까운 곳에 떨어지리란 신호였다. 포물선을 그리다가 예기치 않은 곳에 떨어지는 박격포가 직사화기보다 더 무서운 걸 신병들은 잘 몰랐다. 잘 모르기에 더 많이 죽었다. 화약연기가 미친 듯이 교통호에 흘러 다녔다. 옹진에서 전쟁을 맞이할 때부터 맡아온 매캐한 냄새가 윤창열의 폐부를 찔렀다. 화약연기가 이제는 달콤하게 느껴졌다. 화약 냄새뿐 아니라 그가 겪은 모든 전투가 오래된 꿈이나 환영처럼 몽롱했다. 윤창열은 그때 이미 망각을 예감했다. 다른 모든 고통과 마찬가지로 전쟁 또한 추억으로 포장되면서 달콤해

질 것이다. 망각을 뒤집어 입은 옷이 추억 아닌가. 중공군이 철
조망 저지선을 뚫고 오자 신병들의 울음이 높아졌다. 그러나
공포를 넘어서면 평화였다. 하사 장현순은 무아지경에서 중기
관총을 발사했다. 윤창열의 눈에도 몰려오는 중공군이 단지 인
근의 마을 사람들처럼 보였다. 총소리도 함성도 없이 산상수훈
山上垂訓을 들으러 오는 신도들처럼 그들은 몰려올 뿐이었다. 산
기슭이 시체로 뒤덮이는데도 비명 하나 들리지 않는다. 미리
바라보니 저승도 범속하기 그지없는 세상이었다.

그날 밤 중공군은 기진맥진했다. 빠르게 충전됐던 힘만큼이
나 빠르게 기력을 소진해버린 느낌이었다. 늙은 해파리처럼 팔
다리를 허우적거리며 올라오는 모습이 안쓰럽게 보일 정도였
다. 그들이 전의를 상실했다는 것을 윤창열은 오랜 전투경험으
로 눈치챘다. 자정 무렵 상감령 계곡으로 중공군 장갑차 두 대
가 나타났다가 미군의 공습에 주저앉았다. 중공군의 공격은 지
리멸렬했다. 별별 수단을 다 동원하나 통하는 게 아무것도 없
다는 것을 알고 낙담한 기색이었다. 그들은 돈벌이가 신통찮은
가장들처럼 비루해지고 있었다. 그들은 참호 속에서 추위에 떨
면서 따뜻한 해가 떠오르기를 눈이 빠지게 기다렸다.

날이 밝기 무섭게 그들은 물러났다. 바람이 불고 화약연기
대신 안개가 정신없이 산기슭을 쏘다녔다. 아군 생존자들도 안

개 속을 이리저리 뚫고 다녔다. 윤창열도 넋 나간 사람처럼 한
동안 안개 속을 방황했다.

토끼사냥

    중대관측소에 올라간 관측병이 눈이 온다고 했다. 공기를 찢어대는 바람소리가 무전기에서 들렸다. 하늘을 우러르니 과연 먼지 같은 눈이 바람에 휘돌고 있었다. 첫눈이었다. 저격능선의 진지를 보수 중인 군인들이 많은데도 이상하게 사위가 조용했다. 언 땅을 파헤치는 삽이나 곡괭이 소리가 먼 데서 들려오는 듯 나지막했다. 김석근은 첫눈을 소재로 아코디언을 연주할 수 있으리란 상상에 얼굴이 밝아졌다. 하늘이 낮아지고 눈송이가 점점 커졌다. 김석근의 얼굴에서 웃음기가 싹 가셨다. 폭설이 쏟아지던 가평 주둔지에 기억이 닿았다.

    그 일이 생긴 건 전쟁이 소강기에 접어들었을 때인 1952년

정월이었다. 며칠째 무섭게 눈이 내렸다. 주둔지로 삼은 방직
공장 정문 앞을 빗자루로 쓸어 길을 내면 그 위에 금세 눈이 내
려 길을 지웠다. 그 일이 일어난 날 김석근은 박격포 소대원들
과 정문 앞에 쌓인 눈을 치우다 말고 눈을 뭉쳐 담벼락에 던지
는 장난을 쳤다. 그때 김석근의 눈에 카빈을 멘 이종옥과 정흥
재가 보였다. 두 사람은 정문을 빠져나와 야산 쪽으로 걸음을
옮겼다. 돌연 이종옥이 뒤돌아섰다.

"토끼 잡으러 갈래?"

그렇게 해서 김석근은 토끼사냥에 끼어들었다. 들판 가장자
리로 난 눈길을 한참 걸어서야 야산으로 들어서는 입구가 나왔
다.

"왜 하필 토끼야?"

눈길을 허벅허벅 걸으며 김석근이 물었다.

"노루는 요물이라서 안 돼."

간단히 대답하면서도 이종옥은 필요 이상으로 머리를 세게
흔들었다. 노루를 잡아먹고 이튿날 폭발사고로 일개소대가 전
멸당했었다. 공비를 토벌하러 통고산에 주둔했던 1951년 겨울
이었다. 김석근은 다시 묻고 싶었다. 멧돼지나 산양이 나타나
면? 그러나 그럴 사이가 없었다. 잠시 그쳤던 눈이 다시 쏟아
지기 시작했다. 정흥재가 시린 눈길로 하늘을 올려다 봤다.

"되돌아가야 하는 거 아닌가요. 눈이 엄청 쏟아질 기미네요."

하늘이 무서운 속도로 빽빽하게 눈으로 채워졌다. 몇 년 동안 구경한 적 없는 눈이었다. 비집고 내려올 틈도 없어 공중을 헤매는 눈송이가 바람에 휩쓸려 일부는 능선 뒤로 새까맣게 곤두박질쳐 갔다.

"우리가 힘들면 토끼도 힘들겠지."

이종옥은 이를 악물고 걸음을 옮겼다. 온통 눈으로 가득 찬 계곡 위에 또 눈이 내리고 벌써 무릎까지 차올랐다. 계곡 안쪽으로 들어갈수록 김석근은 거대한 눈구덩이에 처박히는 느낌이었다. 방금 지나온 길이 부옇게 장막을 치는 눈발 너머에서 다시는 돌아갈 수 없는 길처럼 아득했다.

눈 덮힌 숲의 어디선가 쩍쩍 나뭇가지 부러지는 소리가 났다. 쌓인 눈을 이기지 못해 우듬지들이 비명을 지르는 것이었다. 그때였다. 나무들이 털어내는 눈가루 사이로 고요히 움직이는 잿빛이 있었다. 눈가루가 시선을 교란했지만 그것은 분명 토끼였다. 이종옥과 정흥재가 눈 위에 엎드려 총을 쐈다. 가까운 거리인데도 총알이 빗나갔다. 토끼가 산비탈 아래로 뛰었으나 멀리 도망치지 못하고 눈 속에 파묻혔다. 두 사수가 킬킬대며 일어섰다. 그러면서 다시 서서쏴 자세로 토끼를 겨냥하는 찰나였다. 총성이 여러 번 울리고 가까운 나무 위에서 눈가루가 날렸다.

"피해라!"

이종옥이 소리쳤다. 김석근은 벌써 엎드려 있었다. 눈 위에 불쑥 나타난 갈색 군복을 보았던 것이다.

"뭐야?"

"글쎄요."

김석근과 정홍재가 뺨을 눈 위에 댄 채 서로 얼굴을 마주 보았다.

"인민군이다."

"그래, 여자 같아요."

김석근이 머리를 쳐들었다. 갈색 군복이 눈 속에 두 발을 빠뜨리고 서 있었다. 권총을 쥔 손에서 찰칵거리는 소리가 났다. 실탄이 없어서 더 이상 격발되지 않았다.

"오호라, 토끼가 어디 숨었나 했더니 네가 바로 토끼로구나."

정홍재가 느글거리면서 일어섰다. 붉은 견장을 어깨에 차고 가죽 혁대로 허리를 잘록하게 두른 인민군 소좌였다. 작전 중에 폭설을 만나 낙오했으리란 게 한눈에 보였다.

"다가오지 마……."

여자가 다가가는 정흥재에게 권총을 던졌다. 정흥재가 얼굴을 틀어 간단히 권총을 피했다.

"벗어 이년아!"

"못 벗어 이 새끼야!"

여자가 앙칼지게 응수했다. 정흥재는 눈도 까닥하지 않고 허리춤에서 포승줄을 빼들었다. 그러자 여자의 입에서 성마른 소리가 나왔다.

"그러지 말고 어서 날 죽여."

정흥재는 들은 체도 않고 여자의 두 손을 묶었다. 인민군 여군관에게 눈길이 팔린 사이 등 뒤에서 탕, 총성이 울렸다. 이종옥의 총구에서 화약연기가 피어올랐다. 김석근은 깜짝 놀라서 이종옥의 총구가 가리키는 방향에 눈길을 던졌다. 아까 그 토끼였다. 즉사한 토끼의 몸에서 붉은 피가 흘러나와 눈을 적셨다. 그 모습을 보고 여자의 얼굴이 창백해졌다. 이종옥이 이빨을 드러내며 웃었고, 그 표정으로 김석근을 돌아보았다.

"똥포야, 이런 경우를 뭐라 하는 줄 아니?"

"이거야말로 두 마리 토끼를 잡은 거네 뭐."

김석근이 주저 없이 대답했다. 그 말에 정흥재는 포승줄을 쥔 채, 이종옥은 토끼 귀를 움켜쥔 채 허리가 빠져라 웃었다.

"가자 이년아."

정흥재가 포승줄을 잡아당겼다. 여자가 엉덩이와 발뒤꿈치에 힘을 넣어 버티었다. 김석근이 가세해서 포승줄을 잡아당기자 여자가 눈 위에 엎어졌다. 그 자세로 질질 끌려갔다. 끌고 가는 쪽이나 끌려가는 쪽이나 악다구니를 쓰는데도 푹푹 쌓이는 눈 때문인지 신파극의 한 장면처럼 우스꽝스러웠다.

"부대까지 갈 것도 없다. 전나무 숲에서 구워먹자."

이종옥이 토끼 귀를 잡아 빙빙 돌리며 말했다. 웃는 얼굴이었으나 그의 오른쪽 눈 밑에 난 깨알만한 물혹이 그날따라 유독 비극적인 인상을 풍겼다.

눈보라를 피해 전나무 아래 터를 잡았다. 맨흙이 나올 때까지 눈을 파헤치고 구덩이 양쪽에 말뚝을 박았다. 이종옥이 대검으로 토끼의 껍질을 벗기고 배를 갈라 내장을 발라냈다. 그동안 김석근은 땔나무를 해왔다. 정흥재가 기다란 꼬챙이로 토끼의 입과 똥구멍을 꿰어 말뚝에 걸었다. 나무에 묶인 포로가 죽여 달라고 계속 소리쳤다.

정흥재가 수통에 소주가 들었다고 했다. 부대를 빠져나올 때부터 일탈하려고 작정한 듯했다. 수통을 기울이고 익은 고기를 뜯는 동안 이종옥과 정흥재는 이상하게 말이 없고 조금은 우울한 표정이고 불안한 기색마저 보였다. 그러다가 이종옥의 입에서 먼저 말문이 터졌다. 보급품을 상습적으로 횡령하는 인물로 몇 사람을 지목해 장시간 욕하더니, 느닷없이 서울에 가서 어머니를 찾아내겠다고 했다. 정흥재는 휴전회담의 부당성을 되풀이해서 설명했다. 포로가 죽여 달라고 소리칠 때마다 그는 눈을 뭉쳐서 던졌고, 나중에는 가만히 있는데도 던졌다. 두 사람의 늘어난 말수에 놀라면서도 김석근 또한 무언가 지껄이고 있었다. 며칠째 계속되는 눈과 기이한 토끼사냥과 오랜만에 마시는 술이 뒤섞인 탓일까. 아니면 확전도 휴전도 아닌 모호한 소강상태를 말단 보병들이 겪어내면서 저도 모르게 생겨난 과민반응일지도 몰랐다.

김석근의 입에서 남인수의 노래가 흘러나왔다. 나머지 두 사람이 따라 불렀다. 음치인 정흥재가 악을 고래고래 쓰며 노래를 부르다가 힐끗 여자를 돌아봤다.

"너도 따라 불러."

"간나새끼야, 너나 불러."

"좋아 그럼 부르나 안 부르나 내기하자."

정흥재가 벌떡 일어나 여자에게로 다가갔다. 대검을 꺼내 여자의 웃옷 단추 사이에 끼워 넣었다.

"무슨 짓을 하려구?"

여자의 눈에 여전히 날이 서 있었다.

"노래 안 불러?"

정홍재가 대검을 위로 추어올렸다. 단추 하나가 툭 떨어졌다. 여자가 심하게 도리질을 쳤다. 고작 단추 하나 떨어지고 상의가 옆으로 조금 돌아갔을 뿐인데도 김석근은 야릇한 흥분을 느꼈다.

"어서 날 죽여라. 아니면 포로협정을 지키든지."

여자의 입에서 나온 포로협정이라는 말이 사태를 악화시켰다. 이종옥이 수통을 집어던지며 자리에서 일어났다. 여자에게 다가가 다짜고짜 사타구니를 발로 걷어찼다. 여자가 거품을 물고 신음했다.

"너희 같은 악질이 그런 말을 할 자격이 있냐. 포로에 대한 처우는 너희 방식대로 해줄께."

정홍재가 여자의 혁대를 풀었다. 김석근은 바지를 끌어내렸다. 각자가 일사불란하게 맡은 바 임무를 다했다. 그 순간만큼은 누구도 취해 있지 않았고, 취해 있지 않았으므로 한 사람씩 돌아가며 일을 마칠 때까지 수통을 기울여 취기를 보충했다.

전나무 숲을 나오자 눈을 제대로 뜰 수 없을 지경으로 눈보라가 휘몰아쳤다.

"저년을 어떻게 할까요?"

정홍재가 눈을 가늘게 뜨고 이종옥에게 물었다. 이종옥이 손가락으로 X자를 그었다. 정홍재가 전나무 숲으로 들어가자 이

내 총소리가 울렸다. 전나무 숲에서 눈가루가 날리고 까마귀 몇 마리가 푸드덕 공중으로 날아올랐다.

지칠 줄 모르고 눈이 내렸다. 눈이 내리고 또 내려 능선이 지워지고 계곡이 지워졌다. 시냇물이 지워지고 전나무 숲이 지워지고, 눈 위에 찍은 발자국이 지워졌다. 온통 백색으로 뒤덮인 세상이 김석근의 눈에는 거짓 풍경처럼 보였다. 정말 두 마리 토끼를 사냥한 것일까. 조금 전 야산에서 저지른 일조차 믿어지지 않았다. 모두 자신들이 무슨 짓을 했는지 골똘히 생각해 보는 얼굴이었다. 주둔지로 돌아오는 길에 세 병사는 말 한마디 없이 조용했다.

이제 창문을 닫아야 할 때

"그리스도의 사랑이 우리를 강권하시도다. 우리가 생각건대, 한 사람이 모든 사람을 위해 죽었은즉, 모든 사람이 죽은 것이니라."

드럼통 참호에서 들려오는 소리에 놀라 이종옥은 귀를 기울였다. 김용수였다. 며칠 전 진지를 사수하다가 죽은 김용수의 귀신이 성경책을 읊조리는 것이었다. 이종옥은 총구를 앞세워 소리 나는 쪽으로 걸어갔다. 교통호 어디쯤에선가 목소리가 정흥재로 바뀌었다.

"정 하사, 대관절 무슨 일인가? 그 성경책은 어디서 났지?"

"김용수의 유품입니다."

정흥재가 그답지 않게 쑥스러워하며 성경책을 덮었다. 확실히 뭔가 달라져 버린 정홍재였다.

"예수 믿으려고?"

"아아뇨, 심심하니 읽을거리를 뒤적이게 되는군요."

"김용수는 이상한 녀석이었지. 잠꼬대를 자주 했어. 간질을 앓는 기색이기도 했지. 그런데 지금 생각하니 김용수야말로 지극히 정상적이었던 거 같아. 우린 죽을 때 거의 어머니나 신의 이름을 부르지. 우리의 삶이란 그처럼 누군가를 의지하지 않으면 견딜 수 없다는 뜻 아닐까."

"우리 같은 인간을 위하여 당신의 목숨을 내놓았다는 게 예수입니다."

"이봐 정 하사, 우린 과연 누굴까? 왜 이 전쟁터에서 살아남기 위해 남을 죽여야 하지?"

"나도 이제는 공산당을 쳐부수려고 이 전쟁터에서 싸운다고는 말 못하겠습니다. 내가 살기 위해 다른 사람을 죽여야 하는 것이 서글플 따름입니다."

"그런데 우린 참 이상해."

"네?"

"우리는 누구나 다 비슷한 운명을 지닌 사람들 같아. 윤창열과 현상염 상사도 그렇고, 김석근 김용수도 그렇고, 자네나 나도 그래. 똑같다고는 할 수 없지만 비슷한 사람들이야. 모두 가난하고 지독하게 외로운 사람들이지. 애인 하나 제대로 없고 말야. 생각하는 거나 말하는 거나 다른 게 없어. 어쩌면 생김새까지도 비슷해."

"지지리도 운 없는 시대에 태어난 사람들이 우리지요. 후세 사람이 혹여 우리를 거록한다면 다 거기서 거기라, 한 사람만 기록해도 열 사람을 기록한 것과 같다고 말할 겁니다."

"우린 너무 많은 사람을 죽이고 너무 많은 죽음을 보다가 서로 닮아버린 거 같아."

상소리로 내려서는 계곡에서 총성이 수십 발 울렸다. 이종옥과 정흥재는 잠시 말을 끊고 그쪽을 내려다보았다. 어제 내린 눈에 위장하려고 외투를 흰색으로 뒤집어 입은 중공군 몇이 바위와 나무 사이로 나타났다 사라지곤 했다. 중공군 정찰대의 요란사격도 이젠 폭죽소리로밖에 들리지 않았다.

"제대하면 무얼 하실 건가요?"

정흥재가 화제를 바꿔 끊겼던 말을 이었다. 머지않아 전쟁이 끝나리라고 암시하는 말투 같았다.

"나는 우선 어머니를 찾아야 하네. 9·28 서울수복 때 내가 살던 돈암동 집에 갔었지. 어머니는 그때 피란 가셨는지 집에 계시지 않았어."

안타깝게도 이종옥은 그 이후로도 어머니 소식을 듣지 못했다. 편지를 부치기도 했지만 한 번도 답신이 없었다. 성장하면서 이종옥은 까닭 없이 홀어머니를 원망했었다. 어머니와 신문보급소 소장이 무슨 관계인 양 꿈에 나타난 것이야말로 근거없는 원망이었다. 사실 원망해야 할 대상은 어머니가 아니라 그 자신이었다. 그는 일찌감치 절망을 터득한 사람이었다. 이 세상에 잘못 태어난 사람의 운명이란 아무리 발버둥쳐도 불행을 벗어날 수 없으리란 게 그의 생각이었다. 그 절망이 군대와 살육으로 그를 내몰았다. 길을 잘못 들어선 걸 알았으니 이제 되돌아 나가야 할 때였다. 다시 가야 하는 길에 어쩌면 어머니가 기다리고 있을지도 모를 일이었다. 제대하면 어머니와 함께 가야 할 길을 가리라. 그 가는 길의 끝에서 어딘가에 살아계실 아버지를 만나게 되리라.

다시 총소리가 들렸다. 그러나 이종옥과 정흥재의 눈길을 끈 건 하소리 방향 남쪽 계곡에서 허벅허벅 걸어 올라오는 대대 연락병이었다.

"저 녀석이 무슨 말을 전하려고 직접 올까요?"

"글쎄다, 내가 알기엔 오늘 대대에서 아무 전화도 없었는데……."

이종옥이 손짓해서 연락병을 불렀다. 다가오는 연락병의 표정이 밝았다.

"무슨 좋은 일이 있구나. 네 얼굴에 그렇게 씌어 있어."

"좋은 일은요. 그저 그렇습니다."

"너 말고 바깥세상을 묻는 것이다."

연락병은 대대와 연대를 오가기도 해서 활동범위가 넓었다.

"금화 일대에 미군 공습이 극심합니다. 적군은 물론이고 마을 주민들까지 하늘이 무서워서 벌벌 떤다네요. 오죽하면 까마귀만 봐도 땅을 긴다는 말이 나돌 정돕니다. 마을에 떠도는 말로는 그 모든 재앙이 사당이 불타버려서라고 합니다."

"사당이 불에 타?"

"읍내리에 충렬사忠烈祠라고 삼백 년 된 사당이 폭격으로 날아 가버렸지요. 거기서 잠자던 중공군도 물론 사그리 흔적을 감췄고요. 문고리 하나 남아 있지 않았는데 묘하게도 타다 만 영정이 폐허에 굴러다니더군요. 거참 대들보도 태워버린 불길을 어찌 감당했는지."

"니가 꼭 본 거처럼 얘기하는구나."

"보았습니다. 연대에 가는 길이었으니까요."

"누구 영정이든?"

"홍명구라고 평안도 관찰사였습니다. 병자호란 때 청나라 군대와 싸우다 장렬히 전사했다더군요. 눈꼬리도 입매도 뺨도 아래로 축 처진 기이한 얼굴이었는데, 얼굴이 그 뭐랄까, 심하게 억울한 일을 당해 슬피 우는 것 같았어요."

　대대 연락병이 중대관측소를 다녀가고 곧바로 무전이 날아
왔다. 작전명령을 수령하러 오라는 것이었다. 전화를 거는 대
신 연락병을 보낸 건 그만큼 보안을 의식한 행위였다. 아니나
다를까, 내일 새벽을 기하여 저격능선에서 전격 철수한다는 것
이 중대장 김상봉의 전언이었다. 그것도 일시적인 철수가 아니
라 금화지역에서 작전을 종결하고 다른 지역으로 이동한다는
것이었다. 사단이 이동하는 대규모였다. 목적지는 집결장소인
사창리에서 알려준다고 했다.

　소대원들에게 작전종결을 알리자 전쟁이 당장 끝나기라도
할 것처럼 기뻐서 날뛰었다. 만세삼창을 부르고 철모나 반합뚜
껑을 꺼내 두드렸다. 이종옥이 몇 차례나 정숙을 강조했지만
흥분한 소대원들을 가라앉히기엔 미흡했다. 심지어 원산폭격
같은 얼차려를 주는데도 그들은 머리를 땅에 박은 채 웃음을
터뜨렸다.

　저녁 무렵, 먼 산봉우리들이 노을 속에서 불타올랐다. 남대
천에서 놀던 새들이 돌풍에 놀라 노을 쪽으로 날아갔다. 날이
어두워지자 소대원들은 부푼 마음으로 군장을 꾸렸다. 모두 소
풍 전날의 흥분에 사로잡힌 것 같았다. 이종옥은 그들을 보면

서 소풍 전날 삶은 계란 몇 알과 사이다를 보따리에 싸 주시던 어머니가 생각났다. 그때 촛불이 어른거리는 어머니 얼굴은 밝지 않았다. 중공군 정찰대가 또 총성을 울렸다. 낮에 정흥재가 제대 후에 할 일을 물었을 때 이종옥은 어머니 얘기만 했다. 어머니를 찾는 거 외에는 어떻게, 무슨 일을 하고 살아야할지 생각해 본 적이 없었다. 이종옥은 생각했다. 짐승이 죽을 때가 가까우면 처음 태어난 곳을 찾듯이 사람도 그의 고향을 찾는다. 고향이란, 그리고 어머니의 품이란 그가 평생 누렸던 기쁨의 시간보다 훨씬 달콤한 곳이 아닌가. 어머니와 함께 가야 할 길, 그 길이 어느 봄날 절집 마당에 내려온 햇살처럼 환하고 따듯했다. 다시 총성이 울렸다. 바로 그때 무언가 단단한 것이 이종옥의 가슴에 와서 박혔다. 손바닥을 그 자리에 대어보니 뜨듯했다. 이건 아니야. 이종옥은 속엣말로 중얼거렸다. 총알이 심장을 꿰뚫었다고 느끼는데도 이상하게 고통스럽지 않았다. 아니 고통스럽지 않은 게 아니라 항상 고통스러웠기 때문에 고통을 덜 느끼는 것 같았다. 몸이 나른한데 정신은 말짱했다. 놀랍게도 보이지 않던 것이 보였다. 수천, 수만의 새파란 나뭇잎들이 오성산 하늘에서 번들거렸다. 너무 많은 죽음을 봤지. 이종옥은 낮에 정흥재에게 건넨 말을 중얼거렸다. 검은 구름이 담요처럼 산과 들과 강에 펼쳐졌으나 죽음들을 덮기엔 턱없이 모자랐다. 세상에 태어나서 못 볼 것을 너무 많이 보았다. 이제 더러운 창문을 닫아야 할 때였다.

어디 가나 중공군이 있었다

　사창리로 행군하는 발걸음이 가벼웠다. 첫눈이 녹아 질척거리는 길 위에서 병사들은 개선 대열처럼 환한 얼굴이었다. 양지리 저수지에 이르자 드물게 농가가 이어지고 마른 수숫대와 덤불만 남은 전답이 보였다. 그곳은 금화와 철원의 접도구역이었다. 저수지를 지나면서 누군가 진저리쳤다.

　"중공군 새끼들 정말 지겨웠어. 하루가 일 년 같았네. 오성산이 보이는 금화 쪽으론 오줌도 누지 않겠어."

　길을 꽉 채우고 지나가는 국군이 무서운지 마을 사람들은 슬금슬금 자리를 피했다. 전쟁이 스쳐간 여느 마을과 마찬가지로 늙거나 어린 아이거나 병든 사람들뿐이었다. 윤창열은 그들이 어느 편인지 구별할 수 없었다. 전쟁이 발발하기 전까지 철원은 노동당사가 있는 이북 땅이었지만 마을 사람들 어디도 이념의 편향을 떠올릴 구석이라고는 없었다. 양지리 저수지에 깃든 겨울 철새가 평화롭게 물 위에서 노닐었다. 모든 게 본디 정처 없으니 사는 곳이 고향이라고 철새들은 말하고 있었다.

철원에서 화천의 사창리로 넘어가는 경계지점인 말고개에서 점심을 먹었다. 부식차가 주먹밥과 콩나물국을 탄약상자에 실어왔다. 개전 초 국군과 인민군의 피비린내 나는 격전지였던 말고개에 밥 냄새가 좍 퍼졌다. 저격능선에서 제대로 먹지 못한 병사들은 양지 바른 곳에 밥그릇을 들고 가서 걸신들린 듯 먹었다. 정흥재만 밥그릇을 외면했다.

"잊어버려. 전쟁이 아니라도 사람이란 만나고 헤어지는 법이야."

윤창열이 다가가서 이종옥의 전사를 언급했다. 얼굴을 먼 산으로 향한 채 정흥재는 침묵했다.

"여러분, 저격능선에서 정말 고생 많았다. 여러분이 흘린 피를 대한민국은 영원히 잊지 않을 것이다. 돼지고기와 막걸리가 사창리에서 여러분을 기다리고 있다."

대대장의 목소리가 메가폰으로 들려왔다. 사창리에서 회식을 벌인다는 소리에 병사들은 밥그릇을 두드리며 환호했다. 정흥재는 끝내 숟가락을 들지 않았다. 정흥재의 밥을 신병이 먹었다.

작전 중인 미군 트럭이 대낮인데도 전조등을 환하게 켜고 말고개로 올라왔다. 트럭이 줄잡아 이십 대도 넘어 보였다. 그들은 포천으로 가는 미 25사단 소속 보병이었다. 미군들이 트럭에서 던지는 껌이며 캐러멜을 받으려 신병은 물론 하사관도 이리저리 몰려다녔다. 그 광경을 보고 미군들은 손가락으로 V자를 그리며 유유히 멀어져갔다.

"야 이 쌍, 니들 국군 얼굴에 똥칠하기냐."

대대장의 메가폰에서 거친 욕설이 쏟아졌다.

땅거미가 져서야 대대는 사내면 사창리에 도착했다. 1952년 11월 25일 새벽 6시, 어둠 속에서 9사단 28연대 소속 보병들과 임무를 교대하고 오성산 저격능선을 떠난 지 한나절이 걸린 셈이었다. 주둔지로 정한 사창리국민학교로 다른 대대와 포병부대가 속속 도착했다. 모처럼 연대가 한데 모였다.

대대장은 돼지고기를 준비했다지만 운동장 한켠으로 사지를 절단당한 말고기가 보였다. 취사병들이 도끼를 휘둘러 꽁꽁 언 말고기의 뼈를 빠개고 식칼로 내장을 발랐다. 가마솥에서 말국이 펄펄 끓고 누린내가 어둑신한 운동장에 가득 퍼졌다. 운동장 한가운데 놓인 드럼통에 막걸리가 철철 넘쳤다. 운동장의 찬 땅바닥에 주저앉아 병사들은 뜨거운 말국과 차가운 막걸리를 번갈아 마셨다. 연단에서 장기자랑이 벌어졌다. 김석근이 오래된 애창곡인 남인수의 '감격시대'를 불러 앙코르를 받았다. 장기자랑 중간에 연대장 김필상이 연단에 올랐다.

"제군들, 전쟁이 곧 끝날 거 같다. 이건 정말 믿을 만한 소식통의 얘기다. 그동안 전방에서 싸우느라 수고 많았다. 중공군하고 싸우느라 제대로 먹지도 못한 거 잘 안다. 그러나 앞으로는 사정이 다르다. 여기서는 정량을 찾아먹을 수 있다. 쌀밥도 먹게 될 것이다. 지금 각 전선에서 중공군들이 밀리고 있다. 이 녀석들은 지금 휴전을 원하지만 어림없다. 제군들도 알다시피 우리가 원하는 건 통일 아니냐."

연대장의 목소리는 곧고 우렁찼다. 전쟁이 끝나리란 소리를 주의 깊게 듣지 않을 병사는 없었다. 천둥 같은 침묵이 운동장에 감돌다가 이내 환호성과 박수가 터져 나왔다. 윤창열도 연대장의 일장연설에 고무되어 손뼉을 치며 즐거워했다.

그때만 해도 전쟁이 끝날 때까지 사창리에 머물 줄 알았지 고작 열흘 묵고 전선으로 떠나리라고는 생각지도 못했다. 휴전이 성립된 것은 그로부터 무려 팔 개월 후였다. 전선마다 중공군이 떼로 몰려들고, 하루가 일 년 같았다.

그 후에

　휴전회담은 최대의 쟁점인 전쟁포로 문제로 2년여 동안 지리멸렬했다. 북측은 제네바 협정 제118조에 따른 전원송환을, 남측은 개인권리의 불가침을 내세워 개별송환을 주장했다.

　휴전회담의 지연으로 전쟁은 소모적인 장기전의 양상으로 변모했고, 어떤 살상도 무의미해졌다. 한국군 보병 제17연대는 이 와중에 저격능선 전투를 치렀으며, 1953년 7월 27일 정전협정이 타결될 때까지 백마고지와 활촉고지 전투에서 싸워야 했다. 정전협정의 서명자는 UN군 사령관 마크 클라크와 북한 인민군 총사령관 김일성, 그리고 중국 인민지원군 사령관 펑더화이였다.

　윤창열은 전쟁이 끝나기 3주 전인 1953년 7월 4일, 하사관을 장교로 채용하는 현지임관으로 육군 소위에 임관했다.

1968년 4월 3일 강원도 화천에 있던 7사단에서 대위로 예편한 그는 선박회사에서 55세까지 근무하다가 퇴사했다. 공산주의를 반대하는 시위에 종종 참가하는 윤창열은 서울 종로구 신영동에 살고 있다.

김석근은 1954년 2월 육군 상사로 제대했다. 김석근은 가수가 되지 못했지만 일본어 학원에서 인기강사로 활동했다. 수입이 좋았던 그는 거금을 주고 이탈리아제 파울로 쏘프라니 아코디언을 구입했는데, 여러 사람 앞에서 연주하는 것을 일생의 낙으로 여겼다. 17연대 전우회 회장인 김석근은 서울 노원구 중계동에 살고 있다. 김석근은 최근 수도 탈환 기념탑 건립을 유치하는데 총력을 기울이며 남은 생을 살고 있다.

정홍재는 1954년 갑종간부 보병학교에 입교했다. 그 후 중위로 제대한 그는 서울 을지로 방산시장에서 식료품점을 했으며 한때는 지물포를 경영했다. 정홍재는 이따금 폭탄이 떨어진다고 소리치면서 책상 아래 숨곤 했는데, 신경정신과 의사는 그런 그에게 '외상 후 스트레스 장애PTSD'라는 진단을 내렸다. 정홍재는 경기도 가평에서 인민군 여자 군관을 강간하고 총살한 일을 회고하면서 자주 눈시울을 붉혔다. 독실한 기독교 신자였던 그는 2003년 별세, 고향인 경기도 장호원에 묻혔다.

장현순은 1954년 제대하여 기능공이 되었다. 나중에 그는 서울 원효로에서 밀링 선반 공장의 사장으로 성공했다.

저격능선 전투는 휴전회담이 타결돼가는 시점에서 다시 불붙었다. 그 전투에서 국군은 중공군에게 저격능선을 빼앗겼다. 저격능선을 빼앗긴 사단은 A고지와 돌바위고지를 인수한 9사단이었다. 저격능선 전투는 처음부터 중공군이 유리했다. 저들은 1062미터의 높이인 오성산을 선점하여 600미터 안팎인 A고지와 Y고지, 돌바위고지를 내려다보며 싸웠다. 미군의 압도적인 화력과 국군의 투지가 맞물리지 않았다면 균형조차 이룰 수 없었을 전투가 저격능선 전투였다. 뺏고 뺏기기를 거듭하던 저격능선이 북한 땅에 귀속된 건 순전히 휴전회담 타결의 결과였다. 그러나 저들 중화인민공화국 정부는 저격능선과 삼각고지 전투를 묶어 상감령 대첩이라 이름 붙여, 제국주의와 마지막으로 싸워 이긴 전투라고 의미를 부여한다. 저들의 1950년대는 '어려움을 극복하고 조국과 인민의 승리를 위해 봉헌하는 상감령 정신'이 거대한 중국을 풍미한 시대였다. 1956년, 이 전투를 소재로 만든 영화 '상감령'의 마지막을 장식한 노래 '나의 조국我的祖國'은 중국인의 열창곡이 됐고, 노래를 부른 꿔란잉은 인민가수의 칭호를 얻었다. 그로부터 50년이 지난 2008년 베이징 올림픽 개막식 때였다. 중국의 한 어린이가 국립경기장 한복판에서 나와 또 그 노래를 불렀다. 그 순간 205

개국의 귀가 그 어린이에게 쏠렸다. 중국 국가인 의용군행진곡이 울려 퍼지기도 전이었다. 물론 그 어린이는 중화인민공화국 정부가 심사숙고해서 발탁한 아이였을 것이다. 아직도 13억 중국인의 애국심을 움직이는 노래의 진원지가 한반도라니!

김화, 옛사람들이 금화라 부르는 동네를 아는 사람은 드물고, 오성산 저격능선을 아는 사람도 드물다. 금화, 요즘 사람들이 김화라 부르는 동네를 때때로 옛사람들이 방문한다. 그들, 6·25전쟁 참전용사들이 금화에 와서 찾는 곳은 승리전망대이다. 망원경을 눈에 대고 철조망 너머를 살펴본다. 저격능선에는 아직도 나무들이 잘 자라지 않는다. 망각의 다른 이름은 추억의 황량한 모습인 것이다.

나뭇잎 병사에 나오는

6·25전쟁 때 사용 했던 무기

한스하우스 편집부 / 자료 정리

1. 아식보총 (M1891 Mosin Nagant Rifle)
6 · 25전쟁 때 사용국 : 인민군, 중공군

아식보총으로, 혹은 총소리를 흉내 내어 따쿵총으로 부른, 공산권 보병의 개인화기이다. 명중률이 높아 국군과 연합군을 공포로 몰아넣은 장본인이다.

이 총의 개발자는 소련 장교 세르게이 이바노비치 모신(Sergei Ivanovich Mosin)이다. 이 총은 러일전쟁 때부터 시작해서 공산혁명과 내전, 세계 1, 2차대전을 거치는 동안 대량생산을 멈추지 않았다. 특히 독일이 불가침조약을 파기하고 소련을 침공한 1941년부터 종전시기인 1945년까지 174만여 정이나 쓰였다. 대량생산을 위주로 개발된 저렴한 가격의 소총이지만, 내구성이 좋아 공산권에서 널리 애용한 개인화기이다.

3. 536 무전기 (SCR- 536 Handle-Talkie)
6 · 25전쟁 때 사용국 : 국군, 연합군

모토롤라에서 생산한 최초의 무전기이다. 이 무전기는 2차 대전 이래 소대 단위의 부대에서 주로 사용했다.

3. HMG 중기관총 (M1917 Heavy Machine Gun)
6 · 25전쟁 때 사용국 : 국군, 연합군

윤창열과 장현순이 다룬 무기로, 공용화기 혹은 지원화기라 불렀다. 윤창열은 화기중대 중기관총 반장, 보병 소대 선임하사와 소대장을 역임했으나 무기와 관련한 보직으로는 아무래도 HMG 사수이다.

거치대 포함 중량 30kg 이상에 차마(車馬)로 견인하며, 보통 중대 단위에서 운용되는 기관총을 중기관총이라 명명했다. 수냉식인 브라우닝 M1917 중기관총은 기관총의 놀라운 성능을 보여주는 가장 대표적인 무기이다. M1917 중기관총은 그 이전까지 중기관총을 대표했던 맥심의 성능을 넘어선다. 맥심을 기반으로 만들어진 중기관총들보다 훨씬 가볍고, 조준기를 개량해 정확도가 높고, 내구성이 탄탄한데다, 중기관총의 성능을 결정하는 지속사격능력까지 갖췄다.

4. M1 소총 (M1 Garand Rifle)
6 · 25전쟁 때 사용국 : 국군, 연합군

윤창열이 국방경비대 소속 선로감시원에게서 처음 건네받은 소총이다. 보병 17연대뿐 아니라 국군이 가장 많이 사용한 소총이다. 그러나 개전 초에는 이 총을 충분히 보유하지 못해 신병들에게 다 지급할 수 없었다.

1932년 매사추세츠 스프링필드 무기 조병창의 민간인 기사 존 캔티우스 개런드(John Cantius Garand)가 개발한 이 총은 최초의 반자동 소총이다. 볼트 액션식 소총은 발사 후 노리쇠를 수동으로 후퇴해야만 탄피가 제거되고 다음 탄을 발사할 수 있지만, M1 소총은 자동으로 탄피가 배출되어 방아쇠만 당기면 다음 탄을 사격할 수 있었다.

5. 99식 소총

6 · 25전쟁 때 사용국 : 국군, 인민군, 중공군

윤창열이 신병훈련소에서 지급받은 소총이다. 이 총을 남북한과 중국이 사용한 것은 일본의 패망과 무관하지 않다. 일본에 적대적이었던 나라가 이 총을 노획했던 것이다.

일본의 주력 개인화기였던 이 볼트액션 소총의 개발자는 아리사카 나리아키라이다. 99식 소총은 기존의 주력 소총이던 38식 소총에 좀 더 강력한 탄환인 7.7x58mm 아리사카탄을 삽탄하도록 만든 것이다. 38식이나 99식이나 볼트액션식이라는 데 다름이 없다. 38식이라고 이름 부른 이유는 메이지 38년, 즉 1906년부터 일본군이 채용한 총이라는 뜻이다.

6. 대검 (M1942 Garand Bayonet)

6.25 때 사용국 : 국군, 인민군, 중공군

소제목 '가죽장화와 긴 칼'에서 현상엽은 훈련소 똥통에 빠진 대검을 찾으려 똥물에 몸을 담근다. '보병이 쓰는 무기'에서 현상엽이 인민군 경기관총 사수를 제거한 무기이기도 하다.

소총에 장착하는 대검은 꼬챙이 형과 단검 형이 있다. 19세기 이전의 총에 장착한 대검은 근접전에서 상대를 찔러야 했으므로 기다란 꼬챙이 모양이었고, 창의 기능을 했다. 20세기에 이르러 총기의 성능이 발달하면서 대검의 길이는 단검 수준으로 줄어든다. 그러나 6 · 25전쟁에서 대검은 매우 필요한 무기로 등장한다. 그 이유는 전쟁이 진지전으로 변모하면서 백병전을 치러야 했기 때문이다. 총알이 다 떨어진 후에는 대검이 있고 없고의 차이가 병사들의 생사를 갈랐다.

7. 박격포 (M2 60mm Mortar, M1 81mm Mortar)

6 · 25전쟁 때 사용국 : 국군, 연합군

김석근이 용산훈련소에서 지급받은 무기이다. 김석근은 박격포 소대 반장, 중대 교육계, 소대 선임하사 등을 역임했지만 무기와 관련한 보직으로는 아무래도 60mm 박격포 포수이다.

박격포는 보병이 간편하게 휴대할 수 있는 대표적 곡사화기다. 박격포는 포구에 삽입한 포탄이 자체 무게로 낙하하여 공이에 부딪히면서 발사되는 단순한 구조이다.

곡사포의 폐쇄기나 주퇴복좌기 같은 복잡한 구조의 부품은 박격포에 없으며, 장전이나 탄환 발사에 필요한 별도의 장치도 없다. 60mm 박격포는 프랑스의 화포제작자 브랑드(Edga Brandt)가 설계한 것을 미국이 사용계약하여 생산했다. 이 박격포가 바로 제식명 M2 박격포이며 1938년부터 미국에서 생산됐다. M2 박격포는 국군이 정식 창설되기 이전인 조선경비대 시절 미군이 제공하여 6 · 25전쟁 개전 전에 487문을 보유하고 있었다.

81mm 박격포는 대대에서 중대를 지원하는 공용화기이다. 러시아를 비롯하여 구공산권 국가들은 구경 82mm급 박격포를 사용한다. 장갑차나 차량에 탑재하거나 보병이 이동 장비 없이 운용하는 곡사화기이다. 박격포 구경이 60mm가 넘고 100mm를 넘지 않는 박격포들을 흔히 중(中)박격포라고 한다. 우리나라에서 최초로 운용한 박격포는 미국의 M1 81밀리 박격포로, 1949년 주한미군이 철수하면서 284문을 처음으로 인수했다. 소제목 '죽음의 오차'에서 연대장 백인엽이 부포에서 사용한 박격포가 이 81mm이다.

8. 콜트권총 (Colt M1911/M1911A1)

6 · 25전쟁 때 사용국 : 국군, 연합군

소제목 '유행가와 정치'에서 나오는 권총이다. 취사장에 묶여 있던 개를 17연대 장교들이 이 총으로 쏘아 죽였다. 미국 총기의 아버지 존 브라우닝(Browning, John Moses)이 1900년, 콜트사와 협력하여 권총을 개발했는데, M1911의 시초인 M1900이다. M1900은 권총 중에서 최초로 슬라이드와 총열을 결합했다. 세계 1차대전 때 머군은 M1911을 다시 개량하여 M1911A1을 생산한다.

9. 상륙함LST (Landing Ship Tank)

6 · 25전쟁 때 사용국 : 국군, 연합군

보병 17연대를 옹진 전선에 투입시킨 배였다. 개전 초기 옹진에서 고립된 국군 보병 17연대를 구출한 배도 이 상륙함이다. 6 · 25 전쟁이 발발했을 때 한국 해군의 구출작전이 없었다면 인민군에 전멸당했을 것이다. 그 3개월 후 인천상륙작전에 참여한 17연대는 다시 상륙함을 탄다.

LST는 2차 대전 영국의 영광과 치욕을 동시에 보여주는 '덩케르크 철수'로부터 탄생했다. '병력이나 군수품, 심지어 전차나 수륙양용차 같은 거대한 덩치를 싣고 해안까지 접근할 수 있는 배'가 필요했던 것이다. 제2차 세계대전은 연합군의 상륙작전을 빼놓고는 이야기할 수 없고, 상륙작전에서 LST를 빼놓고는 이야기할 수 없다. 특히 상륙작전 직후 확보한 교두보에 인원과 물자를 나르는 것은 LST가 아니고는 불가능했다.

10. 중화포 (M2A1 105mm 곡사포, 155mm M1곡사포)

6 · 25전쟁 때 사용국 : 국군, 연합군

M2 곡사포는 제2차 세계대전 당시 근대 포병의 교과서라 불리던 프랑스제 M1897 75mm 포의 후신으로, 1934년 미국에서 처음 개발된 105mm 곡사포의 베스트셀러. 1940년에 미군이 사단포병용으로 채용한 야포이기도 하다. M2A1 곡사포는 1950년 7월부터 한국군이 인수, 같은 해 9월께부터 6 · 25전쟁 당시 우리 육군의 주력 곡사포가 됐다. 155mm M1포는 1941년 12월 7일 진주만공습을 계기로 미국이 본격적으로 2차 대전 참전하면서 대량 생산했다. 부품의 규격화로 대량생산이 유리하고 필요없는 부분은 과감히 없앤 간략하고 실용적인 설계와 포신의 발사수명이 10000발 정도였기 때문에 꽤 장기간 운용이 가능했으며, 완충장치를 손쉽게 교체할 수 있는 점도 크게 작용했다.

11. 방망이수류탄 (Stick Grenade)

6 · 25전쟁 때 사용국 : 인민군, 중공군

방망이 수류탄의 원조는 독일제 'M24 Stielhandgranate'이다. 소련군을 비롯하여 공산권 군대 대부분이 이 수류탄이나 이 수류탄의 유사품, 혹은 개량품을 사용했다. 수류탄은 개인화기가 부족한 군대에서 요긴하게 사용할 수 있는 값싼 무기였으며, 산악이 많은 한반도에 효과적인 무기였다. 저격능선 전투에서 중공군이 소총 다음으로 빈번히 사용한 무기가 이 방망이수류탄이다. 오죽하면 17연대 보병들이, 오성산에 수류탄공장이 있다고 믿을 정도였다. 손잡이가 달린 원뿔형 몸통 안에 폭발물을 충전했으며, 기폭장치와 연결한 줄을 잡아당기고 나서 적에게 투척했다.

12. T-34/85 중(重)전차

6·25전쟁 때 사용국 : 인민군

'죽음의 오차'와 '무적탱크'를 비롯하여 여러 군데에서 언급한 전차이다. T-34 전차는 탱크라는 이름으로 우리에게 더 잘 알려졌다.

T-34 전차는 1940년부터 1958년까지 소련제 전차를 대표하는 전차이기도 하다. 하르코프(현재 우크라이나의 하르키우)에 있는 말리체프 공장에서 처음 제작된 이 전차는, 1, 2차 대전 내내 붉은 군대 기갑의 대들보 역할을 했으며, 이후에도 공산권 국가에 널리 퍼졌다. 세계에서 두 번째로 많이 만든 전차라고 한다. T-34/85의 85는 포의 구경인데, 1944년, 기존의 전차포보다 구경이 넓고 강력한 85mm 주포를 장착한 데서 유래했다.

13. M9A1 2.36인치 바주카포

6·25전쟁 때 사용국 : 국군, 연합군

소제목 '죽음의 오차'에서 인민군 T-34 전차에 처음으로 대항한 대전차 화기이다. T-34의 장갑을 뚫지 못해 대전차 화기로는 무용지물이었다.

2.36인치 바주카포는 대전차 화기의 하나이다. 미국 병기국의 레슬리 스키너와 에드워드 울이 금속제 발사관과 전기식 격발장치를 사용하는 바주카포를 1942년에 만들었다. 병기국의 다른 직원인 모하우프트는 보병의 대전차 무기로 성형작약탄을 제작했다. 모하우프트의 M10 유탄은 중량이 3.5파운드로 손으로는 제대로 던질 수 없는 무게였다. 모하우프트의 유탄을 바주카포에 장착하자 강력한 대전차 무기로 거듭났다. 바주카라는 이름은 코미디언 밥 번즈가 사용하던 나팔 이름에서 따왔다고 한다.

14. 세열수류탄 (MK-2 Grenade)

6·25전쟁 때 사용국 : 국군, 연합군

보병 17연대는 이 세열수류탄을 소지하고 전장에 나섰다. 신병에게 지급할 개인화기가 없을 때도 이것만은 지급하여 전장에 내보냈다. 미군이 2차대전 때 가장 많이 사용했던 파인애플 모양 혹은 솔방울 모양 수류탄이다. 폭발할 때 파편이 퍼져서 살상범위를 늘리려 철제 몸통에 요철을 냈다.

15. 체코제 경기관총 (ZB26 경기관총)

6·25전쟁 때 사용국 : 인민군, 중공군

체코슬로바키아군은 1919년부터 경기관총을 만들었다. 체코군이 제식 채용한 건 1926년에 브루노 병기창에서 개발한 ZB26 경기관총이었다. ZB26은 당시 매우 우수한 명총으로 자리잡았다. 이 총의 중량은 8.9kg으로 타국의 경기관총과 비교해 가벼웠다. 가스압 작동방식이었으며, 독일제 7.92×57mm 마우저탄을 그대로 사용했다. 총신은 300발 정도를 발사해도 과열되지 않았다. ZB26의 최대의 특징은 '고장 나지 않는다'는 것이었다. 그러면서도 가격이 저렴하여 각국에서 수출거래 문의가 들어왔다고 한다.

16. 파파샤 따발총 (PPSh-41)

6 · 25전쟁 때 사용국 : 인민군, 중공군

근접전에 주로 사용했던 기관단총이다. 소제목 '꽃상여가 지나갔다'에서
인민군 패잔병이 마을을 수색하는 국군을 향해 난사한다.

기관단총은 말 그대로 소구경 기관총으로서 권총 탄환을 사용하는 자동화기이
다. 세계 2차대전 때 소련은 독일이 주도한 바르바로사 작전에 큰 손실을 보고 퇴각하는데, 그때 등장한 기관총
이 바로 슈파긴이라는 기술자가 개발한 PPSH-41이라는 기관단총이었다. PPSH-41은 PPD-40을 더 간략화하
여 대량생산이 용이했다. 급조한 총인데도 성능이 좋아 소련은 이 PPSH-41을 기관단총으로 채용했다.

17. TT권총 (Tokarev TT33)

6 · 25전쟁 때 사용국 : 인민군, 중공군

소제목 '보병이 사용하는 무기'에서 표현하듯 공산권 군대와 전투한 국군이 가장 노획하고
싶어 했던 무기이다. 그 이유는 몰래 소지해도 쉬이 발각 나지 않는 크기였기 때문이리라. 국군은
이 총을 떼떼 권총이라 불렀다.

표도르 토카레프가 개발해 툴라 조병창에서 생산했으므로 툴라 토카레프라 호칭하는 권총이다. 기본 구조는 미
국 권총인 M1911과 비슷하지만, 공이치기와 시어 등 격발장치를 한데 묶어 부품수를 줄였는데, 안전장치를 거의
다 제거할 정도로 단순화에 치중했다. 이런 단순성 때문에 대량생산이 가능했고, 질보다 양을 추구하는 소련 특
유의 정책에 힘입어 2차 대전 중에 소련군 권총으로 활약한다.

18. 카빈소총 (M1 Carbine Rifle)

6 · 25전쟁 때 사용국 : 국군, 연합군

M1 개런드 소총과 더불어 국군이 가장 많이 사용한 개인화기이다.

M1 카빈은 제2차 세계대전, 6 · 25전쟁 동안 미군의 표준 화기였던 경량 반자동 카빈총이다. 성능은 좋지만 너
무 길었던 M1 개런드와, 근접전에 효과가 있었으나 너무 무거웠던 M1A1 톰슨 기관단총의 장단점을 보완하여 만
든 소총이다. 그러나 이것도 저것도 아닌 채 명중률과 총탄의 위력이 떨어진다는 비판도 따랐다. M1 카빈총은
무전병, 탱크와 차량의 승무원, 포병, 공병대, 공수부대 등 일선에서 전투를 본격적으로 치르지 않는 보직의 병사
들이 사용했다.

19. 무스탕 (The North American P-51 Mustang)

6 · 25전쟁 때 사용국 : 국군, 연합군

오스트레일리아 공군이 6 · 25전쟁에 참전하여 평택역 오폭사건
을 일으켜 유명해진 전투기이다. 오스트레일리아 공군뿐 아니라 연합국의 전투기는 오폭이 잦았는데
기체의 결함보다는 한반도 지형에 익숙하지 않았던 탓이다.

노스아메리카 항공의 P-51 무스탕은 제2차 세계대전 중반에 등장한 연합군의 장거리 단좌 프롭 전투기였으며,
미 공군의 주력전투기였다. 지속비행거리가 다른 전투기들에 비해 매우 길어 연합군 폭격기를 호위했으며, 태평
양전쟁에서는 일본 공군과도 싸웠다. 제2차 세계대전 이후 6 · 25전쟁 초반에 유엔군의 주요 전투기로 활약했으
나, 그 후 제트 전투기에 의해 대체되어 주로 지상 폭격 임무를 맡았다.

20. 야전삽

6·25전쟁 때 사용국 : 국군, 연합군, 중공군

　　중공군의 비밀병기는 야전삽이었다. 그만큼 중공군은 흙을 파는 데 쓰는 이 작은 삽을 잘 사용했다. 물론 삽과 함께 달린 곡괭이도 잘 사용했다. 6·25전쟁은 1951년부터 진지전, 혹은 고지쟁탈전으로 변모한다. 항일전쟁과 국공내전을 거치면서 참호를 파고 진지를 구축하는 데 이골이 난 중공군은 그 전력을 6·25전쟁에 다시 활용한다. 소제목 'Y고지'에 그에 대한 묘사가 있다. 일설에는, 휴전선 북쪽 비무장지대에 4000 km에 이르는, 이른바 '지하만리장성(地下萬里長城)'이라 명명한 거대한 요새가 있다고 한다.

21. 화염방사기 (Flame Thrower)

6·25전쟁 때 사용국 : 국군, 연합군

진지전 위주로 진행되는 전투에서 사용한 무기가 화염방사기였다. 화염방사기는 1898년 독일의 기술자 R.피틀러가 개발했다. 연합군은 독일군의 화염방사기를 모방하여 여러 종류를 개발했다. 네이팜을 이용한 미군의 화염방사기는 액체가 목표물에 점착되면 오래 탔다.
화염방사기는 교전거리가 짧아 저격수의 표적이 되기 쉬우므로 현대전에서는 쓰이지 않는다.

22. 57밀리 무반동총 (M18, 57mm Recoilless Rifle)

6·25전쟁 때 사용국 : 국군, 연합군

소제목 '무적탱크'에서 T-34 전차의 측면을 타격하여 1대를 격파한 대전차화기이다. 정면이나 후면을 타격해서는 인민군 탱크를 뚫기 어려운 성능이라는 얘기이다.
무반동총은 대표적인 대전차 화기이다. 반동이 없는 강선화기(Recoilless Rifle)인 무반동총은 총신(포신)의 반동을 없애기 위해 탄알(포탄·탄자)이 앞으로 나가는 힘과 장약에 의한 가스가 뒤로 나가는 힘이 같도록 설계한 화기이다. 6·25전쟁이 발발하자 국군은 인민군의 T-34 전차에 고전을 면치 못했다. T-34의 두꺼운 장갑을 뚫을 대전차 화기가 없었던 탓이다. 이때 대전차화기로 미국으로부터 인수한 무기가 57mm무반동총이었다. 57mm무반동총은 75mm 무반동총에서 착안하여 미국에서 개발했는데, 구경은 작았지만 탄두의 회전으로 명중률이 비약적으로 상승했으며, 유효사거리가 크게 증가했다.

23. GMC 트럭 (CCKW-353A2 2.5톤 지미 트럭)

6·25전쟁 때 사용국 : 국군, 연합군

6·25전쟁때 병력과 군수품을 수송한 미제 차량이다. 청주 외곽에서의 전투에 패배한 보병 17연대 2대대 생존자를 이 트럭이 보은으로 실어 날랐다.
전쟁이 확대되면서 수송차의 공급이 달리자 일제 도요타 트럭이 GMC를 대신했다.

24. TS-10 전화기
6 · 25전쟁 때 사용국 : 국군, 연합군

6 · 25전쟁 때 적과 대치한 전선에서 사용하던 전화기이다. 중대와 소대, 소대와 소대를 유선으로 연결한 전화기로서, 무전기의 취약점인 감청의 위험에서 벗어나고자 이 유선 송수화기를 사용했다.

25. 3.5인치 휴대용 로켓포 (M20 3.5인치 슈퍼바주카포)
6 · 25전쟁 때 사용국 : 국군, 연합군

6 · 25전쟁 때 처음 등장한 소련제 T-34 전차는 장갑이 대폭 강화되어, 기존의 M9A1 바주카포로는 격파할 수가 없었다. 이에 'M20A1 슈퍼바주카'가 탄생하였다. 89mm(3.5인치) 구경의 탄두는 200mm의 장갑을 관통했다. 사정거리도 150m 정도 늘어났다.

26. 자주포 (SU-76 자주포)
6 · 25전쟁 때 사용국 : 인민군, 중공군

자주포는 그 외형이 전차와 흡사하며, 전차 대부분이 차마의 견인에 의존하는 것과 달리 말 그대로 스스로 움직이는 대포이다. 2차 세계대전 당시 러시아군의 자주포들 이름 앞엔 대부분 SU라는 것이 붙었는데, 이 SU란 자주포란 뜻이다. 이 자주포에는 고리키 포병창에서 설계한 M1942(ZIS-3) 사단포를 부착하였다. 이 포는 자타가 공인하는 걸작이었다. 소련은 6 · 25전쟁에 자주포 176문을 인민군에 지원했다. 당시 자주포를 처음 본 국군이 SU-76M를 전차로 착각하였으므로 윤창열과 김석근이 목격한 전차도 일부는 자주포일지 모른다. 국군 6사단은 홍천 말고개에서 57mm 대전차포로 이 자주포를 격파하여 인민군의 남하를 지연시켰다.

27. 산포 (M-1938 76mm Mountain Gun)
6 · 25전쟁 때 사용국 : 인민군, 중공군

M-1938 76밀리 산포의 원형은 1936년 처음 생산된 체코슬로바키아의 75밀리 Skoda C5이다. 소련은 Skoda C5를 사용계약하여 1938년부터 레닌그라드 포병창, 키예프 병기포병창에서 생산했다. Mountain Gun이란 이름에서 알 수 있듯이 산악전에 운용한 대포이다. 산악에서 동물이나 사람이 3개나 10개의 구성품으로 쉽사리 분리하도록 설계했다. 이름은 Gun이지만 실제로는 Gun이 아니라 곡사포(Howitzer)이다.

28. 곡사포 (M-30 122mm 곡사포 M1938)

6 · 25전쟁 때 사용국 : 인민군, 중공군

박격포는 보병이 운용하는 공용화기이고, 곡사포는 포병이
운용한다. 122mm 곡사포는 소련을 대표하는 무기이다.
1930년대 후반, 표도르 페트로프가 이끄는 모토빌리하 공장의
설계국에서 개발하여 1939년에서 1955년까지 생산했다.
이 122mm은 6 · 25전쟁 때 인민군의 주력 곡사포였다.

29. 쌕쌕이 (F-80 슈팅스타와 F-86A 세이버)

6 · 25전쟁 때 사용국 : 국군, 연합군

쌕쌕이는 미군 전투기가 비행하는 소리를 흉내 낸 조어이
다. 미군 전투기, 그 가운데 제트엔진을 단 F-80 슈팅스타
와 F-86 세이버를 우리나라 사람들이 쌕쌕이로 불렀을 것
이다. 물론 다른 비행기를 그렇게 불렀을 수도 있다.
F-80 슈팅스타는 미군 최초의 실용 제트전투기였다. 비록
6 · 25전쟁 때 F-86 세이버의 명성에 가렸지만, 한반도에
서 가장 광범위하게 활약한, 전장의 사역마와 같은 존재였다. 북한 공군력만을 상대하기엔 F-80 슈팅스타로도
충분했다. 문제는 소련의 MIG-15 전투기가 개입하면서 명백한 열세가 드러난 데 있었다. 결국 MIG-15를 잡기
위해서 F-86이 항공전에 투입되면서 지상공격의 임무를 띤 전폭기로 전환되다시피 했다. 이것이 전투기보다는
전폭기로 슈팅스타를 기억하는 까닭이다.
F-86은 소련의 MIG-15와 공중전을 벌여 제공권을 장악한 전투기로 유명하다. 제트엔진을 장착하고 후퇴익(직
전 날개가 아니라 뒤로 젖혀진 날개)을 선택하여 속도를 높였다. 소련의 MIG-15가 1950년 11월 공중전에 등장
했다. 이 신형 제트기는 유엔군이 보유한 모든 전투기의 성능을 압도했다.
F-86은 MIG-15보다 다소 열세였지만, 전투경험이 풍부한 조종사들이 MIG-15를 조종하는 인민군과 중공군 조
종사들을 압도했다. F-86이 수차례 승리했지만 MIG-15를 더 잘 운용하는 소련 조종사를 만났다면 사정은 달라
졌을 것이다.

30. 120밀리 대구경 박격포

6 · 25전쟁 때 사용국 : 인민군, 중공군

6 · 25전쟁 때 인민군과 중공군은 82밀리 박격포를 대대 보유화기로,
120밀리 박격포를 연대 보유화기로 사용했다. 이것은 소련의
박격포 운용과 같은 것이다. 이 무기들은 산이 많은 한국지형에서
여러모로 효과적이었다.

31. 씨레이션(C-ration)

6 · 25전쟁 때 사용국 : 국군, 연합군

씨레이션은 미군의 전투식량(Combat Ration)이다. 1938년, 미군
은 보관이 쉽고 부패를 방지할 수 있는 전투식량을 개발했는데, 가
공 형태에 따라 등급을 A,B,C로 나누었다. 그 가운데 C-Ration은
금속용기의 통조림으로 별다른 조리 없이 바로 따 먹을 수 있었다.
통조림 형태의 전투식량은 1945년부터 더 기능이 우수한 비닐포장
으로 대체되었지만, 그동안 엄청난 양이 생산되어 그 잉여물이 미군이 개입한 6.25전쟁과 베트남 전쟁에 보급
되었다.

32. 수륙양용차 (LVT-3/4)

6 · 25전쟁 때 사용국 : 국군, 연합군

맥아더의 인천상륙작전 때 요긴하게 쓰인 이동차량
이다. 보병 17연대도 이 수륙양용차를 타고 월미도에
상륙했으며, 한강을 건널 때 다시 탑승했다.

Landing Vehicle Tracked 줄여서 LVT라 부르는데, 배
에서 육지로 이동하는 무한궤도가 달린 상륙차량이다.

6 · 25전쟁 때는 한강을 도강하는 데도 쓰였다. 차량 후면에 문을 달아, 병력
의 승하차가 거기서 이루어졌다. 엔진은 전방에 설치하였는데 방어적 측면을 고려한 결과이다. 일반 상륙정은 해
변에 병력을 내리는 것으로 임무를 다하지만, LVT의 경우는 계속 전진하여 차 안에 탄 보병을 방어하는 기능을
수행한다.

33. BAR 자동소총 (Browning Automatic Rifle)

6 · 25전쟁 때 사용국 : 국군, 연합군

소제목 'Y고지'에서 강경표가 소지했던 기관총이다.

이 기관총은 저속과 고속, 두 가지 연사상태로만 쏠 수 있고 반자동 사격은 불가능하다.

BAR 자동소총은 속사성능과 관통력이 탁월하여 분대 지원화기로써 전 전선에 널리 쓰였다.

34. 대공포판

6 · 25전쟁 때 사용국 : 국군

지상부대 혹은 함정이 하늘을 비행 중인 우군 항공기에 신호를 전달할 목적으로 사용하는 판을 대공포판(對空布
板 · Signal Panel)이라고 했다. 그 재료는 비닐이나 천 종류였다. 대공포판은 폭 60cm, 길이 120cm 십자형 판
을 암호에 따라 어느 날은 황색 판, 또 어느 날은 적색 판을 비행기를 향해 드러내는 것이었다. 6 · 25전쟁은 연
합군 전투기의 오인폭격이 잦아 어느 때보다 대공포판이 필요했다.

35. 고류노프 중기관총 (SG-43 고류노프)
6·25전쟁 때 사용국 : 인민군, 중공군

중공군이 사용한 강력한 중(重)기관총 가운데 하나가 고류
노프(SG-43) 기관총이다. 소련이 제2차 세계대전 때인 1943년
구형 중기관총인 맥심(M1910 Maxim)을 교체하기 위해 개발했다. 지름 7.62mm에 길이 5.4cm의 탄환을 발사하는
고류노프는 사거리가 1km가량으로 미군 기관총의 1.5배에 이르렀다. 공랭식인 총신을 크롬도금하여 장시간 사격
이 가능했다. 이 중기관총에는 바퀴가 달려 끌고 다니기에 편리했다. 북한군은 맥심 중기관총을 주로 사용했다.

36. SCR-300 무전기
6·25전쟁 때 사용국 : 국군, 연합군

보병대대의 무선통신망을 구성하기 위해서 사용한 휴대용 경무선 전화기이다.
보병대대와 중대의 무선통신은 1개 망으로 구성되었는데, 보병대대에는 이러한
목적을 달성하기 위해 SCR-300 무전기를 운용했다. 야전군 통신병이
어깨에 메도록 개발된 외형으로, 최초의 VHF/FM 통신기기이다.

37. 피리
6·25전쟁 때 사용국 : 중공군

중공군은 낮에는 아군의 방어선이나 진지를 정찰하고, 밤이면 우회하거나 경계진지를 돌파하여 후방에 소수의
공작대를 침투시켰다. 그 후 자정쯤에 주위가 고요한 틈을 타 사방에서 차례로 피리를 불어댔다. 이 피리소리는
포위망 완료를 뜻하는 신호였다. 사태가 이쯤이면 아군은 전투의지를 상실하고 각개 분산하는 혼란상을 보였다.
이들 피리조는 통상 2명 1조이며, 따발총을 소지한 나머지 침투부대는 1개 분대 병력에 불과했다. 중공군은 피리
뿐 아니라 꽹과리, 북, 나팔 등 악기를 심리전에 이용했다.

38. LMG (M1919 브라우닝 Light Machine Gun)
6·25전쟁 때 사용국 : 국군, 연합군

소제목 '소모소위'에서 정흥재가 중공군의 데그차레프 경기관총
과 경합한 기관총이다.

거치대 포함 중량 15kg 이하에 보병이 직접 운반할 수 있으며 소, 분대 단위로 운용되는 기관총이다. 무거운
중량으로 기동성이 떨어지는 중기관총을 보완하려, 제1차 세계대전 말부터 분대 지원용 기관총으로 쓰였다. 그
당시 미군에서 쓰인 보병 지원화기로서는 M1918 BAR시리즈나 M2 중기관총이 존재했지만, M1919 브라우닝
30구경만큼 탁월한 경기관총은 없었다. 부사수 없이 사수 혼자서 총과 탄약을 들고 다닐 수도 있었다.

39. 데그차레프 경기관총 (Degtyaryov DPM LMG)
6 · 25전쟁 때 사용국 : 인민군, 중공군

바실리 데그차레프가 설계해 1927년 소련군이 채용한 DP기관총을 개량한 기관총이다. 즉, 복좌 용수철이 가스활대에 감겨 쉽게 강도가 약해지는 단점을 위치 조종을 통해 개량했다. 쟁반형 탄창을 사용하는 이 경기관총은 서방의 경기관총들에 비해 질이 다소 낮았지만 조립과 분해가 간편했고, 이물질에 의한 고장이 적었다.

40. 도요타 트럭
6 · 25전쟁 때 사용국 : 국군, 연합군

전선이 확대되면서 수송차의 공급이 달리자 일제 도요타 트럭이 GMC를 대신했다. 소제목 '두 겹의 노래'에 등장하는 이 트럭은 6 · 25전쟁 때 군수물자를 미국에 납품하여 패전국에서 신흥공업국으로 부활한 일본의 경제를 상징한다.

41. 기관단총 (M3/M3A1 Submachine Gun)
6 · 25전쟁 때 사용국 : 국군, 연합군

기관단총(機關短銃, submachine gun)은 권총탄을 사용하는 자동화기를 총칭한다. 기관단총의 이런 특징이 기관총과 구분되는 차이이기도 하다. M3 기관단총은 제2차 세계대전 중 미국이 개발한 기관단총이다. 이 총은 이전에 사용하던 톰슨 기관단총의 무거운 무게, 구조의 복잡함, 높은 생산단가, 유효사거리 등의 문제를 보완하고자 1942년 12월에 총기 기술자 하이드(G. Hyde)와 GM사의 수석 엔지니어 샘슨(F. Samson), 두 사람이 협력해서 만들었다. 자동차 정비에 쓰이는 그리스 건과 유사하고, 권총 손잡이에 기름통이 있어 '그리스 건'이라고 부른다.

42. 지게
6 · 25전쟁 때 사용국 : 국군

우리나라는 산악지역이다. 산악지역이므로 당연히 산악전투가 벌어졌고, 그곳으로 군수물자를 공급해야 했다. 그러나 그곳은 차량을 이용하기 어려운 환경이었다. 찻길이 없었고, 아예 길이 없기도 했다. 그때 필요한 장비가 지게였다. 지게는 '지게부대'의 장비였다. 'The A-frame Army'는 지게부대의 다른 이름이었다. 지게 모양이 로마자 알파벳 대문자 'A'처럼 생겼다. 지게부대의 지게를 통하여 국군과 연합군은 탄약과 무기와 군량을 수월하게 공급받을 수 있었다.

43. 카추샤포 (BM13 Katysha)

6 · 25전쟁 때 사용국 : 인민군, 중공군

독일군이 스탈린의 오르간이라 부른 다연장로켓포(Multiple Rocket launcher)이다. 여러 발의 로켓탄을 상자형의 발사대에 수납하여 동시에 발사하는 장치이다. 차량에 싣거나 견인하므로 기동성도 갖추었다. 명중도에서는 로켓탄이 화포에 뒤지지만 연속사격으로써 목표 지점을 집중적으로 공격할 수 있다. 카추샤란 이름이 다연장 로켓포에 붙은 이유는 2차대전 때 소련 전역을 들불처럼 휩쓸던 가요 때문이다. 제목이 카추샤로, 한 여인이 군에 간 애인을 그리워하는 연정의 노래이다.